碧血黃金系列
于東樓
俠名
武俠經典珍藏版5
全

目錄

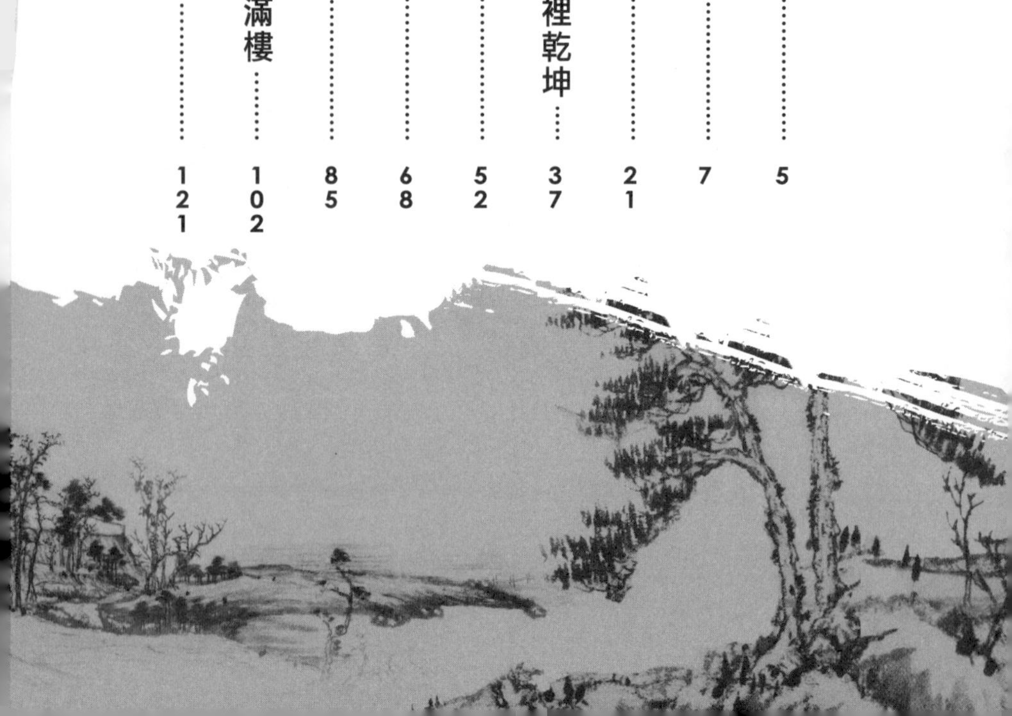

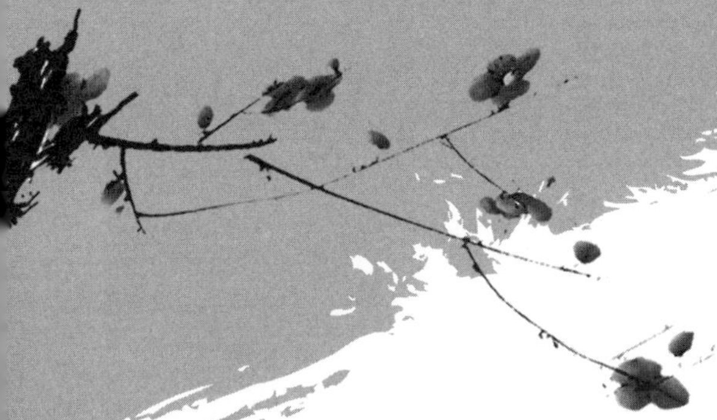

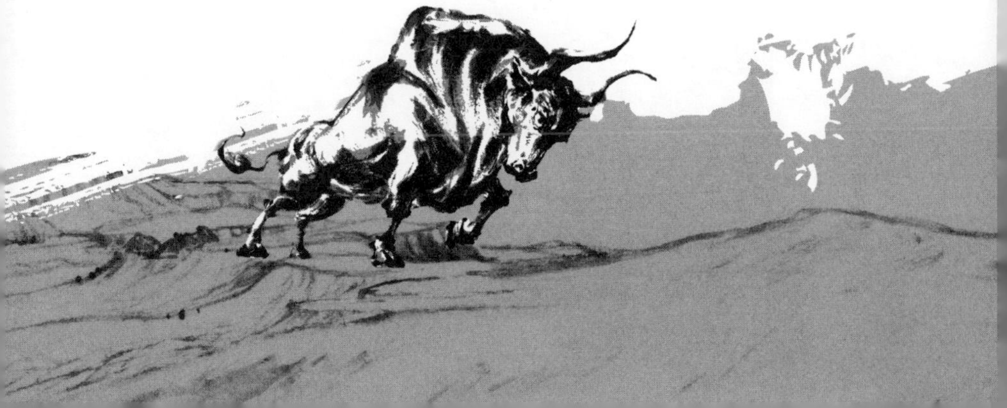

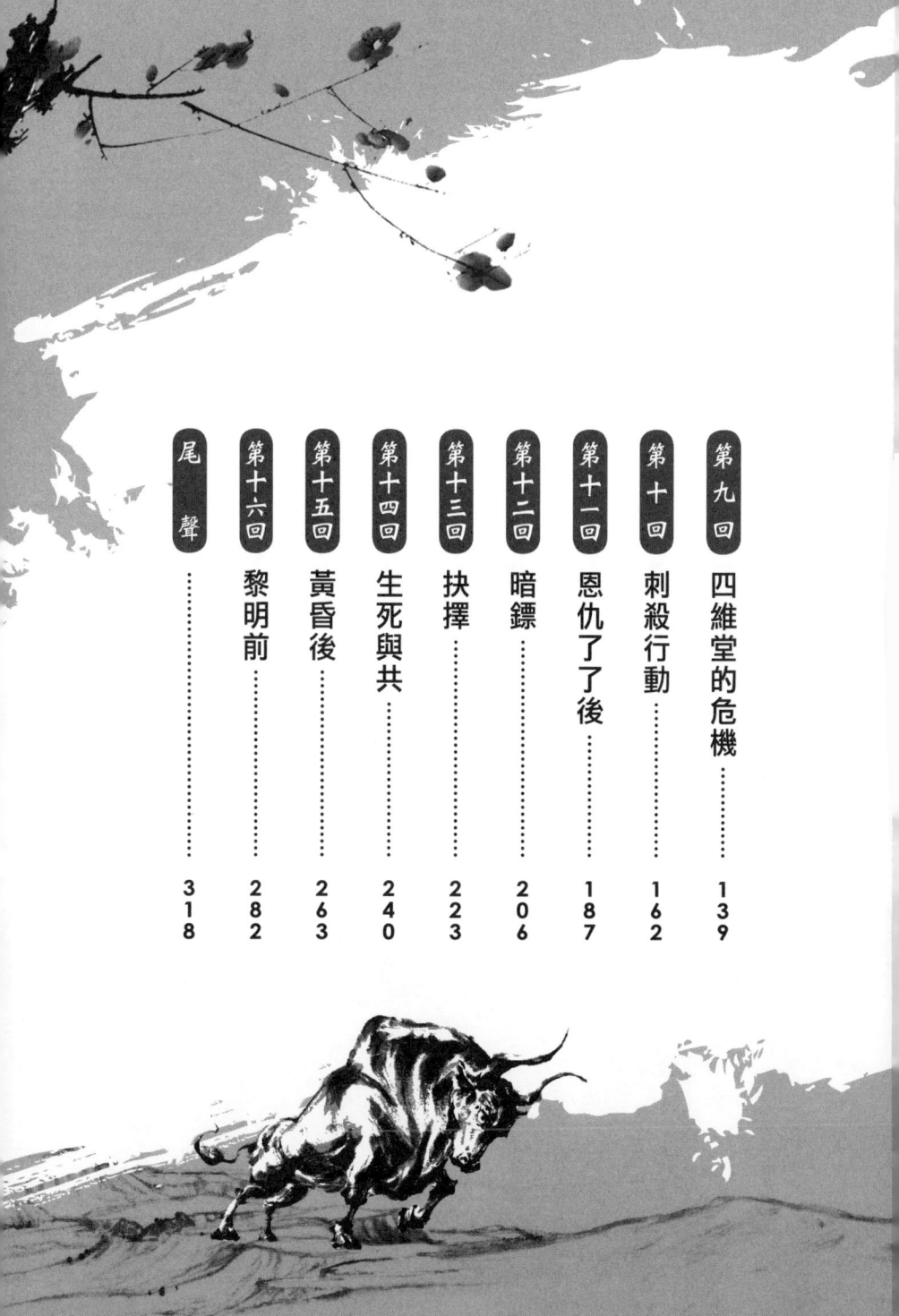

前曲

開封總捕秦喜功並非好大喜功的人，他夜以繼日的親自苦守住進出大牢的唯一通道，只不過是盡自己的職責，想替頂頭上司楊大人保住頂上的烏紗帽而已。

楊乾晉楊大人是康熙年間的第七任開封知府，由於為官清正，又難得是個漢人，所以深獲城中的百姓和屬僚們的愛戴。

但關在大牢裡的那兩個人犯也是漢人，而且是「日月會」裡的精英人物，鐵定是武林同道急於捨命搶救的對象。

是以秦喜功不僅自己不敢離開大牢一步，並將手下三百八十六名精悍捕快全部安置在府衙四周，只希望在朝廷派出押解人犯的高手抵達之前，不發生任何事故。

詎料最令他擔心的事情終於發生了，臨夜二更竟有六名黑衣蒙面人突破十幾道關卡，一直衝入重兵把守的大牢。

經過一場血戰，最後雖然對方首腦人物已身負重傷，但卻依然能夠殺出重圍從容退出，不僅武功奇高，更令人吃驚的是，那些人使的竟是城中「四維堂」的獨門劍法「逍遙十八式」。

開封府是個臥虎藏龍的地方，城中兩幫三會十二個堂口各個勢力龐大，「四維堂」便是十二個堂口中的佼佼者。

秦喜功不僅愈發感到不安，唯恐有人振臂一呼，將這些武林人物結合起來，而引起更大的事端。

開封大牢雖如銅牆鐵壁，但防守的人終歸是血肉之軀，為了避免局面弄得不可收拾，上上之策便是設法先將這些武林人物穩住，若想穩住這些武林人物，唯一的方法便是先從「四維堂」著手。

但在秦喜功的心目中，對「四維堂」最具影響力的卻是個最難纏、最不好惹、最使他頭痛的人物。

可是為了保住楊大人的頂戴，為了保住自己和那群屬下的腦袋，他縱然心不甘、情不願，也非得硬著頭皮將那位他最不願打交道的人請出來不可。

第一回　江湖小人物

緊密的鑼鼓聲一直響個不停，站在場子中央的老武師已面現焦急之色，兩眼不斷地東張西望，好像正在等待著什麼人似的。

圍觀在四周的群眾，根本沒有人去留意那老武師的神情，所有的目光幾乎全部集中在他身後的一張條案上。

條案上堆滿了瓶瓶罐罐，下首垂著一塊黃色的錦帳，錦帳上繡著「正宗少林鐵牛行功丸」九個血紅的大字。

而最讓大家感興趣的，還是擺在瓶瓶罐罐前面的一錠十兩重的大元寶。元寶雖是銀的，這時卻在夕陽照射下發著閃閃的金光。

在開封，跑江湖賣野藥的多如過江之鯽，終年川流不息，但打著正宗少林旗號，又肯出此巨額賞銀的卻是不多，所以觀眾也顯得特別踴躍，似乎都想見識一下名滿天下的少林真功夫。

鑼鼓聲響突然靜止下來，所有觀眾的目光不約而同的從那錠元寶轉到一個剛剛擠進場的年輕人身上。

那年輕人長得身強體健，生氣蓬勃，只可惜穿著打扮有些不倫不類，而且左頰上還隱隱的現出一道刀疤，渾身上下充滿了江湖味道。

但那老武師卻一點也不嫌棄，登時眉開眼笑，還小心翼翼的直朝他招手，一副生怕一不小心將他嚇跑的模樣。

那年輕人果然往前走了幾步，但目標並非那位老武師，而是條案上的那錠元寶，他顯然是想看看清楚那東西究竟是真的還是假的。

那老武師乾咳兩聲，操著外鄉口音搭訕道：「還沒有請教閣下貴姓？」

那年輕人這才收回目光，居然還禮貌周全的朝那老武師歪歪斜斜的一拱手，道：「在下林強，少林的林，武功高強的強……您瞧這個名字還不錯吧？」

那老武師下意識的掃了那面錦帳一眼，猛將大拇指一挑，道：「好，好，這個名字起的好極了……」

不待他說完，四周已響起一片哄笑之聲。

那自稱林強的年輕人狀極得意道：「在下還有一個綽號，不知你老人家有沒有興趣聽？」

那老武師忙道：「有興趣，當然有興趣，閣下請說，老夫洗耳恭聽。」

林強胸脯一挺，道：「在下的身子一向結實得很，很能挨幾下子，所以道上的朋友都叫我打不死的林強，不知你老人家有沒有聽人說起過？」

那老武師楞住了。

站在老武師身後那個紮著小辮子的敲鑼小姑娘卻忍不住失笑出聲，還險些將鑼錘脫手落在地上。

那老武師急忙打著哈哈道：「久仰，久仰，但不知閣下打人的功夫怎麼樣？」

林強搖首道：「那可差遠了，不過在下倒還有幾分蠻力，為了那十兩賞銀，明知功夫不夠又得來碰碰運氣。」

那老武師喜得連連點頭，猛地在自己腹部拍了一下，道：「好，閣下儘管出手，千萬不要手下留情，只管朝這裡招呼！力量越大越好。」

林強急忙倒退一步，擺手道：「且慢，在動手之前，有個小問題一定得先搞清楚。」

老武師皺眉道：「還有什麼小問題？」

林強道：「方才你說誰要擊退你一步，這十兩銀子就是他的，對不對？」

那老武師道：「對。」

林強忽然抬手輕摸著自己左頰上的那道刀疤，細聲細語道：「如果有人用力過猛，你老人家又剛好一不小心摔倒在地上，那該怎麼算？」

那老武師又楞住了。

四周的觀眾也都左顧右盼，交頭接耳，似乎誰都未曾想到過這個問題。

那老武師楞了半晌，才朝身後那個打鼓的大漢大聲問道：「咱們帶來的盤纏還剩下多少？」

那打鼓的大漢放下鼓槌，在懷裡摸索了一陣，道：「總還有個十五六兩吧！」

那老武師沉著臉，冷冷地瞪著林強，道：「你瞧這個數目怎麼樣？」

林強低著頭盤算一陣，才勉強點點頭道：「好吧，二十六兩就二十六兩。」

聽他的語氣，好像那老武師已經輸定，那二十六兩銀子早已變成他的囊中之物一般。

那老武師似乎再也懶得跟他嚕嗦，只將雙足微微一分，道了聲：「請！」

林強速速擺手道：「等一等，等一等！」

老武師不禁嘆了口氣，狀極不耐道：「你還有什麼問題，快說！」

林強不待他把話說完，竟猛地欺身而上，「砰」地一拳狠狠擊在他的小腹上。

圍觀的人一片譁然，那老武師卻連吭都沒吭一聲，全身紋風不動，兩隻腳就像被牢牢的釘在地上。

林強卻不停地在掙動，原來他擊出去的那隻拳頭竟被那老武師的肚皮整個吸住，而且深深的陷入小腹中，掙動了幾次都不得脫身。

亂哄哄的場子即刻靜了下來。

林強的臉色整個變了，頸子上也暴起了青筋，一張原本還滿中看的臉孔已完全扭曲，左頰上那道刀疤的顏色也越來越深，看上去十分恐怖。

靜靜的四周忽然響起了一片熱烈的掌聲，也不知是在為林強加油打氣，還是在讚揚那老武師功夫之高明。

掌聲逐漸消失，林強仍在拚命地往外掙扎。

就在這時，那老武師陡然沉喝一聲，小腹猛地一挺，竟將林強的身子推得整個倒飛而出，翻翻滾滾的直向場外跌去。

圍觀的人群紛紛退讓，林強的身子也繼續在翻滾，從觀眾讓出的缺口直翻到兩丈開外的一個卜卦攤前，才勉強停了下來。

林強還真像個打不死的人，身子剛一著地，隨即一彈而起，誰知還沒有站穩腳，突然嘴巴一張，「哇」的噴出了一口鮮血，險些噴在那個卜卦先生的攤子上。

那卜卦先生似乎早已算到這一招，適時把攤子往旁邊一搬，剛好逃過了一口鮮血之災，然後雙眼一閉，連看都不再看林強一眼。

林強身子搖晃了幾下，重又仰天摔倒在地上，再也不動彈一下。

這時那老武師已然大步趕到，伸手便將林強上身扶起，敲鑼的辮子小姑娘也緊隨而至，用鑼底托著一瓶藥丸和一碗清水，雙手捧到那老武師身後。

老武師飛快地掰開林強的血口，回手抓起鑼底上的那瓶藥丸，整個倒進他的嘴裡，然後又急忙端起水碗朝他嘴裡猛灌，動作既熟練又迅速，而且一切都配合得恰到好處，一點時間都不浪費。

只聽「咕嘟」一聲，水藥顯然均已下肚。不消片刻，林強便將老武師扶著他的手臂推開，開始自己試著挺腰扭頸的活動起來。

那老武師一直都在緊盯著林強的臉，直到這時才大聲問道：「你覺得怎麼樣？」

林強大拇指一挑，也大聲誇了句：「好藥！」

老武師似乎就在等他這句話，話一說出，站起身來便往場子裡走。鑼鼓之聲重又響起，觀眾也即刻將那缺口密密堵上，再也沒有人理會林強的死活。

那卜卦先生這時才睜開眼睛，瞟著依然坐在地攤旁的林強，哼哼著道：「你小子倒也真會演戲！」

林強匆匆朝後瞄了一眼，含含糊糊道：「不會演戲怎麼行，你當我這行飯是那麼好吃的！」說完「呸」的一聲，把一個紅紅的球形東西自口中吐出，剛好吐在那卜卦先生的攤子上。

那卜卦先生急忙用腳踩住，緊緊張張叫道：「你不要亂吐好不好，萬一被人瞧見，還以為我是跟你們一夥聯手來騙人的呢！」

林強笑嘻嘻道：「你放心，你劉半仙是大相國寺一帶的大名人，開封城裡哪個不知道！誰敢胡亂懷疑你！」

劉半仙似乎對他的說詞很滿意，立即眉開眼笑道：「你這次又撈了多少？」

林強伸出一根手指，得意洋洋道：「一兩整，不錯吧？」

劉半仙馬上嘴巴一歪，道：「什麼！摔得鼻青臉腫，那老傢伙才給你一兩！」

林強緩緩從地上站起來，一邊拍著身上的塵土，一邊道：「我的鼻子既沒青，臉也沒腫，只打了幾個滾就賺到一兩，已經不錯了，像你這樣從早到晚的風吹日曬，每天能賺多少？我看最多也不過是兩三錢而已！」

劉半仙不待他說完，便瞪眼叫道：「不錯，我賺得是不多，不過我這可是細水長流的生意。你呢！每天有一搭沒一搭的，說不定三五天都撈不到一票，又要經常換花樣、挪地方，你怎麼可以跟我比！」

林強連忙陪笑道：「我當然不能跟你比，你是老江湖，讀過書，認識字，又有一技在身，我只不過是靠著個摔不壞的身體混飯吃，到今天還沒有挨餓，就該謝天謝地了。」

劉半仙點點頭，居然還嘆了口氣，道：「老實說，我非常同情你，真想找個機會拉你一把。」

林強道：「那太好了，我先謝了。不過今天我可不能在這兒多陪你了，第一，隔壁快散場了，我在這裡不方便，第二……實不相瞞，方才提起挨餓，我才想起中午還沒吃飯，我得先找個地方填飽肚子再說。」

說完，拱了拱手，轉身就想走。

劉半仙忙道：「等一等，我還有一件重要的事情沒有告訴你。」

林強愕然回頭道：「什麼重要的事？」

劉半仙捻著自己的八字鬍道：「有一筆大生意，不知你感不感興趣？」

林強道：「多大？」

劉半仙沉吟著道：「少說也該有個三五十兩……」

林強截口道：「多說呢？」

劉半仙也伸出了一根指頭，比方才林強伸出的那根手指更高更直。

林強再也顧不得隔壁散不散場，肚子也不餓了，從卦攤下面拉出一隻凳子便坐下來，兩眼直盯著劉半仙堆滿皺紋的臉，靜待他把話說下去。

這時武場的鑼鼓聲響已停，老武師正操著外鄉口音，在竭力吹噓他的「鐵牛行功丸」是如何之神效。

劉半仙只得把聲音壓低，神秘兮兮道：「今天一早，就有兩個四海通鏢局的鏢頭來找過我，兩個人神色急躁，而且還都掛了彩，一個把胳臂吊在脖子上，一個拄著根拐杖，你猜他們來問什麼？」

林強沒有回答，只兩眼眨也不眨地繼續盯著他。

劉半仙語聲顯得更加神秘道：「他們居然是尋失物的，接連搖了兩卦，都是問我失物的方向。」

林強道：「不用說，我看八成是把鏢押丟了。」

劉半仙道：「不像！第一，如果有人劫了鏢，鐵定早已遠走高飛，不可能再把失鏢帶到開封來，劫鏢的人縱然是傻瓜，他也應該知道四海通開封分號的實力；第二，這幾天茶樓酒肆談的都是『日月會』盛大俠夫婦不幸被捕的消息，從來沒有人提過失鏢的事，按說四海通鏢局的鏢車遭劫，也算是武林中的大事，怎麼會連一點風聲都沒有！」

林強點點頭，道：「你怎麼知道失物仍在開封？是你算出來的？」

劉半仙道：「那倒不是，老實說，是那兩個鏢頭自己講的，為這件事，那兩人還抬了半天槓，結果一致認為失物仍在城裡，而且在短期內也不可能運出去。」

林強翻著眼睛想了想，道：「這麼說，這批鏢極可能是在城裡丟的。」

劉半仙搖頭擺手道：「不可能，絕不可能，如果城裡發生這種事情，早就喧嚷開來，就算別人不知道，你也早就得到消息了，你說是不是？」

林強只有又點了點頭，道：「結果呢，方位算出來沒有？」

劉半仙道：「有，兩卦指的都是正南，那兩個傢伙聽得好像很滿意，馬上高高興興的走了，可是第三卦，似乎起了點變化。」

林強愕然道：「咦！你不是說那兩人只搖了兩卦麼？」

劉半仙道：「是兩卦，第三卦是他們在付我錢的時候，無意中把卦筒碰倒，這種卦往往最靈，卜卦原本就是一種很邪門的事，有的時候你想不信都不行。」

林強把頭往前伸了伸，輕聲軟語道：「那第三卦上怎麼說，指的是哪個方向？」

劉半仙齜出幾隻黃板牙，皮笑肉不笑道：「每個人一半，如何？」

林強道：「什麼每個人一半？」

劉半仙道：「當然是銀子，你想憑早上那兩個鏢師焦急的神態，憑閻二先生平日用錢的手面，哪怕你只報一個信，起碼也是三五十兩，能拿一半也不是個小數目，總比你一次一次的挨摔好賺多了，你說是不是？」

林強猛一點頭，道：「好，一半就一半，說吧！」

劉半仙道：「只往西邊偏一偏就行了。」

林強道：「偏多少？」

劉半仙想了想，道：「頂多不會超過三分。」

林強一怔，道：「那不就在金掌櫃的館子那條線上麼？」

劉半仙連連點頭道：「對，就在那附近。不過，到時候你可不能黑心，一定得分給我一半。」

林強立刻站了起來，轉身大搖大擺而去。

就在這時，一名捕快打扮的人忽然走到卦攤前面，朝劉半仙「喂」了一聲。

劉半仙剛剛坐定，聞聲即刻又彈了起來，哈腰道：「官爺，請問有什麼吩咐？」

那捕快道：「你有沒有看到林強？」

劉半仙下意識的往南瞄了一眼，馬上抓起卦筒，邊搖邊道：「原來是尋人。」

「嘩啦」一響，六枚銅錢已飛快的灑在檯面上。

那名捕快手腳也不慢，一巴掌將那六枚銅錢捂住，惡聲惡氣叱道：「他娘的，你少跟我來這一套，我只問你今天究竟有沒有見到過林強？」

劉半仙就像老鼠見到貓一樣，充滿無奈的點點頭，道：「見是見過，不過，他已經過去很久了。」

那捕快道：「朝哪邊走的？」

林強方才走的方向分明是正南，劉半仙卻毫不遲疑地朝北指了指。

那捕快謝也不謝一聲，急急朝北趕去。

劉半仙剛想收起銅錢，突然又把伸出去的手縮住，低下頭去仔細一瞧，不禁楞了一下，滿臉詫異的喃喃道：「怪了，他明明是往南走，卦上怎麼會指著正北！」

×　×　×

林強穿過大街，匆匆回顧一眼，忽然閃進了一條窄巷，方向一折，直奔正北，邊走還邊冷笑著道：「太過分了，還說同情我，想拉我一把，只說了一個方向就想等著分銀子，天下哪有那麼便宜的事！」

走了一程，越走越餓，剛想轉到大街上找點吃的，遠處適時傳來一陣沙啞的叫賣聲。林強傾耳細聽，竟是燒餅張的聲音，不禁大喜過望，急急循聲趕了過去。

這時燒餅張也發現了林強，如獲至寶般的朝他招著手直奔過來。

林強急忙迎上前去，從籃子裡拿了個燒餅先咬了一口道：「有沒有水？」

燒餅張把腰間掛著的一支竹筒遞給他，氣喘喘道：「不得了啦，不得了啦！」

林強幾乎把一筒水喝光，然後又取了個燒餅，邊吃邊道：「什麼事這麼緊張？」

燒餅張上氣不接下氣道：「好多捕快在找你，一個比一個凶……你究竟惹了什麼禍？」

林強一臉沒事人的樣子，道：「沒有哇！」

燒餅張也拿起竹筒，將剩下的一點水倒在嘴裡，用圍裙拭著嘴道：「那他們為什麼到處找你，好像還急得不得了？」

林強道：「這八成是他們銀子太多，想周濟我幾個。」

燒餅張大搖其頭道：「你不要想得太美，那群人拚命往裡刮都來不及，哪還有閒錢來周濟你！」

林強道：「那可難說，你也應該知道，我跟他們多少還有幾分交情。」
燒餅張忙道：「你不要太相信什麼交情，那幫傢伙翻臉不認人，沒有一個好東西……」
說到這裡，喉嚨似乎出了點毛病，咳了幾聲才接下去道：「當然，像你老爹林頭兒那種人也不是沒有，只可惜好人不長壽，唉！唉！」
接連嘆了兩口氣，一看林強只顧猛啃燒餅，一點反應都沒有，於是又咳了咳，繼續道：「林頭兒為府衙奔波一生，最後還弄得個因公殉職、橫死街頭，結果怎麼樣！他們眼看著你每天浪蕩街頭，居然連一點辦法都不替你想，你說像話嗎！」
林強這時才拍拍肚子，道：「也許這次他們良心發現了，所以才到處找我。」
燒餅張老眼接連眨動了幾下，道：「你是說他們這次找你，真的是為了送銀子給你？」
林強點著頭道：「依我看是八九不離十，不然他們找我幹什麼？我又沒有犯法。」
燒餅張怔了怔，道：「這麼說，如果他們再問到我，我是不是可以把你的行蹤告訴他們？」
林強摸著頰上的刀疤，斜著眼睛想了想，才道：「告訴他們也可以，不過你可千萬不要說我往北走，只說我到城南郝老大的場子去了就行了。」
燒餅張皺眉道：「你又要去賭錢？」

林強失笑道：「我正在朝北走，怎麼會到城南去賭錢！我不過是想讓郝老大難過一下罷了。」

燒餅張點點頭，忽然又緊緊張張道：「你到城北去幹什麼？該不會去找閻三少爺吧？」

林強道：「你猜對了，我剛好有點事要去找他。」

燒餅張忙道：「我勸你還是別去的好。」

林強一怔，道：「為什麼？」

燒餅張皺著眉頭道：「我總感覺這幾天閻家有點不大對勁兒，不但大門緊閉，連我的燒餅都沒有買，你該知道二少奶奶和五小姐都是我的老主顧，三天沒有照顧我的生意，簡直是從來沒有的事……」

林強不待他說完，丟下燒餅錢就走，走得比來的時候更快。

燒餅張好像還有話跟他說，但在後面叫了幾聲，他卻理也不理，轉眼間便已走得蹤影不見。

第二回　秋水長天

夕陽正沉，晚風漸起，橫街上沒有行人，沒有車馬，只有幾片枯葉沿著街心兩道深深的輪軌隨風翻動，不時發出一些「沙沙」的聲響。

林強從對街的巷口遙視著四海通鏢局兩扇緊閉著的大門，臉上堆滿了狡詐的笑容。

一百兩紋銀在閻府說來或許微不足道，但在林強眼中卻絕對是個大數目，教他拿半條命來換他都幹。

他輕撫著頰上的刀疤，翻著眼睛想了想，突然將敞著的領口扣起，抬手用衣袖拭了拭汗，然後邁開大步，穿過橫街，直奔鏢局側面的一道小門。

小門半掩半開，林強剛剛伸進去半個腦袋，一想不妥，又急忙縮回來，對著門縫輕喚了兩聲：「成大叔，成大叔！」

半晌沒人應聲，他立即清清嗓子，直起脖子，正待高聲大喊，門裡已匆匆走出一名家僕打扮的老人，連連朝他擺手道：「別叫，別叫！」
林強急忙往後讓了兩步，道：「成大叔，您好！」
成大叔全名閻成，是閻府的得力家僕之一，專責把守通往內院的門戶，這時顯得滿不高興道：「林少爺，你又跑來幹什麼？」
林強邊打門縫中瞄著院內，邊道：「我是來找你們三少爺的，麻煩您替我偷偷叫他一聲。」
閻成忙將小門帶上，皺著眉頭道：「三少爺這幾天很忙，沒空見你。」
林強微微怔了一下，道：「他很忙！他還能忙什麼？」
閻成道：「這你就甭管了，反正他沒空，你還是請回吧。」
林強腦袋猛地一擺，道：「那可不成，我前幾天跟他約好的，今天非見面不可，因為我有非常重要的事要告訴他。」
閻成連連搖首道：「你不必說了，這是二老爺的命令，誰也不能會客，再重要的事有沒有用。」
林強突然把聲音壓低，道：「如果是有關你們鏢局的事呢？」
閻成神情一緊，道：「我們鏢局裡的什麼事？」
林強神秘兮兮道：「就是前幾天發生的那件事。」
閻成沉默，同時臉上也現出一副猶豫不決的表情。

這時院中忽然傳來一句又尖銳、又冰冷的語聲道：「閻成，放他進來！」
林強大喜過望，閃過閻成就想往裡竄。
閻成一把將他拽住，一面替他拍著身上的塵土，一面悄聲道：「她是我們內院管事程大娘，很難說話，你可要小心一點。」
林強點點頭，推開小門就衝了進去。
只見不遠處有一個年約四旬、頗具姿色的婦人在沉著臉孔瞪著他。
林強忙一抱拳道：「程大娘好，在下林強，是三少爺正保的朋友。」
程大娘哼了一聲，冷冷道：「你就是那個什麼自稱打不死的人？」
林強搖首苦笑道：「不是自稱，是道上的朋友胡亂叫的，其實天下哪有打不死的人在，在下只是命長一點，到今天還沒有被打死罷了。」
程大娘這次連哼都沒哼一聲，轉身便走。
林強還在呆呆地站在那裡，閻成在後面推了他一把，他才緊緊地跟了上去。
只聽程大娘邊走還邊喃喃道：「三少爺也真是的，怎麼會跟這種不三不四的人來往……」
話雖極不中聽，但林強卻一點也不生氣，因為這女人雖已徐娘半老，走起路來卻是柳腰款擺，婀娜多姿，簡直好看極了，他忙著在後面專心欣賞還唯恐不夠，哪裡還有閒空生氣。

經過一層院落，穿過兩道拱門，程大娘駐足抬手朝一座高大的廳堂一指，道：「前面就是練武房，三少爺就在裡面，你只管進去吧。」

她語氣雖比先前緩和不少，但行動卻極不友善，經過林強身旁時，竟然橫身跨步，猛然向他撞了過去。

林強好像還沒有弄清楚是怎麼回事，身子已結結實實的摔出一丈開外。

程大娘連腳步都沒停，丟下一句「不中用的東西！」就想出門。

林強慌忙爬起，揚聲叫道：「大娘請留步，您的錢包好像掉了。」他一面說著，一面用腳撥弄著地上的一個皮製的銀袋，舉止充滿了譏諷的味道。

程大娘臉色大變，回過半張臉孔怒視著林強，久久沒有哼聲。

林強似乎也不想讓她太難看，足尖一挑，那小銀袋已直向程大娘飛去。

程大娘銀袋入手，立刻冷笑道：「閣下倒是真人不露相啊！」

林強陪著笑臉，輕悄悄道：「閣三少爺的朋友，多少總得會兩手，您說是不是？」

程大娘冷哼了一聲，扭身大步衝出拱門，再也不顧什麼走路的姿態。

林強這才攤開手掌，掌上已多了指甲蓋大小的銀子，銀子雖然只有三五分，他卻十分得意道：「只要讓我沾上，就得留下幾文，想教我白白挨摔，那可不行。」

銀子往懷裡一塞，昂然闊步的直奔練武房，邊走還邊喊著：「正保，正保！」呼喊了半晌，竟然不聞回音，林強不由緩緩地停住腳步，心中開始懷疑起來。

閻正保在閻家論刀法雖然敬陪末座，但為人卻最熱情，只要他在房裡，知道林強來了，斷無悶不吭聲之理。就算閻正保不在，也該有人出面回他個話，因為練武房雖然閉著門，卻已亮起了燈，裡面不可能空無一人，如果沒有人，點起燈來幹嘛？

林強知道問題來了，但既然到了這裡，已不可能再退出去，為了那一百兩銀子，為了浪蕩幾年僅存下來的一點尊嚴，縱是龍潭虎穴，他也要闖一闖。

練武房厚厚的房門被他一掌震開，寬大的廳房中竟然空空蕩蕩，一眼到底，懸掛在裡首牆壁上的那塊「秋水長天」的匾額清晰可見。

現在他唯一可以選擇的就是進了門之後，應該衝向左邊還是右邊。

林強在門外呆站了一會兒，萬般無奈地將袖管挽了挽，然後一頭竄了進去，一踏入門檻就毫不遲疑地橫向左首，因為閻正保使的是左手刀。

閻正保果然自左首閃身而出，對準林強的左臉就是一刀。

林強似乎早已知道每個人都對他的那道刀疤特別愛好，只將臉孔微微一偏，肩膀已然貼在閻正保身上，同時雙手也已把他那條使刀的左臂緊緊鎖住。

閻正保猛地往外一掙，竟將林強整個抬了起來。

誰知林強居然借著他力盡墜下之勢，原地一個大翻，硬將閻正保強壯的身軀掄出，同時那口鋼刀也被掄得高高飛起，越過房梁，直向「秋水長天」的方向落去。

閻正保這時已飛身躍起，伸手就去抓正在下墜的那口刀。

林強也已疾撲而出，他動作雖快，終因起步較晚而慢了一肩，待他趕到，閻正保已淩空將刀抄入手中。但見閻正保身子尚未著地，便已回手一刀掄出，刀勢又快又猛。

林強急忙矮身縮頸，只覺得一股寒風自鼻尖前一閃而過，險些將他的腦袋劈成兩半，只嚇得他登時毛髮豎立，冷汗直流。

閻正保一刀落空，腳一點地，第二刀又已迎面劈到，好像每一刀都非取他的性命不可。

林強一面閃躲，一面大喊道：「正保，你瘋了，咱們是朋友，不是仇人，你怎麼可以如此對我！方才幸虧我躲得快，若是稍遲一點，豈不已變成了你的刀下冤魂！」

閻正保刀下毫不容情，邊砍邊道：「你還敢說咱們是朋友！我一向對你推心置腹，你卻一直跟我裝模作樣……告訴你，今天你不拿點真功夫出來，就休想活著走出這練武房的大門。」

林強急忙道：「我進門摔你的時候，使的就是真功夫，你不是已經見過了麼！」

閻正保又狠狠地劈了兩刀，還「呸」了一聲，道：「那算什麼真功夫！那不過是你在大相國寺一帶混飯吃的莊稼把式而已。」

林強被他逼得一副欲哭無淚的樣子，道：「可是除此之外，我再也拿不出什麼東西來了。」

閻正保冷笑道：「直到現在，你居然還在跟我反穿皮襖裝老羊，好，你既然拿不出別的東西，就索性把脖子伸長等著挨刀吧。」

說完，連連揮刀，果真每刀都在林強脖子上打轉。

林強被逼得避無可避，突然高聲大吼道：「我今天是特地跑來給你傳信的，你要殺我也可以，至少總得等我把話說完再動手也不遲。」

閻正保果然停刀道：「你傳的是什麼信？快說！」

林強一邊拭汗一邊道：「我昨晚陪朋友到群英閣去喝酒，碰巧遇見了小豔紅姑娘，她托我傳話給你，說有很重要的事要跟你商量，叫你務必到她那裡走一趟不可……」

閻正保還沒有聽完，又已大吼大叫的掄刀撲了上來，邊劈邊喊道：「你這算什麼朋友，你怎麼可以如此害我！我幾時去過什麼群英閣，我幾時認識什麼大豔紅小豔紅的，你怎麼可以跑到這裡來胡說八道！」

林強原本是想抬出閻正保的老相好——西城名妓小豔紅來壓壓他的火氣，萬萬沒想到他竟然會來個翻臉不認帳，而且反應竟如此強烈。

閻正保一陣亂劈亂砍，已毫無氣勢可言。

閻家的「長天七絕」刀法，講的就是氣勢，如今氣勢一失，章法大亂，反而減輕了林強不少壓力。

林強一面躲閃，一面朝房門挪動，正想趁機衝出，突然身後有個極其悅耳動聽的聲音道：「林大俠，您的劍！」

這時閻正保又已趕到，不僅沒有容他取劍，就連回首觀看的時間都沒有給他一點，一陣胡劈亂砍，硬將林強從門旁趕了進去。

林強直往裡直衝了兩丈有餘，才穩住腳步，匆匆回首一瞧，察覺剛剛說話的竟是個姿色出眾的少女，那少女此刻捧劍而立，顯得既標緻又高雅，而且還有一股英氣逼人的味道，一時瞧得他不禁整個楞住了。

這次閻正保並未追趕，只站在兩人中間，怒視著那少女道：「你跑進來幹什麼？」

那少女語聲更加悅耳動聽道：「我是來給林大俠送劍的。」

閻正保喝道：「誰要你來多事，趕緊出去。」

那少女竟然粉首一偏，給他個不理不睬，但目光卻在偷瞟著林強，似乎對這個陌生客極感興趣。

林強忍不住嘆了口氣，他這一生幾乎什麼都有人叫過，就是沒有人叫過他大俠，如今大俠雖然滿街都是，一文不值，但叫他的竟是出自如此美貌的少女之口，而且聲音又如此悅耳動聽，在他說來實在是件值得慶幸的事。

閻正保似乎奈何那少女不得，又含怒直向林強撲來，林強還在發楞，鋼刀已到頸項，幸虧那少女一聲驚呼才將他驚醒。他想也不想，立刻使出大相國寺前的拿手功夫，猛地縮頭就地一滾，人已翻出丈外。

饒是他閃避的夠快，但是頂上的頭髮仍被刀刃抹下了一撮，頭髮隨著刀風飄落，整整散了一地。

林強不由搓了把冷汗，匆匆一躍而起，正待繼續閃避，那悅耳的聲音又已在身旁響起：「林大俠，請用劍。」

那少女不知何時已站在距離他不滿五尺的地方，正在彎身含笑地望著他，而且劍柄也早已朝他送了過來。

林強正想伸手取劍，猛覺耳旁風起，慌忙偏身挪步，「唰」的一聲，刀鋒已自兩人中間閃過。

於是林強只有繼續躲避，閻正保繼續追砍，那少女也如穿花蝴蝶般遊走在兩人四周，只想早一點把劍遞到林強手上。

三人你劈我閃地追逐了半晌，陡聞林強大喝一聲，側身屈膝，劍鋒猛自腋下穿出，剛好頂在閻正保的咽喉上。

閻正保原本舉刀欲劈，這時依然高舉著鋼刀保持原樣，連動都不敢動彈一下。

那少女也正捧著空空的劍鞘在一旁出神，因為連她也搞不懂林強是怎麼越過擋在中間的閻正保，將長劍拿到手的。

熱熱鬧鬧的練武房登時靜了下來，三個人剛好定在大堂的正中央，看上去活像三具巧奪天工的塑像，既生動又詭異。
就在這時，裡首的側門忽然啟開，一個鬢髮斑白、神采奕奕的老者緩緩走入堂內，邊走邊道：「好劍法，好劍法，名師高足，果然不同凡響。」
林強一眼便認出是閻二先生，急忙收劍退到一旁，閻正保也慌裡慌張的將鋼刀藏到背後，悶聲不響的縮到林強旁邊。
只有那少女依舊楞楞地站在原地，手上也依舊捧著那只劍鞘，但現在那劍鞘早非空空之物，因為林強就在收劍之時，已將長劍隨手還入鞘中，手法之快之準，已到了不可思議的地步，那少女顯然是被他給驚呆了。
閻二先生瞧她那副神態，眉頭不禁微微一皺，立刻朝她低聲喝道：「你還站在那裡幹什麼？還不趕快過來！」
那少女這才急步走到閻二先生身後，雙手捧劍的姿勢卻連變都沒變。
閻二先生沉嘆一聲，道：「這是小女正蘭，幼年喪母，難免失於閨教，尚請林大俠不要見笑。」
林強急忙躬身道：「不敢，不敢，更不敢當二先生的大俠二字，我與正保相交多年，理當持晚輩之禮，二先生以後就請直呼我的名字吧。」
閻二先生緩緩點了點頭，道：「這樣也好，其實我與令尊原是故交，記得在這座大館落成之日，我曾力邀令尊入座喝幾杯，但他說什麼也不肯進門，結果我與他兩人就坐在階前共飲到天明。這雖已是二十年前之事，但至今仍然記憶猶新，誰知令尊竟然不幸早我作古，實在是令人遺憾得很。」說完還深深的嘆了口氣。

林強整個楞住了，他還真沒想到因公殉職的亡父竟然還跟名滿天下的閻二先生有過這麼一段往事。

閻二先生也神色黯然的沉默了一陣，忽然神情一轉，回望著身後的閻正蘭道：「你這口劍是從哪裡弄來的？」

閻正蘭道：「是向程大娘借的。」

閻二先生道：「你借劍趕來送給林大哥，無非是想見識一下四維堂的劍法，對不對？」

閻正蘭點頭，同時還偷瞄了林強一眼。

閻二先生似乎對這個么女極有耐性，又輕輕問道：「結果你看得如何？」

閻正蘭居然搖首道：「我沒看清楚。」

閻二先生訝然道：「咦！那你方才睜大眼睛站在旁邊在看什麼？」

閻正蘭道：「爹指的是不是……林大哥最後使的那一招？」

閻二先生道：「不錯，他一共不就使了這麼一招劍法麼？」

閻正蘭道：「可是我兩年前曾經看過羅大小姐練劍，每一式都逍逍遙遙，灑灑脫脫，好看極了，但方才林大哥那一劍，好像一點兒那種味道都沒有。」

閻二先生哈哈一笑，道：「那你就看走眼了，羅家的劍法博大精深，絕非一套供人觀賞的劍法。據我看你林大哥方才使的那一招，極可能是恥字訣中的『勒馬回槍』，也就是全套劍法中的第二十九式……」

說到這裡，回首向林強問了句：「對不對？」

林強怔了一下，才道：「二先生高明。」

閻正蘭滿面詫異之色，道：「咦，他們四維堂的劍法不是只有十八式麼，怎麼會一下子多出了這麼多？」

閻正保也趕忙接道：「對，那套劍法明明叫『逍遙十八式』，怎麼可能一下子翻了一倍！」

他一時說得溜口，竟連平日賭錢的詞兒都使了出來，幸虧沒有被人發覺。

閻二先生只顧搖著頭道：「那你們就孤陋寡聞了，羅家的先祖原是奔馳沙場的武將，怎麼可能創出這種逍遙瀟脫的劍式，那不過是由於後十八式的心法逐漸失傳，所以後代才索性稱它為『逍遙十八式』，這也正是子孫平日太過逍遙的後果。」

閻正蘭急忙追問道：「那麼方才爹說的恥字訣，又是什麼意思？」

閻二先生道：「羅家這套劍法共分禮、義、廉、恥四訣，每訣九式，所以全名稱之為『四維三十六式』，是當年武林中極負盛名的一套劍法。我原以為後半套早已流失，沒想到羅大俠竟將後十八式保留在你身上，看來羅大俠倒也真是個有心人。」

林強忙道：「二先生誤會了，晚輩現在所使的劍法，並非先師所授。」
閻二先生詫異道：「那是誰教給你的呢？」
林強道：「不瞞二先生說，這是晚輩這幾年自己體會出來的。二先生想必已知晚輩是個被逐出師門的孽徒，已不敢再使用師門的劍法，但又不會別的功夫，只有朝那些沒有心法的零散劍招中摸索，其實晚輩日前也只對廉字訣那九式有點心得，至於恥字訣就差遠了。」
閻二先生聽得連連點頭，後來忽然長嘆一聲，道：「我過去只當你是正保的酒肉朋友，就因為你是故人之子，所以才不忍打斷你們的交往，直到昨天令師兄葛天彬到訪，從他口中才獲知你的一切，只可惜羅大俠已不幸仙逝，否則我一定設法請他收回成命，讓你重返四維堂。」
林強黯然道：「多謝二先生盛情，實不相瞞，縱然先師仍在人間，縱然他老人家親自恩准晚輩重返師門……晚輩也沒有臉面回去了。」
閻二先生又接連嘆息兩聲，道：「真是造化弄人，只為了世俗之見，竟將兩個年輕人給毀了，真是可惜。」
林強垂著頭，眼中已開始有了淚意。
閻二先生立即話鋒一轉，道：「這些事咱們姑且擱開不談，你知道昨天葛師傅為什麼會來找我麼？」

林強急忙吸了口氣，抬首道：「正想請教。」

閻二先生道：「他為兩件事來找我，第一件，他想邀我聯手去搭救關在大牢裡的盛民夫婦，已遭我斷然回絕。我家大業大，京裡還有個哥哥，縱然我自己有心，也不能拿兩家幾十口人命開玩笑，你說是不是？」

林強只有點頭道：「是，是。」

閻二先生又道：「第二件就是有關你的事情，他不但把你做了個詳細的介紹，而且還極力的向我推薦你。」

林強不解道：「這話怎麼說？還請二先生明示。」

閻二先生道：「正保有沒有跟你提起我們閻家這幾天所發生的事？」

林強道：「沒有。」

一旁的閻正保也在拼命的搖頭。

閻二先生看也不看他一眼，繼續道：「你也應該聽人說過，家兄近年身體欠佳，膝下又無子嗣，早就想將那口傳家的『秋水長天』寶刀賜給犬子正傑。這次趁我赴京探病之便，便將那口刀交我帶回，其實那口刀也算不得寶刀，既不能削金，也不能斷玉，充其量也只能算口名刀罷了，誰知就這麼一口刀，居然也被一個女賊給相中了……」

說到這裡，忍不住沉嘆一聲，又道：「也活該我運氣不好，就在我們進城同時，剛好『日月會』盛大俠夫婦也被解返城中，我為了追去看個究竟，竟被那女賊乘虛而入，從跟隨我的手下手中將那口『秋水長天』盜走，你說可不可恨！」

林強一直默默的在聽著，這時才搭腔道：「結果呢？」

閻二先生道：「結果我只有請人手眾多的丐幫盧香主手下幫忙尋找那女賊的下落，直找到前天深夜，才發現那女賊的藏匿之處，可惜那女賊武功極高，又得那口『秋水長天』之助，結果又被她脫困而去，而且還連傷我數名手下。不過據說那女賊也負了傷，只怕也不可能走得太遠，當時被她脫走的地點，正是你最熟悉的地段，所以令師兄才建議我不必再勞師動眾，只要托你處理就行了，但不知你肯不肯幫我這個忙？」

林強忙道：「不勞二先生吩咐，晚輩極願效命，回去馬上著手追查，但不知這女賊是哪條道上的人物，有沒有什麼特徵？」

閻二先生唉聲嘆氣道：「沒有，什麼都沒有，只知道是個女的，唯一的線索就是她手上有那口『秋水長天』。」

林強微微皺了一下眉頭，立刻道：「那也不要緊，只要她真的有傷就好辦。」

閻二先生又道：「還有，第一，此事暫時不能驚動官府，以免更加混亂，第二，我出一百……不，一百太少，你朋友多，花費也大，我出你二百兩銀子的賞金，不論是你或你的朋友能夠指出那女賊的下落，而讓我追回那口『秋水長天』，二百兩紋銀即刻如數奉上，絕不失言。」

林強嘴上答著：「是，是。」心中卻雀躍不已，好像銀子已經到手一樣。

閻二先生像是完成了一件大事，鬆了一口氣道：「我原本打算明早再派人去請你，你現在來得可以說正是時候。至於正保，我因他課業荒廢過多，原想在家裡關他一個月，現在看在你的份上，姑且饒他一遭，但願你能經常開導開導他，叫他多用點功，莫要辜負了閻家兩代創下來的這套大好刀法。」

林強連忙答應，閻正保也笑口大開。

閻二先生狠狠地瞪了他一眼，才帶領著一步一回首的閻正蘭緩緩朝裡走去。

閻正保脖子一擺，道：「走，咱們先到廚房把肚子填飽再說。」

林強立刻小聲道：「笨蛋，還填什麼肚子，趕快去辦咱們的大事吧！」

閻正保怔怔道：「什麼大事？」

林強道：「你去私會你的小豔紅，我去找那口『秋水長天』，你說世上還有比這兩件更大的事情麼？」

閻正保二話不說，鋼刀一扔，拉著林強就往外走。看他那雄赳赳氣昂昂的樣子，一點也不像個餓著肚子的人。

第三回　盧香主的袖裡乾坤

夜色漸濃，半輪明月高掛天空。

林強一出閻府，便先吐了口氣，然後領口一鬆，大搖大擺的闊步前行，再也沒有先前那股拘謹的味道。

閻正保也如脫韁馬般的緊隨在後，邊走還邊嚷道：「喂，你還沒有告訴我，小豔紅那件事究竟是不是真的？」

林強不答，只顧大步的往前走，剛剛轉出橫街，忽然剎住腳步，將閻正保拽到牆邊，道：「你看見那個傢伙了沒有？」說著，還把下巴朝對面伸了伸。

月光淡照下，只見有個人正倚在對街的牆根下，腰間還橫著一把刀，兩隻手腕懶洋洋的搭在刀鞘上。

閻正保只瞄了一眼，便道：「我看八成是六扇門裡的人。」

林強道：「不錯，這群傢伙們已跟了我一整天，我實在懶得和他們嚕嗦，你幫個忙替我擋一擋如何？」

閻正保沉吟著道：「可以是可以，不過嘛……」

林強即刻道：「那件事當然是真的，我怎麼會拿她跟你開玩笑。」

閻正保神情一振道：「她還有沒有說別的？」

林強搖頭道：「沒有，但她的模樣好像很可憐，講起話來眼淚汪汪的，連我這個不懂憐香惜玉的人鼻子都有點酸……」

閻正保不等他把話說完，便將胸脯一拍，道：「好吧，這件事交給我了，只要我的手往他肩膀上一搭，你馬上走人，我自有辦法對付他。」

說話間，那人已趾高氣揚的走過來，遠遠便道：「怎麼，兩位要出門？」

林強馬上道：「正保，你的朋友來找你了，你們聊聊，我告辭了。」說著就想開溜。

那人即刻張臂一攔，道：「林老弟，這就是你的不對了，我站在這兒等了你一個多時辰，你怎麼一露面就想撤ㄚ子？」

林強一副恍然大悟的樣子道：「原來你是找我的！但不知有何貴幹？」

那人道：「我們老總有急事想見你一面，勞駕你辛苦一趟吧。」

林強眼睛一轉，道：「你大概是一早出來還沒有回去過吧？」

那人道：「是又怎麼樣？」

林強道：「我已經跟你們秦總約好，晚上在城南郝老大的場子裡見，難道他們沒有告訴你？」

那人道：「也好，那我就陪你到城南走一趟。」

閻正保這時突然笑呵呵地走上來，抬手在那人肩膀上一搭，道：「郝老大那裡我們是一定要去的，不過現在我們還有件事急著要去辦，不敢有勞你陪我們跑東跑西，我看你還是請便吧。」說著，一塊沉甸甸的銀子已塞在那人手裡。

那人好像被這突如其來的舉動給嚇呆了，楞楞的盯著那塊銀子瞧了半晌，等他再抬起頭時，不僅林強早已不見，連閻正保的身影也已去遠。

他不禁狠狠地把腳一跺，恨恨道：「他媽的，這算什麼！」

但罵歸罵，那塊銀子還是飛快的揣進自己的荷包裡。

× × ×

林強急奔一陣，已漸接近燈火通明、人來人往的鬧市。他稍許遲疑了一下，立刻轉進了左首一條彎彎曲曲的小岔路。

那條岔路雖然又窄又難走，而且還有很多邪裡邪氣的傳說，但卻比從大道上走要近得多，只要穿過一片墳地，再繞過一片稀林，便可插進通往城根的平坦大路，那裡跟他的目的地固然尚有一段距離，但至少可以不必擔心有人會在那條僻靜的路上等著他。

林強壯著膽子，踏著月色，足足走了一炷香之久，才算穿出了那鬼地方。

誰知剛剛鬆了口氣，卻又被眼前的景象嚇了一跳，原來這時林邊正有一堆人圍火而坐，似乎在作法事，但那些人既非和尚，也非道士，竟是一群鶉衣百結的叫花子。

其中只有一人例外，那人雖只是個肥肥胖胖的背影，但從後面看去已然氣派十足，活像哪家錢莊的大老闆。直到林強走近，才發覺那人肩上竟也補著兩塊補丁，只是顏色相近，手工又精巧，在月光下讓人難以發現罷了。

其實林強早已認出他是丐幫中極具實力的「鐵拐」盧修，也正是閻二先生口中的那位盧香主。

這時盧修正用他的鐵拐撥弄著火中的花子雞，其他人也都神情專注地望著那堆火，好像根本就沒有人發覺林強已到近前。

林強摸了摸空空的肚皮，忽然打著哈哈道：「各位雅興不淺，竟然跑到這種地方來打牙祭。」

盧修依然撥弄著他的花子雞，其他人也依然呆呆地望著那堆火，理也沒人理他。過了很久，盧修才抬起鐵拐，朝對面一指道：「坐！」

林強馬上擠進了人堆，在兩塊平擺著的磚頭上坐下來，這個位子就像早已替他準備好的一樣。

盧修仍舊不言不語，其他人也都默不作聲。

林強只有乾咳兩聲，寒暄道：「盧香主最近得意吧？」

盧修先嘆了口氣，然後才點了點頭。

林強又搭訕著道：「貴幫的林長老好吧，我已經很久沒有見到他老人家了。」

所有的那些花子一聽，身子都挺了起來。

盧修也抬起頭，眼睛一翻一翻的瞪著他，道：「你認得我們林長老？」

林強點頭道：「當然認得，而且我跟你們林長老還是本家呢！」

盧修嘴巴一撇，道：「我跟『太和堂』的盧老闆也是本家，我經常到他店裡去抓藥，他連一文錢都不肯少算我的，本家有什麼用！」

旁邊立刻有個人吃吃笑道：「是啊，東城『六華齋』的老闆娘跟我也是本家，可是她每次賞我錢的時候，總是把錢扔在地上，連放在我手裡都不肯。」

一旁又有個人搶著道：「那你們都比我強多了，我跟知府楊大人也是本家，但直到今天，我連他長得什麼模樣都不知道，你說可不可憐？」

眾人一邊說著，一邊瞟著林強，似乎每個人都在等著他的反應。

林強一點反應都沒有，直等到沒有人再接下去時，他才隔火望著盧修，笑瞇瞇道：「盧香主坐在這裡，該不是專門為了等我吧？」

盧修道：「不等你，我跑來這裡幹什麼，要吃花子雞，我不會在自己的家裡做。」

林強繼續道：「香主在這裡等我，總不會只想試試我的涵養吧？」

盧修聽得哈哈一笑，道：「你既然這麼說，咱們就只好言歸正傳了……」說著，將臉孔往前湊了湊，輕聲道：「這次二先生許了你多少？」

林強也輕輕道：「我一定要說麼？」

盧修道：「如果你想借重我們丐幫的力量，最好是實話實說，這樣彼此也好合作。」

林強摸著左頰上的刀疤想了想，道：「一百兩，不算少吧！」

盧修立刻將臉孔縮了回去，神色也顯得冷多了。旁邊那些人有的搖頭，有的嘆息，好像對這個數目都不太滿意。

過了好一會兒，盧修才冷冷道：「林老弟，你太不瞭解閻二先生的習性了。」

林強道：「這話怎麼說？」

盧修道：「閻二先生最喜歡的是二姨太太，最信任的是二兒子，最寵愛的是二女兒，而且養鳥成對，養魚成雙，連早上吃雞蛋一次都要吃兩個，他怎麼可能只許你一百兩銀子？」

林強聽得傻住了，過了很久，才嘆了口氣道：「香主高明，二先生答應我的，的確是二百兩。」

盧修的神色這才和緩下來，微微點著頭道：「這還差不多，老實告訴你，當初他也曾許過我這個數目，只可惜最後卻被他賴掉了。」

林強又是一楞，道：「閻二先生應該不是個言而無信的人才對。」

盧修一嘆道：「看來你對二先生的個性也毫不瞭解，你知道在他年輕的時候，大家都怎樣稱呼他麼？」

林強搖頭。

盧修道：「那時江湖上都稱他『翻雲覆雨』閻二，他為人行事之反覆無常已可想而知。但也正因為他的個性難以捉摸，才能將他家那套難以捉摸的刀法發揮得淋漓盡致，而得享武林第一刀的盛名。」

林強恍然道：「難怪同樣的一套『長天七絕刀』，在他手中的威力遠超過京裡的閻大先生，原來與使刀人的性格還有關係。」

盧修點點頭，繼續道：「當然，如今他名成業就，處世的手段也比以前收斂多了，但有時一不小心，還是難免會露出尾巴來的。」

林強一怔道：「尾巴？」

盧修道：「是啊，狐狸總是有尾巴的，像二先生那種老狐狸，怎麼可能沒有尾巴？」說完，竟縮著脖子吃吃地笑起來，一旁那群叫花子也不約而同的發出了各式各樣的奇怪的笑聲。

林強也只好跟著乾笑兩聲，同時目光若有意若無意的朝盧修盤坐的腿部掃了一下。因為鐵拐盧修在江湖上也是出了名的胖猴子，猴子的尾巴雖然比狐狸短得多，但多少也應該有一點。

盧修居然還將身子挪了挪，才道：「現在好了，我取刀，你拿錢，根本就不告訴他那女賊在什麼地方，看他還能玩出什麼花樣！」

林強詫異道：「聽香主的口氣，莫非二先生已跟那女賊照過面？」

盧修道：「就是因為他們照了面，才把事情搞得一團糟。那女賊刀法雖然不錯，但憑我和幾名弟子之力，縱然不能將她拿下，至少也可以把那口『秋水長天』奪過來，可是二先生卻在我們即將得手之際，硬叫我們弟兄退下來，結果……嘿嘿！」

林強忙道：「結果怎麼樣？」

盧修道：「結果弄了個蛋打雞又飛，人刀兩不得，而且還讓她連傷數人，輕鬆逃逸而去，你說可笑不可笑？」

林強道：「那女賊不是已經負傷了麼？」

盧修道：「那算什麼傷！又能殺人，又能跑路，而且還跑的快得不得了，讓人追都追不上。」

林強又掃了他頗負盛名的雙腿一眼，道：「連香主都追她不上？」

盧修道：「我才不管他的閒事呢，當時只是他手下那幾名沒有負傷的鏢師裝模作樣的追追而已。」

林強道：「閻二先生呢？」

盧修道：「閻二先生連動都沒有動，好像一點都不急，可是奇怪的是現在他又急起來了，又托你找人，又托四維堂的人馬站崗，而且連鏢局都關了起來，鏢師家屬幾乎全部都已出動，你說怪不怪！」

林強皺眉道：「他托四維堂的人站什麼崗？」

盧修道：「在各藥鋪和傷科大夫門口站崗，他認為那女賊既已受了傷，就一定會來買藥，他想得也未免太天真了，照這樣下去，包他一輩子都找不到。」

林強皺著眉頭，久久沒有吭聲。

盧修立刻得意洋洋道：「你不必傷腦筋，找這個女賊的方法，除了我之外，誰都想不到，你也絕對不行。」

林強淡淡道：「找那女賊是香主的事，我才不會瞎傷腦筋，我只是在想閻二先生為什麼會把那女賊放掉。」

盧修笑了笑，道：「這的確是件耐人尋味的事。」

林強道：「依香主看，她會不會是閻二先生的熟人？」

盧修道：「不可能，如果是熟人，閻二先生就不會賞她那一刀了。」

林強又道：「也許閻二先生瞧出了那女賊的武功來歷，不便當場捉她也說不定。」

盧修連連搖首道：「不可能，不可能，那女賊既蒙著臉，使的又是閻家的『秋水長天』，而且跟閻二先生也只不過對了三五招，時間極其短暫，連我都沒有看出她的路數，何況是他。」

他神情話語都十分自負，似乎連闇二先生都沒有放在眼裡。

林強根本就不理會這些，繼續道：「至少她的身材和年紀總應該看得出來吧？」

盧修道：「身材好像還不錯，要論年紀嘛……好像也不太大，嗯，應該是個年輕人才對。」

林強即刻道：「按說善於使刀，年紀又輕的女人，在江湖上屈指可數，以香主的眼光和閱歷，怎麼會猜不出她的來歷！」

盧修稍微楞了一下，道：「嗯，這倒可以試試看。」說完，馬上皺起眉頭，敲著腦門兒思索起來。

一旁那群丐幫弟子有的翻著眼睛，有的拼命抓頭，一起大傷腦筋，大有非把那女賊的來歷猜出來不可之勢。

突然坐在盧修身邊的一名年輕弟子大叫道：「你們看她會不會是玉流星？」

盧修馬上在他腦袋上來了一下，道：「你胡扯什麼，玉流星使的是短刀，而且現在正在崇陽附近，前幾天簡長老還提起她，難道你忘了？」

那年輕弟子立刻垂下頭，不敢再吭一聲。

這時又有個年近三旬的弟子道：「香主，您看可不可能是太原顏家的人？」

盧修想了想道：「不對，如果是顏家的人，早就大隊人馬開來了，不可能讓一個女孩子在外面單獨行動。」

又有一名滿面鬍鬚的弟子道：「我看八成是豫西的孫五娘，也只有她的身手才會如此驚人。」

盧修即刻眉頭一皺，道：「你怎麼越活越糊塗了，第一，孫五娘使的是飛刀，第二，二十年前她已年近三十，你算算她今年該多大，還年輕得起來麼！」

那滿面鬍鬚弟子連連在頭上敲了幾下，好像自己都覺得糊塗得太過分。

坐在林強身旁面色烏黑的弟子忽然接連嘆了兩口氣，一副欲言又止的樣子。這時所有的目光一下子全都集中在他臉上，連盧修也在伸著脖子望著他，似乎都急著想聽聽他會抬出個什麼特殊人物來。

那黑面弟子這才開口道：「我真怕那個女賊是柳金刀，如果是她，那就太可惜了。」

眾人一聽，精神全都來了，每個人都豎著耳朵眼巴巴的等著他說下去。

林強從來沒有聽過柳金刀這名字，不禁好奇地問道：「柳金刀是什麼人？」

那黑面弟子道：「是個很會使刀的女人。」

林強道：「如果那個女賊是她，又有什麼可惜呢？」

那黑面弟子道：「林兄有所不知，那個女人長得既白皙，又俏麗，好看得不得了，有一次林長老就因為驚於她的美貌，差點把鬍子都被她削掉。像這種女人如果被人砍一刀，不論砍在什麼地方，起碼也要落條疤，你說可惜不可惜？」

說完，還在林強臉上溜了一眼。

旁邊那些人有的搖頭，有的嘆氣，有的還直拭嘴角，也不知是垂涎柳金刀的美色，還是想吃香味越來越濃的花子雞。

就在這時，盧修突然將火中的花子雞挑起，鐵拐輕輕一點，糊在雞外的泥殼已經斷裂，直落火中，那隻滾燙的全雞卻被彈到空中。

盧修不緊不忙的將鐵拐往地上一插，雙手同時伸出，正好拎住兩條雞腿，然後利用撕下的雞腿輕輕一撥，那隻無腿雞身直向林強身旁的那個黑面弟子飛去，手法熟練。

那黑面弟子只用三個指頭在雞身上一抓，不但已抓下一塊雞肉，那隻雞也已借力傳送給另一名弟子，另外那名弟子也以同樣的手法傳給第三人。

如此相繼傳下去，等傳到那名最年輕的弟子時，已只剩下了一副雞骨頭，但他仍吃得津津有味，嘖嘖出聲。

林強這時也從盧修手中接過了一條雞腿，那雞腿雖然很燙，但他還是飛快的全部填進肚子裡。

只有盧修吃得最慢，過了半晌，他才將嘴巴一抹，道：「你們不必急，那女賊是不是柳金刀，還有閻二先生滿肚子的秘密，我想不久即可分曉。」

林強忙道：「香主莫非已發現那女賊的藏匿之處？」

盧修搖頭道：「還沒有，不過一切已在我的掌握之中，不出一個時辰，一定會有好消息，你安心好了。」
林強只好等，同時他心裡也不禁感到奇怪，鐵拐盧修怎麼會說得如此有把握。
盧修似乎一點也不著急，從地上找了支草桿，開始慢慢地剔牙，邊剔牙邊問身旁的弟子道：「你後面那些東西不會跑掉吧？」
那弟子回首看了看，道：「不會的，口袋是新的，絕對跑不掉。」
林強這才發現那名弟子身後還有兩個布袋，忍不住好奇地問道：「那布袋裡裝的是什麼？」
盧修神秘兮兮道：「小蟲，各式各樣的小蟲。」
林強皺眉道：「捉這麼多小蟲幹什麼？」
盧修道：「餵雞。」
林強又看了那兩個布袋一眼，道：「香主養了多少隻雞？」
盧修道：「我一隻都沒有養，這些小蟲都是準備替別家餵雞用的，只是現在還不知是哪一家而已。」
林強默然不語，只百思不解地望著他。
盧修繼續道：「你一定感到奇怪，為什麼我會如此好心，拿辛辛苦苦捉來的蟲子去餵別人家的雞，對不對？」
林強點頭道：「不錯。」

盧修輕聲道：「你想想看，如果我們到養雞人家去捉那個女賊，不把人家養的雞設法引開，萬一踩死幾隻怎麼辦？」

林強怔了怔，道：「香主怎麼能確定那女賊一定藏在養雞人家？」

盧修指指自己的腦門兒，道：「想出來的。」

林強道：「根據什麼想出來的呢？」

盧修道：「因為養雞人家一定有新鮮的雞蛋，蛋清塗在傷口上可以暫保傷口不會潰爛，蛋黃既可充饑又可保持體力。試想一個人若是負了傷，又不敢公開去找大夫醫治，還有比躲在雞堆裡更理想的地方麼？」

林強雖沒有說話，眼神中卻已流露出敬佩之色。

盧修愈說愈得意道：「推斷這種事情，不但要腦筋好，而且還要有足夠的江湖閱歷，像閻二先生那種養尊處優的人，他哪裡會想得到這種事，派人去各藥鋪門口站崗管個屁用。」

說完，已忍不住昂首哈哈大笑，好像不論任何事情只要超過閻二先生，都會令他感到很開心。

突然間，盧修將笑聲中途打住，人也猛地站了起來，只見月光下有個人影沿著林邊疾奔過來，轉眼已停在盧修面前。

盧修忙道：「怎麼樣，找到了沒有？」

那人喘著氣道：「啟稟香主，有著落了。」

盧修神情大振道：「在哪一家？」

那人道：「她正躲在張老爹跨院的穀倉裡。」

盧修濃眉一皺，道：「她躲在穀倉裡面幹什麼？」

那人道：「那間穀倉緊挨著周家的養雞大院，那兩三百隻雞至少有一半喜歡擠在穀倉牆根下蛋，穀倉牆壁上有很多窟窿，她只要一伸手，要取多少蛋都有，而且絕對新鮮，總比躲在大院的柴房裡要方便很多。」

盧修濃眉一舒道：「這女賊倒也會選地方。」

那人道：「可不是嘛，依屬下看來，這十幾家養雞大戶，哪一家都沒有這裡舒服。」

盧修猛地跨過即將熄滅的火堆，一把抓住林強的手臂道：「走，我倒要看看這個狡猾的女賊究竟是哪一路人馬？」

第四回　驚豔

起更時分，張家的正房裡還亮著燈，張老爹進進出出的已往跨院裡跑了幾趟，依然不肯吹燈就寢，而且精神似乎還好得很。

那跨院並不大，除了堆放著一些農具之外，就只有一座穀倉和一間茅房，看上去一目了然。

盧修從門縫中打量了一下情勢，道：「那女賊確實在裡面麼？」

方才引路的那名弟子道：「錯不了，方才我們還從周家大院裡看到她伸手出來取蛋，動作快得不得了，而且手上還有血跡，不是她是誰？」

盧修又朝門縫中瞧了一眼，腦袋一擺道：「動手！小心點，千萬別讓她先衝出來。」

那名弟子不待他把話說完，便已躍過了牆頭，隨後早已埋伏在對街牆蔭下的五名灰衣弟子也相繼騰身而起，足尖只在街心一點，身已竄過土牆，尤其最後一人彷彿成心在林強面前賣弄身手，凌空還翻了兩個筋斗，姿勢美妙之極。

那幾人衣服雖然也是補了又補，但色澤卻與盧修的穿著相同，而且手上又都帶著兵刃，讓人一眼即知是他堂中的得力兄弟，是以盧修不免面含得色的朝林強笑了一笑，道：「你就在外邊替我把風好了，萬一那女賊跑出來，可不能硬攔，她的刀法很厲害，你對付不了。」

林強一邊點頭，一邊翻著眼睛道：「怎麼現在就動手，難道不要等後面那幾位師兄了麼？」

盧修冷笑一聲，道：「那幾個只能捉捉蟲，等他們何用。」說著，肥胖的身形已然彈起，無聲無息地落入院中。

林強又開始撫摩著他頰上的那道刀疤，過了一會兒，只見他腰身一擰，人已平平的過了牆頭，腳一著地，即刻沿牆竄至穀倉門旁，動作既輕快，又優雅，看上去猶如鬼魅一般，幸虧盧修無暇回顧，否則準得嚇他一跳。

盧修此刻正背門而立，雙腿微分的堵在兩座一人多高的米囤中間，米囤後面鋪陳著許多稻草，稻草中一個身著紫衣的女人身影隱約可見。

那六名弟子個個兵刃出鞘，將所有可能的退路均已封住，只待盧修一聲令下，馬上出手捉人。

盧修卻一點也不匆忙，輕顫著雙腿得意了半晌，才輕聲喚道：「姑娘，天亮了，該起床了。」

稻草中的那個女人動也不動。

盧修又耐著性子呼喚了幾聲，依然不見回音，甚至連一絲反應都沒有，他這才發覺事情不對，急忙一個箭步竄了過去，鐵拐一挑，竟將一件紫地黃花的小襖直挑落在倉門外的一片月色中。

緊跟著一條花褲也被甩在米囤的邊緣上，從褲腰至褲管已裂開了一尺多長，而且整條褲管都已沾滿了血跡。

只聽盧修大喝一聲，道：「給我搜！她一定還藏在這裡邊。」

一時但見稻草紛飛，米囤四裂，囤中雪白的米灑了一地，最後連屋樑上都已仔細搜過，依然找不到那女賊的蹤影。

突然有名弟子大聲叫道：「香主請看，這裡有塊牆板活動了，那女賊極可能是從這裡逃走的。」

盧修即刻衝上前去，在洞口四周查看了許久，忽然冷笑一聲，道：「不錯，那女賊走的正是這條路，追！」說著，頭已伸進了洞中。

那洞口很窄，但盧修只將肥胖的身子扭動了幾下，便已躥了出去。

隨行那六名弟子也個個收起兵刃，魚貫而出，轉瞬間腳步聲便已去遠。

林強這才上前拾起了那件小襖，走進倉房，又抬手將那條染滿鮮血的破褲取下，攤在米堆上觀看了一陣，不由暗自讚嘆道：「這女賊不簡單，閻二先生顯然已把她的褲帶削斷，她提著褲子居然還能連傷數人從容逃逸，更何況還帶著如此重傷，看來真是個厲害角色。」

思忖間，他已將衣褲折起，勉強塞進懷中，決心想帶到二先生面前去獻獻寶，說不定可以逗他把賞銀再提高一點。

誰知就在這時，猛然發覺頸子一涼，好像有些黏黏的東西滴在了自己的髮根上。

林強頓覺全身汗毛均已豎起，不暇細想便已翻滾而出，只聽「嘩」的一響，顯然有個人已落在米堆上。

同時他也已退無可退，結結實實地撞在穀倉的壁板上。

待他慌忙抬眼一看，才發現落在米堆上的是個女人，一個年輕的女人。

那女人這時也正在雙目圓睜的瞪著他，手上一把鋼刀的刀頭已砍進米中，也正是林強剛剛停留過的地方。

林強不禁捏了把冷汗，急忙閃到米囤後面，生怕那女人追砍過來。

那女人果然一躍而起，一副舉刀欲砍的模樣，但身子搖晃了一陣，重又跌坐在米堆上，顯然已經力不從心，無法再戰。

林強這才鬆了口氣，這才敢從米囤後面走出來，仔細去打量那個女人。

此刻那女人的臉孔剛好展露在月光下，只見她的臉孔果然十分白皙，雖然白得有些過分，但仍不掩她俏麗過人的容貌。

林強忍不住嘆了口氣，道：「柳金刀，果然是你。」

那女人似乎嚇了一跳，急忙縮到月光照不到的地方，臉色立刻顯得陰沉了許多，而且兩眼眨也不眨地瞪著林強，目光中充滿了敵意，只看她的表情，即可斷定她準是柳金刀無疑。

林強抬頭朝上看了看，道：「你身負如此重傷，居然還能避到屋頂上去，我真服了你。」

柳金刀這時才開口道：「你……你是誰？」

林強急忙含笑擺手道：「你不要緊張，我只是來拿刀的，只要你把那把刀交給我，我回頭就走，你跟閻二先生的恩恩怨怨，通通與我無關。」說著，還朝她手上的那口刀比了比。

那口刀當然是「秋水長天」，林強過去雖然沒有見識過，但也不難看出那就是他那二百兩白花花的銀子。

柳金刀聽後好像十分氣憤，又猛地站了起來，但似乎已站立不穩，接連倒退幾步，才靠在了米囤上。

囤中的米不斷地往外流，柳金刀的身子也不斷地往下滑，幾經掙扎，最後才算勉強地坐在囤腳下，神態十分狼狽。

林強瞧得連連搖頭道：「為了一口有名無實的破刀，值得麼？依我看，你還是索性把刀還給他，趕快找個大夫治傷要緊，再拖下去，說不定會糊裡糊塗的把小命送掉。」

柳金刀又掙扎著往上坐了坐，道：「你究竟是什麼人？是不是閻二先生的徒弟？」

林強繼續搖頭道：「我既不是他的徒弟，也不是他鏢局裡的夥計，實不相瞞，我向你索取這口刀，只不過是想向他換取二百兩銀子罷了。」

柳金刀頗感意外道：「什麼！你只想拿刀去換取銀子，並不是來捉我的？」

林強雙手一攤，道：「你看我手無寸鐵，像來捉人的麼？」

柳金刀道：「可是如果我把刀給你，我就手無寸鐵了。」

林強嘆道：「就算你有寶刀在手，又能支撐到幾時！我苦苦相勸，固然是想順利的得到那二百兩銀子，另一方面也是希望你能早一點去治傷，如果再拖下去，就算僥倖保住性命，你這條腿只怕也要落個殘廢，像你這麼標緻的人，若是變成一個跛腳，老實說，連我都有點替你可惜。」

柳金刀沉默，同時粉首也緩緩地垂了下去。

林強趕忙接著道：「柳金刀，你怎麼還想不開，再拖下去，你這條腿真的要完了。」

柳金刀猛然抬首道：「你很需要這二百兩銀子，是不是？」

林強拼命地點頭道：「需要，需要得不得了，就像你需要你那條腿一樣。」

柳金刀道：「好，我成全你，不過，你得替我帶句話給閻二先生。」

林強迫不及待道：「可以，你叫我帶什麼話給他，你說！」

柳金刀道：「你替我告訴他，刀，我可以還給他，但另外那批東西，他想都不要想，除非他把大牢裡那個姓盛的給我救出來，否則他這輩子就再也不要想見到那批東西了。」

林強似乎除了那口刀之外，對其他任何事情都已不感興趣，聽罷連忙點頭道：「好，這些話我一定替你如數帶到，你放心好了。」

柳金刀二話不說，連刀帶鞘立刻拋到林強的面前，由於用力過猛，她的身子又開始往下滑，重又滑到了月光下。林強這才發現她俏麗的臉孔上已充滿了悲戚之色，而且眼中也正在閃動著淚光。

但他知道此刻不是憐香惜玉的時候，急忙將刀還入鞘中，然後匆匆朝柳金刀一抱拳，道：「多謝賜刀，你多保重，在下告辭了。」說完，緊緊張張的衝出了倉門，好像生怕她突然反悔，又把那口價值二百兩銀子的「秋水長天」給討回去。

誰知他剛剛走出幾步，忽然又停住腳步，抬首望望中天的半輪明月，又低頭看看一雙即將露出腳趾的破鞋，猛地頓足長嘆一聲，又大步地轉回了穀倉。

柳金刀吃驚地將身子往後縮了縮，道：「你……你又跑回來幹什麼？」

林強居然將刀往米堆上一扔，竟在柳金刀面前坐下來，眼睛一翻一翻的盯著那張吹彈欲破的俏臉道：「你方才說閻二先生還有一批東西在你手上，是不是？」

柳金刀道：「是又怎麼樣？」

林強道：「果真如此，那就麻煩了。」

柳金刀極不屑的瞟著他，道：「不錯，如果那批東西落在你手上，你的麻煩就大了，不但得不到好處，說不定還會把性命賠掉，所以我勸你還是趁早死了這條心吧。」

林強忙道：「你弄錯了，我並不是個貪心的人，縱然那批東西價值萬兩也與我無關，我有這二百兩已經足夠了。」說著，還在那柄「秋水長天」上拍了一把。

柳金刀不禁有些詫異道：「那你還追問那批東西幹什麼？」

林強道：「我只是在替你打算。」

柳金刀道：「你想替我打算什麼？」

林強道：「你手上既然還有閻二先生的一批東西，就算我替你把刀還給他，他也不可能放過你，對不對？」

柳金刀毫不遲疑的點了點頭。

林強繼續道：「如果他不可能放過你，就一定會派人繼續找你，而且安置在藥鋪和跌打大夫門前的人手也不會撤掉，對不對？」

柳金刀繼續點頭。

林強緊接著又道：「如果他不把那些人手撤掉，你怎麼去找大夫治傷？你怎麼能去抓藥？」

柳金刀搖首道：「這些事情我早就想到了，我早就打定主意跟他拚了。你趕快走吧，這件事你管不了，而且沒有管的必要。」

林強猛地把腦袋一搖道：「這是什麼話！有道是大丈夫受人點水之恩要湧泉以報，你白白的送給我二百兩銀子，我怎麼可以置你的生死於不顧！」

柳金刀似乎有點感動，默默地凝視他一陣，忽然輕嘆一聲，道：「算了吧，閻二先生是什麼人物，你也應該知道，如果你得罪了他，你還會有活路可走麼？」

林強突然往前湊了一湊，低聲道：「我知道像閻二先生這種人是絕對得罪不得的，但有件事，我不告訴你，恐怕你永遠也不會知道。」

柳金刀稍微往後仰了仰，道：「什麼事？」

林強道：「我這個人武功雖然不怎麼樣，蒙人的本事卻是天下一流，我一旦插手管這件事，只要你自己不洩露出去，保證他至死都不會發現，你相不相信？」

柳金刀聽得整個楞住了，過了很久，才道：「你想怎麼插手，你說！」

林強翻著眼睛想了想，道：「我當然是先得把你帶回去，然後找個安全的地方把你藏起來，然後想辦法把你的傷治好，當然要很細心地調理，儘量不要留下疤痕，然後我再買些有營養的東西把你的身體養得肥肥胖胖的，然後再給你買幾件好看的衣裳，然後再給你買點胭脂花粉，打扮得漂漂亮亮的把你送出門，你看怎麼樣？」

柳金刀咧開嘴巴想笑，不知為什麼忽然垂下頭去，淚珠成串地灑了下來。

林強立刻站起身道：「你還能不能走路？」

柳金刀嗚咽著道：「如果我能走路，我早就已逃出城外，怎麼會躲在這裡等著他們來捉我！」

林強沉吟了一下，道：「不要緊，你不能走，我可以背你。」說完，鋼刀一抓，背起不斷呻吟著的柳金刀便朝外走，踏著淡淡的月色，直朝正西方向而去。

× × ×

房裡很窄，很亂，窗外的月光比閃閃如豆的燈光還亮，但林強還是把燈擺在房裡僅有的一張小桌上。

桌旁的兩張椅子只有七條腳，那張缺腳椅子雖已用磚頭墊得很穩，但也好像很久沒有人坐了，上面已堆滿了髒衣服，堆得比桌面還高。

林強就坐在房裡唯一的好椅子上，正拎著一個破嘴瓷壺往嘴裡灌水，直灌了大半壺，才想起了土炕上還躺著個柳金刀。

土炕是在整個房間的最裡首，林強一定得彎著腰才能走進去。因為頂端是個儲藏雜物的小閣樓，只要是他暫時認為沒有用處或是捨不得丟掉的廢物，幾乎全都擺在上面。

這時林強已彎著腰走到炕邊，拎著瓷壺吆喝道：「柳金刀，起來喝口水！」

柳金刀沒有吭聲，甚至連動都沒有動彈一下，炕邊的光線很暗，但仍可隱約看到她那張蒼白的臉。

林強不免有些緊張，急忙將她扶起，把破舊的壺嘴小心翼翼的送到了她的嘴上。

柳金刀居然張嘴喝了幾口，彷彿還睜開眼睛看了他一下，然後又軟綿綿地躺了下去，好像全身都沒有一點力氣似的。

林強終於急了起來，慌忙將油燈端到炕前，緊跟著手巾破布及藥罐捧來了一堆，最後匆匆的竄進了廚房裡。

廚房與土炕只有一牆之隔，從房中的一個小門進去就是矮灶，除了嚴冬之外，平日極少使用，林強每日進出的唯一理由就是取水。

果然，他進去不久，便已端著一大盆水走出來。燈光照射下的柳金刀，臉色顯得更加蒼白，甚至連唇上都已毫無血色。

林強挽起了袖管，剛想鬆開柳金刀的褲帶，一想不妥，急忙把手縮回來，因為他覺得前幾天閻二先生才削斷了她的褲帶，如果現在自己再悄悄的替她鬆開，日後她一定以為開封的男人就只會鬆女人的褲腰帶，那怎麼可以！

思忖間，他已將藏在炕裡的「秋水長天」取出，「嗆」的一聲，鋼刀出鞘，刀光一閃，柳金刀的一條褲管已整個裂開來。

林強湊上臉去一瞧，急忙將頭撇開，因為不僅那道由腰至腿，一尺多長的傷口十分可怕，而且還發出一股令人作嘔的腥臭。

那氣味當然是發自塗抹過久的蛋清，但也正由於那蛋清，才使那道深逾半寸的傷口尚無潰爛現象。

林強經常開花掛彩，對於處理傷口極有經驗，他先用清水小心翼翼地將塗在上面的蛋清洗掉，然後又把傷口擦抹乾淨，才將自己僅剩下的一點傷藥全部灑在上面，連帶善後的包紮工作，直忙到他已餓得手腳發軟，口漫酸水，才算大功告成。

現在，他必須得馬上去找東西吃，因為此刻已是二更將盡了。

「金記清真館」的店門半掩半開，店裡依然燈火明亮。林強一跨進門檻，便已大聲喊道：「金大叔，先給我來碗羊雜湯。」

正在櫃檯裡結帳的金掌櫃板著臉孔瞪了他半晌，才道：「現在是什麼時候了，火都封了大半個時辰，哪還有什麼羊雜湯！」

林強急忙陪著笑臉道：「餡餅還有沒有？」

金掌櫃眼睛一翻，道：「連羊雜湯都沒有，還哪兒來的餡餅！」

這時身後忽然有人長嘆一聲，道：「金掌櫃，我看這傢伙烏雲蓋頂，神昏氣散，八成難逃血光之災，你就發發慈悲，先把他餵飽吧。」

林強一聽就知道是卜卦的劉半仙，正想回他幾句，廚房門口早有人搶著開罵了。剛從廚房裡伸頭出來的，正是金掌櫃的寶貝兒子金火順，也是林強的好友。只聽他直著嗓門兒叫道：「不要聽他胡說八道，他那套東西全是誆人的，從來都不靈驗。」

旁邊又有人接口道：「對，方才他還把郝老大的兩個兄弟騙到城根去，他也不想想，林強又沒有發瘋，半夜三更的跑到那種鬼地方去幹什麼？」

金掌櫃老於世故，生怕劉半仙臉上掛不住，急忙喊道：「好了，不要吵了！」回頭又朝著金火順道：「你看裡面還有什麼東西，想辦法給他弄點吃。」

金火順道：「我看大家的食欲正濃，咱們何必這麼早封火，乾脆開封算了。」

坐在牆角上的「快板」吳天馬上叫道：「對，身為開封人，應喜開封事，每日多開封，大吉又大利。」

說完，即刻引起了一陣哄笑。

林強這才發覺店裡還有這麼多人，而且十之八九還都是熟面孔，剛想進去找個座位，劉半仙已向他連連招手，而且神色十分急切，他只好走過去，在他的對面坐下來。

劉半仙盯著他的臉孔看了又看，還不斷地在搖頭。

林強抓起一塊冷餡餅塞進嘴裡，邊嚼邊道：「怎麼樣，那批銀子有沒有希望？」

劉半仙忙道：「那些身外之物暫且不談，咱們先把你眼前的災難解掉再說。」

林強含含糊糊道：「眼前有什麼災難？」

劉半仙道：「血劫，也就是方才我說過的血光之災，這種劫難非見血不收。」

林強依然滿不在乎道：「你看怎麼才能解掉呢？」

劉半仙神情莊重道：「記住，明天你千萬不要出門，不要碰鐵器，走路小心不要摔倒……」

林強接口道：「還有不要喝水。」

劉半仙一怔，道：「為什麼？」

林強道：「因為我家的壺嘴是破的，萬一刺破了嘴唇，也是會見血的。」

劉半仙連忙點頭道：「對，對。」

林強哈哈一笑道：「劉半仙，算了吧，你還真以為你是活神仙了。」

劉半仙沉嘆一聲，道：「林老弟，不瞞你說，過去連我自己都不相信這一套，只是看了幾本命理風水之類的書，靠著信口胡謅混飯吃，可是最近我好像撞了邪，好事全都不中，壞事卻靈得嚇人，老實說，有的時候連我自己都有點害怕。」

林強嘴巴一抹道：「你最近如此反常，該不會氣數快盡了吧。」

鄰桌坐的賣膏藥的馮一帖突然接口道：「對，我也覺得他最近有點不大對勁兒，說不定哪天禍從口出，會惹來大麻煩。」
林強又道：「馮大叔說得沒錯，你今後嘴上最好留點分寸，好話多說，壞話少說，這才是長命百歲、延年益壽之道。」
劉半仙什麼話都沒說，還在死盯著他的臉看。
就在這時，金火順已左手端著羊雜湯，右手端著餡餅走出來，東西往桌子上一放，便悄悄在林強耳邊說：「等一會在外邊見，今天我決定陪你去。」
林強愕然道：「我到哪裡去幹什麼？」
金火順道：「當然是去賭錢，他們今天包你贏，你怎麼能不去。」
林強失笑道：「別逗了，天下哪裡有包贏的賭場，那不輸死他們才怪。」
金火順急道：「是真的，是郝老大的兄弟親口答應的，而且他們還直發誓，你不信可以問問劉半仙。」
劉半仙這才開口道：「是有這麼回事兒。」
一旁的馮一帖也道：「事情雖然不錯，可是卻有點邪門兒，開封的賭鬼多得很，為什麼他要千方百計的勾你去？如今劉半仙又說你有血光之災，莫非你跟郝老大結了什麼怨，他想把你勾去剁掉！」
劉半仙也趕忙道：「而且衙門裡的捕快也在找你，莫非他們得到了什麼風聲，想當面警告你。」

林強聽得哈哈大笑道：「你們整個搞擰了，事情是這樣的，秦喜功大概又天良發現，差人找我，想周濟我幾文，我當然不肯理他，於是我便托燒餅張傳話給他們，說我今晚會在郝老大的場子裡。郝老大當然得派人來找我，否則場子裡站著幾個官差，他的生意還怎麼做？」

劉半仙皺眉道：「開封這麼大，你哪裡不好支，為什麼偏偏把他們支到郝老大那裡去，你要知道那群傢伙可不好惹啊！」

林強笑笑道：「我支使他們到郝老大那裡，也不過是想解一解我平日輸錢之恨罷了。至於郝老大的為人，我清楚得很，諒他也不至於為這件事跟我翻臉。」

站在桌旁的金火順緊緊張張道：「這麼說，他包你贏錢是真的了？」

林強道：「我看他們今天多少也得放點血，否則我就賴在那裡不走，看他們能將我奈何。」

金火順立刻道：「好，等一下外面見，不見不散。」

馮一帖也急忙道：「既然這樣，我也想去試試手氣，說不定會沾林老弟一點光。」

劉半仙這時居然還嘆了口氣，道：「好吧，既然你們都去，我也只好跟去看看。我倒要弄清楚林強這一劫會不會應在郝老大的場子裡。」

第五回　夜戰

郝老大的年紀並不太大，最多也不過三十出頭，但現在他卻老氣橫秋的盤腿坐在臨門的一張板凳上，而且嘴上還叼著一桿旱煙袋，兩眼瞧瞧房裡，又瞟瞟門外，神情顯得十分緊張。

房裡煙霧瀰漫，人雜燈暗，所有的燈光都已被圍在賭檯旁的人頭遮住，所有的目光都在緊盯著田三姐的玉手。

田三姐是郝老大遠自揚州重金禮聘來的壓莊人，她長相雖然並不出色，但卻有兩樣人所難及的長處，第一是嗓音又嗲又嘹亮，第二是那雙手靈巧得實在令人可怕。

但今天她的嗓子似乎出了毛病，竟然一邊用那雙靈巧的手把弄著兩粒骰子，一邊啞著嗓門兒喊道：「開了，開了，押金子賠金子，押銀子賠銀子，珍珠首飾也照收不誤啊，押啊……」

場邊的人好像全都跟自己的銀子過不去，片刻間已將一錠錠的銀子毫不留戀的甩在檯面上。

田三姐飛快地把骰子擲了出去，骰子尚未停穩，她已吃吃的望著天門道：「閻三少，這兩粒骰子似乎跟你有緣，又找上你了。」

坐在天門的閻正保等那骰子停穩一瞧，果然是三點，只得把牌抓起，四張牌只看了三張，便已開始搖頭嘆氣起來。

只聽田三姐又已啞著嗓子喊道：「上下門走，獨吃天門吶！」

閻正保忙道：「我的牌還沒有看完，你急什麼！」

田三姐居然嘆了口氣，道：「甭看了，你配不出四點來的！我前面是板凳四，後面是蛾五，吃你吃定了。」

閻正保把牌一摔道：「三姐，看在咱們都是行三的份上，你多少留點情怎麼樣？」

田三姐滿臉無奈道：「沒法子，我想留情，怎奈牌也想留情，你沒看到今天找你的都是三點麼！」

四周立刻響起了一陣悶笑，每個人都捂著嘴，好像唯恐笑聲傳出門外。

田三姐又道：「閻三少，我看你今天的手氣實在不行，還是換換手，讓別人摸摸牌吧！」

就在這時，身後突然有個大嗓門兒喊道：「我來，讓開，讓開！」

所有的人好像都嚇了一跳，站在閻正保邊上的人急忙往一旁挪了挪。

喊聲正是從剛剛進門的林強嘴裡發出來的，他人還沒有沾到檯子，「啪」的一聲，兩錠銀子已押在天門上。

閻正保沒容他摸牌，便急忙將他拖到門口道：「他媽的，你怎麼現在才來？」

林強道：「還早得很嘛，我才吃過晚飯。」

閻正保似乎已懶得跟他爭辯，亟不可待道：「我有件很要緊的事要和你商量，咱們到外面去談談怎麼樣？」

林強忙道：「那可不行，今天不贏他十兩二十兩的，我絕不離開。」說著，還朝一旁的郝老大瞄了一眼。

郝老大吭也沒吭一聲，只「叭叭」的拼命地在抽煙。

閻正保被嗆得咳了兩聲，道：「好吧，你不願意出去，咱們在這兒談談也行。」

林強忙道：「有話快說，別耽擱我贏錢。」

閻正保又把林強往旁邊拖了拖，道：「你猜小豔紅找我去幹什麼？」

林強道：「我只聽不猜，要說就快。」

閻正保道：「她竟然哭著嚷著的非叫我替她贖身不可，你說糟糕不糟糕！」

林強只哦了一聲，道：「這是好事，有什麼糟糕，我應該恭喜你才對。」

閻正保唉聲嘆氣道：「還說什麼好事，五百兩啊，我的老兄，你叫我到哪裡去找？」

林強一副心不在焉的樣子道：「什麼五百兩？」

閻正保道：「當然是小豔紅的身價銀子。」

林強又哦了一聲，道：「你嫌貴？」

閻正保道：「怎麼不貴？我一個月才十五兩銀子，不花不用，也要三年才能湊到這個數目啊！」

這時田三姐又在催大家下注，兩粒骰子在手裡搓得「嘎嘎」作響。

林強忍不住踮腳朝賭檯看了看，突然道：「你們家裡那些馱東西的牲口，一頭要多少錢？」

閻正保即刻道：「總要個七八十兩吧……」話說出口，才覺得有些不對，急忙道：「這種時候，你問牲口的價錢幹什麼？」

林強道：「如果一邊是八頭牲口，一邊是小豔紅，你只能選一邊，你選哪一樣？」

閻正保不假思索道：「我要牲口幹什麼，當然是選小豔紅了。」

林強雙手一攤道：「你瞧，不貴吧！一頭牲口就打七十兩，八頭也得五百六十兩，小豔紅才五百兩，你怎麼還嫌她貴？」

閻正保氣急敗壞道：「林強，你怎麼可以如此待我？我在這裡等了你大半夜，只打算好好跟你商議一個對策，可是直到現在你還在跟我胡說八道，你這也算是我的好朋友麼？」

林強這才將目光從場邊轉到閻正保焦急的臉孔上，道：「奇怪，你跟那女人交往了兩三年，她從來沒表示要跟過你，怎麼會突然叫你替她贖身？」

閻正保沉吟著道：「是啊，我也覺得奇怪，她正在當紅的時候，不該急著找人從良才對。」

林強道：「你有沒有追問過她原因？」

閻正保道：「有是有，不過她也沒有說得很仔細，據我猜想，可能是由於這幾天出入的客人多，人頭比較雜，不知從哪個客人那兒受了點閒氣，人走紅的時候，總是要比往常嬌氣得多」

林強不待他說完，便將手掌在他肩膀上一拍，道：「正保，看樣子這件事還挺複雜，好像不是三言兩語就可以談出結果來的，你說是不是？」

閻正保點點頭道：「也對，那咱們就乾脆出去找個地方好好聊一聊，總得聊出點眉目來才行。」

林強忙道：「等一等，老實說，今天是我包贏不輸的好機會，你可不能擋了我的財路。」

閻正保微微一怔，道：「包贏不輸？」

林強道：「是啊，要想贏錢就跟著我押，至於小豔紅那碼事兒，等離開這裡再談也不遲，如何？」

閻正保馬上頭一點道：「也行，我正想把輸出去的那幾兩銀子撈回來，不過，你走的時候一定要招呼一聲，可不能單溜。」

林強即刻答應，拉著閻正保就往場子裡擠，剛剛擠到天門的位置上，頓時尖叫起來道：「咦！我的銀子怎麼不見了？」

田三姐咧著嘴巴笑道：「被我吃掉了。」

林強抬手一指道：「你的嘴巴也未免太大了，我人不在，你怎麼可以把我的銀子吃掉？」

田三姐臉孔一繃，道：「林大爺，你也是經常出入場子的人，應該知道賭牌九的規矩，只要你的銀子推出來，不論人在不在場，莊家都是照吃照賠，除非你有言在先，叫我等你，你方才有沒有說過叫我等你？」

林強講不出話來了。

就在這時，郝老大擠進來，將他手上的那桿煙袋往林強面前一拍，道：「當十兩。」

林強看看那桿煙袋，又看看郝老大，道：「你這是什麼意思？」

郝老大道：「我的意思就是請你不要吵了，這桿煙袋頂十兩銀子，算我借給你的，你押吧，小點聲音，莫驚動了外面那兩個官差。」

林強大喜過望，將煙袋往前一推，笑瞇瞇地望著田三姐，道：「你可聽到了，這桿煙袋可是十兩銀子啊……」

誰知他話還沒有說完，而且所有的賭客還都沒有下注，田三姐的骰子已擲了出來。

林強驚叫道：「喂，我還沒有決定押多少，你怎麼就開了！」

田三姐冷冷道：「廢話少說，看牌。」說著，幫莊的已將四張骨牌推到他的面前，一不小心，還跌落了一張天牌。

林強充滿無奈的抓起牌來一看，整個傻住了，原來竟是兩張天牌和一對虎頭，所有的大點全都到齊了。骨牌一攤，舉座譁然。同時兩個五兩一錠的元寶已推到那桿煙袋旁。

林強已很久沒有見過如此大的元寶，剛剛拿起一錠想欣賞一番，骰子又已滾到了他的面前，他只好把那錠銀子揣進懷裡，小心翼翼的抓起了牌。

雖然檯面上等於只押著十五兩，但這已經是他出入賭場以來最大的賭注了。

四張牌又已攤開，在場的人幾乎全看紅了眼，兩張地牌和一對人牌全都是紅點，紅的連一絲雜色都沒有。

三錠元寶又已推了過來，林強的嘴巴也已笑得像個元寶一樣。

田三姐的骰子再也不肯擲出來，只笑瞇瞇地瞧著他道：「林大爺，這兩副牌的點子，您還滿意吧？」

林強連忙點頭道：「很好，就照這樣再來兩把就行了。」

田三姐嗲聲嗲氣道：「牌局變幻莫測，手風也隨時會轉的，我勸你還是見好就收吧。」

郝老大也一把將煙袋抓回去，使勁地在林強大腿上頂了一下，道：「夠了，走吧！」

一旁的金火順急忙叫道：「他的手氣正旺，怎麼能走？」

擠在後面的劉半仙也嚷嚷道：「對，能抓出這種牌，手風一定下不去，至少也可以維持個三五莊。」

緊靠在他旁邊的馮一帖立刻道：「你算過？」

劉半仙眼睛一翻，道：「這是賭出來的經驗，哪裡還要算。」

閻正保反倒沒有開口，只將懷裡所有的銀子使勁兒的攢在林強面前。

其他的人一看有人下注，也都急忙跟進，片刻間天門大排長龍，合起來至少也有一百多兩。

郝老大瞧得臉色大變，恨恨地瞪著林強，道：「你銀子已經贏到手了，還賴在這裡幹什麼？你想把我拖垮是不是？」

林強聳肩道：「沒法子，這叫眾命難違。好在這點銀子在你郝老大說來也算不了什麼，你索性就高抬貴手，讓大家開心開心吧。」

只氣得郝老大悶哼一聲，回頭就走，臨走還狠狠地瞪了林強一眼。

這時田三姐又已將牌垛好，把弄著兩粒骰子，道：「林大爺，這一把你可是任務繁重啊，配牌可得多動點腦筋才行。」

林強笑瞇瞇道：「不勞三姐操心，我輸了，充其量大夥嘆口氣，可是萬一你連輸個三五把，只怕你就得卷起你那套香噴噴的鋪蓋回揚州了。」

閻正保似乎聽得興趣也來了，竟在一旁接道：「不回去也行，我養她。」

田三姐又吃吃的笑著瞟著他，用嗲死人的聲音道：「閻三少爺呀，聽說你已經有了個小豔紅，如果再加上個我，你吃得消麼？」

此言一出，登時引起一片怪笑。

談笑聲中，牌局又已展開。

可能是由於銀子太多，不易搬動，接連三把竟然都是和局，場面顯得非常輕鬆，直到第四把，也就是第二莊的下半副牌，牌面才突然緊張起來。

林強牌一入手，臉色就變了，身後擠著看牌的人也個個目瞪口呆，一副銀子已長了翅膀的模樣。

田三姐的表情卻完全不同，兩隻眼睛得意的只剩下一條細縫，靈巧的手指輕敲著檯面，靜待林強把牌配出來。

林強猶豫了很久，才將兩隻牌推了出去，究竟是怎麼配的，連站在背後的人都沒看清楚。

上下門的牌立刻被人揭開，田三姐只掃了一眼，便已嗲聲喊道：「賠上和下，專吃天門。」

幫莊的人大喜，咧著嘴就想摟錢。

林強忙道：「等一等，等一等！」

田三姐又吃吃笑道：「還等什麼？就算你有天大的本事，前面也配不出三點來，對不對？」

林強輕輕道：「不錯，我前面一點都沒有。」

田三姐聽得臉都歪了，聲音也整個走了調道：「什麼？你把點子都擺在後邊了？」

林強居然也吃吃的笑著道：「是啊，你前面是蛾九三，後面是板凳五，我不配個六點保命，銀子豈不都變成郝老大的了。」

四周的人登時眉開眼笑，在失而復得的狂喜下，紛紛增加賭注，一副想關門打狗的模樣。

田三姐果然像被打悶了一般，不聲不響的在垛牌，再也沒有方才那股囂張的味道。

待她把牌垛好，剛剛想擲骰子，林強突然叫道：「等一等，等一等。」

田三姐滿不開心道：「你又有什麼指教？」

林強道：「指教可不敢當，我只想到後邊去一趟，先跟你招呼一聲，你可不能和上次一樣，糊裡糊塗的把我的錢摟走。」

緊跟著又向身旁的閻正保叮嚀道：「小心把銀子看好，這女人嘴巴大得很，千萬別讓她把銀子吞掉。」

說完，夾著腿就朝後跑，但一到後院，卻看也不看茅房一眼，閃身便出了後門，誰知剛剛轉過身子，當場又傻住了。

原來門外早已停著一頂軟轎，而且站在軟轎旁邊的四名捕快，通通都是熟面孔。

林強只有嘆了口氣，一句話沒說便已坐了上去。

在兩名轎夫的吆呼聲中，軟轎飛也似地往前走。

林強也逐漸有了睡意，他雖然很不想睡著，但他實在太累了，只覺得眼皮愈來愈重，幾經掙扎，最後還是在不知不覺中睡去。

也不知睡了多久，陡然被一片呼喝之聲驚醒，同時猛覺左肩一陣劇痛，就像被人刺了一刀一樣。

他急忙睜開眼睛，這才發覺不是刀，而是劍，一段劍刃正橫在自己胸前，顯然是途中遇上了刺客，他大驚之下，身子猛然一縮，人已滑出轎外。

這時隨行的那四名捕快已有一人負傷倒地，那名刺客一見有人出轎，又已一劍刺出，但出劍之際，卻被那負傷捕快抬腳絆倒，緊跟著慘叫一聲，三把捕刀已同時砍在他的身上。

三名捕快得手之後，立刻習慣性的將林強護住，生怕他有個閃失，無法向上邊交代，林強只好自兩人頭間往外瞧，一瞧之下，才發現尚有六名青衣大漢阻在轎前。月光下，只見那六人個個神情剽悍，每個人手上都握著一柄長劍，每個人的目光都充滿敵意的緊盯在他臉上。

只聽其中一人突然冷冷喝道：「你是什麼人？」

林強一聽就火了，隔著三個人朝那人一指，罵道：「你他媽的連你老子是誰都沒弄清楚就胡亂出手，你他媽的是哪條線上的？你他媽的懂不懂江湖規矩？」

那幾人面上同時現出了驚異之色，方才說話的那人突然長劍一揮，喝道：「管他是誰，上！」

那三名捕快急忙橫刀後退，連那名負傷的人都已連滾帶爬的退到轎旁。

林強卻在這時彎腰拾起那已死刺客的長劍，硬從兩名捕快之間擠了出去。

這時那幾名青衣大漢已攻了上來，為首那人的劍尖已閃電般的刺到林強的胸前。但見林強撩劍矮身，慌裡慌張的自那人腋下竄過，第二人的劍鋒已然遞到，他駭然抱劍仰身，接連打了兩個轉，方從那人身旁轉過，而第三劍又已到了他的頸子上，只聽他驚叫一聲，甩頭側肩，不要命的撲身而出，腳步尚未站穩，劍尖竟已糊裡糊塗的刺進了第四個青衣的咽喉中。

說也奇怪，先前被他閃過的那三個青衣大漢，竟然都像中了邪似的，站在原地，挺劍瞪目的動也不動，神情極其詭異。

身後一名捕快這時才抓住機會，尖聲大喊道：「林強，快回來，快！」

林強果然慌忙收劍倒退了幾步，還沒有退到轎旁，只聞「轟」地一聲，四名大漢竟然同時栽倒在地上，而且每個人的頸部都在淌血，顯然致命的傷處都是咽喉，以致死都沒有發出一絲聲響。

所有的人全都驚呆了，連那四名死者的目光中都充滿了驚駭之色，似乎至死都不相信一個十足市井混混模樣的人，竟會擁有如此高明的劍法。

尚有兩名青衣大漢驚慌失措的楞了一陣，突然撒腿就跑，邊跑還邊回頭，生怕林強追來。

林強沒有追趕，只將那負傷捕快的鋼刀挑起，在劍上旋轉兩圈，猛然一甩而去。

鋼刀越過那兩名飛奔中的大漢，直向自後面急急趕來的閻正保飛去。

閻正保在閻家雖是敬陪末座的人物，但他終歸是天下第一名刀閻二先生的兒子。只見他鋼刀入手，猛不可當，刀光閃動間，已接連傳來兩聲慘叫，叫聲還在耳邊縈繞，人已衝到近前。

林強不等他開口，便已大拇指一挑，道：「高，你最後那招過關斬將、回手奪刀的手法，實在高明極了，不愧是閻家的子弟。」

閻正保就像跟那把刀有仇似的，狠狠地往地上一扔，怒氣衝衝道：「你少跟我閒扯，你這個人怎麼如此不守信用，你分明跟我約好不准單溜，你怎麼可以連招呼都不打一聲就跑了，你這算什麼朋友？」

林強急忙嘴巴朝那三名捕快一歪，小聲道：「你還沒有看清楚麼，我是被那幾個傢伙抓來的。」

閻正保雖然火氣小了一點，但神色仍極不悅道：「你少騙我，如果你不願意，就憑他們這幾個人，真能把你抓來麼？」

林強嘆了口氣，道：「是福不是禍，是禍躲不過，他們追了我一整天，如今轎子都已經來了，如果我再不跟他們走，那就未免太不識相了，你說是不是？」

閻正保沒有再吭聲。

林強急忙丟劍拾刀，將那口鋼刀還入鞘中，然後看了看負傷捕快的傷勢，立刻道：「你們趕快抬他回去，如果再不替他止血，他就沒救了。」

那三名捕快這才如夢乍醒，七手八腳的將那人抬上軟轎，兩名轎夫吆吆喝喝的直奔相隔僅有一條大街的府衙，但那三個人卻依然沒有走，三個腦袋湊在一起商議了半晌，才由一個隨轎而行，其他兩人連動都不動，神態上雖已對林強恭敬了不少，但看樣子還是怕他又腳下抹油，非要親自把他請回去不可。

林強萬般無奈的聳聳肩，匆匆將閻正保拽到一旁，道：「你快點回去吧，這是是非之地，你們名門子弟千萬沾惹不得。」

閻正保道：「哪裡來的是非？」

林強朝那幾具屍體一指，道：「你沒看見麼？」

閻正保道：「死幾個人有什麼大不了的，何況又有府裡的差官在場，怎麼能說是是非？」

林強忙說道：「我指的不是他們的死活問題，而是他們的身分，萬一他們是你們閻家不願意得罪的人，那你豈不是又惹禍了？」

閻正保一聽有理，急忙上前仔細觀看那幾具屍體，結果雖然沒有發現那幾人的來歷，卻發現了那其中四人完全相同的致命傷痕，不禁大吃一驚道：「這是什麼人幹的？」

林強好像生怕嚇著他，輕輕說道：「我。」

閻正保一副打死他都不相信的神情道：「你別吹了，這幾人一定是死在一名絕頂高手的劍下，莫說是你，就連你們四維堂劍法最高的羅大小姐，只怕也沒有如此功力……」

說到這裡，陡然想起在家中練武房林強使出的那一劍，趕快追問道：「這幾個人……真的是你殺的？」

林強大拇指朝後一挑，道：「你不信，可以問問他們兩位，他們方才都是親眼看到的。」

那兩名捕快不待閻正保發問，便已不斷地在點頭。

閻正保即刻把林強拖到街邊，低聲道：「你這幾招劍法還滿中看，改天教教我怎麼樣？」

林強失笑道：「正保，你是怎麼搞的，刀法還沒有練好，又想學劍法，一個小豔紅還沒有搞定，又要養活田三姐，你的胃口究竟有多大？」

閻正保哈哈一笑，道：「好，學劍的事兒姑且不談……小豔紅那碼事兒，你有沒有替我想一想？」

林強即刻道：「有，方才在軟轎上，我就是因為一直在想著你們的事，所以才會糊裡糊塗的挨了一劍……」說著，指了指受傷的左肩，道：「你看，傷勢好像還蠻嚴重的。」

閻正保湊近一看，登時嚇了一跳，道：「果然不輕，傷口好像還在流血，你得趕快去找個大夫瞧一瞧。」

林強點頭道：「不錯，我也得想辦法先把血止住再說，否則日後想補回來都難……」說著，朝遠處望了一眼，又道：「現在他們的轎子又回來接我了，幸好府裡的鄭大夫是位傷科聖手，我正好請他替我調理一下。」

說話間，軟轎已到近前，後面還跟來不少官差，想必是趕來清理現場的。

林強不待轎子停穩，便已坐了上去，朝閻正保連連揮動著右手，道：「你快走吧，千萬別給你們閻家惹上麻煩。」

閻正保追上去道：「喂，你還沒有告訴我，那五百兩銀子該怎麼湊？」

林強隔著轎簾道：「問題不在銀子上，而是你把那女人贖回來，準備把她擺在什麼地方。」

閻正保楞住了。直到轎子已去遠，他還在埋頭苦想，好像從來都沒有想到過這個問題。

第六回　柳金刀

開封總捕秦喜功的生活極有原則，他不喜歡騎馬，不喜歡乘車，也不喜歡坐轎，總之，只要在露天的地方，他就永遠不肯坐下。

但在房裡，椅子彷彿和他的身體黏在一起，除了知府大人之外，縱是上級官員駕到，他最多也只是欠欠身子，讓讓座而已。

而現在，林強還沒有邁進門檻，他就霍然站起，大步迎了上去，神態也表現得十分親切道：「林強，聽說你受了傷，傷勢如何？」

林強卻極冷漠道：「好險，只差一點我們就父子同命，全都為你秦大人盡了忠。」

秦喜功眉頭微微皺了一下，道：「你的記性倒不錯，每次見面總要提一提，難道你就不能暫時把那件事忘掉？」

林強嘆道：「我是很想忘掉，可是秦大人一再提醒我，有什麼辦法！」

秦喜功一怔道：「我幾時提醒過你？」

林強道：「你三番兩次的差人找我不說，今天又非用轎子把我抬來不可，你這不是在提醒我麼？」

秦喜功聽得哈哈一笑，即刻回首大喝一聲：「來人哪！」

那個侍奉他的屬下，其實就在他身後，這時反而嚇了一跳，道：「總座吩咐。」

秦喜功沒好氣道：「去把鄭大夫請來，快！」

那名屬下應諾一聲，急急退下。

秦喜功隨又換了個笑臉，道：「你的傷口還痛不痛？」

林強道：「當然痛，不痛就糟了。」

秦喜功點著頭，很快便先坐定，然後才指指對面的椅上，道：「你暫時忍耐一下，先坐下歇歇，鄭大夫馬上就到。」

林強沒有坐，只托著左臂在明燈亮挑的房中轉了轉，最後停在秦喜功背後的一面牆壁前。

牆壁上掛著一排排小木牌，每個木牌上都上寫著一個人名和番碼，一看即知是整個大牢的人犯記錄牌。

秦喜功明知他停腳的地方，居然沒有出聲，而且還若無其事的在喝著茶。

林強匆匆將一排排的名牌看完，突然詫異叫道：「咦，上面怎麼不見盛大俠夫婦的姓名？難道他們沒有關在大牢裡？」

秦喜功頭也不回，道：「你問這些幹什麼！是不是有人托你來查看的？」

林強笑笑道：「你放心，我跟你秦大人一樣，對什麼民族氣節、武林大義一概不懂，我才不要蹚這種混水呢。」

秦喜功似乎已忍無可忍，猛的將茶碗往几上一擱，身子忽地站了起來。

就在這時，不久前出去的那名屬下已提著一個沉重的藥箱急急走進房中，隨後而至的是一個白髮蒼蒼，身體卻極健壯的老人。

林強一眼便已認出那老人正是傷科聖手鄭逢春，遠遠就已招呼道：「鄭大夫，您老人家好。」

鄭逢春身體雖好，眼力好像差了點，瞇著眼睛望了他半晌，才道：「我以前有沒有替你治過傷？」

林強忙道：「有，有。」邊說著邊已湊上來，將左臉伸到鄭逢春面前。

秦喜功片刻間火氣已消，也在一旁提醒他道：「這就是已經過世的那林頭兒的少爺，當初他臉上的傷也是請你給醫治的。」

鄭逢春聽得連連點頭道：「哦，我想起來了，嗯，嗯，這條疤長得還不錯。」

林強不待他吩咐，便齜牙咧嘴的把衣服脫下，只聽接連兩聲輕響，一錠銀子和一塊烏黑的腰牌已先後落在地上。

秦喜功飛快的便將那兩樣東西拾起來，銀子往几上一丟，把弄著那塊烏黑的腰牌道：「你這東西是從哪兒弄來的？」

林強道：「是從那群刺客的頭頭兒懷裡摸來的，你看那群傢伙是不是『萬劍幫』的人馬？」

秦喜功道：「萬劍幫的人還沒這個膽子，這是軍務府的腰牌，那些人顯然是黃國興的手下。」

林強吃驚道：「黃大人貴為巡撫提督軍務，派人來殺你這個開封總捕幹什麼？」

秦喜功搖頭道：「他想殺的人不是我，而是府裡的王師爺。」

林強道：「這麼說，那頂軟轎不是你的？」

秦喜功道：「我一向不喜歡坐轎，那頂軟轎是王師爺的專用之物，我只不過是臨時借來一用，想不到卻險些要了你的命。」

林強不免好奇道：「他們為什麼要行刺王師爺？以王師爺的身分地位而論，根本就不值得黃大人出手才對。」

秦喜功一嘆道：「這是官場中的恩怨，縱然告訴你，只怕你也不會明白。」

這時傷口已然處理乾淨，鄭逢春正以熟練的手法在替他塗藥。林強咬牙切齒的忍痛道：「正因為我不明白，所以才會向你秦大人請教，如果我什麼事都明白，我還問你幹什麼？」

秦喜功突然又大喊一聲：「來人哪！」

這一聲大喊，不僅把正在幫忙端藥的那名屬下又嚇了一跳，連鄭逢春大夫也被驚得打了個哆嗦，林強也難免受到連帶，痛得他哼哼著道：「他人就蹲在你面前，你何必喊這麼大聲，你這不是成心跟我過不去麼？」

秦喜功自己也覺得有點可笑，乾咳兩聲，道：「去把我的替換衣裳取一套出來，選乾淨一點的。」

林強立刻接道：「還有鞋子。」

秦喜功待那名屬下去後，沉吟著道：「好吧，你為這件事差點送命，我讓你知道一下原委也好。事情是這樣的，黃國興大人是朝中重臣索額圖的親信，而我們楊大人卻是明珠大人選拔的人才，由於雙方政治背景的不同，不免時常發生摩擦。」

林強截口道：「我不要聽什麼政治背景，我只想知道他們要刺殺王師爺的原因。」

秦喜功道：「我所說的也正是這件事情的遠因。」

林強道：「近因呢？」

秦喜功道：「王師爺這個人雖然沒有功名，但文才武略均非常人所能及，楊大人能有今天，至少有一半要歸功於他。你想黃國興若成心要斷送楊大人的仕途，還有比毀掉王師爺更有效的辦法麼？」

林強恍然道：「原來是為了這個。」

秦喜功道：「這也只是原因的一部分。」

林強一怔道：「除此之外，莫非還有其他的理由？」
秦喜功點頭道：「我想促成他們提早行刺的最大理由，還是為了剛剛落網的盛氏夫婦。」
林強吃驚道：「這件事跟盛大俠夫婦還有關係？」
秦喜功道：「有，據說盛氏夫婦北上的消息，早已被黃國興手下探知，所以他們早就布下天羅地網，只等盛氏夫婦入伏，誰知在他們即將得手之際，卻被王師爺略施小計，硬從他們嘴裡把那兩塊肥肉給搶了過來，你想他們怎會善罷甘休？」
正在替林強包紮中的鄭逢春也接口道：「有一件事總座忘了提，我們還殺了他們幾名手下，否則這兩個人也不會如此輕易便落在我們手裡。」
秦喜功道：「對，這也正是引起他們立即採取報仇手段最主要的原因。」
林強道：「我說同是朝廷命官，欽犯落在誰手上不是一樣，何必爭個你死我活！」
秦喜功道：「官場之事，不能以常理推斷，這些事你不問也罷。」
林強道：「好吧，你叫我不問就不問。」
這時鄭逢春已開始清理藥箱，還不時瞇著眼掃視林強左頰上的那道刀疤，似乎對自己的成果十分滿意。
林強忽然把即將合起的箱蓋擋住，道：「等一等，等一等。」
鄭逢春笑瞇瞇道：「你還哪裡有傷？」

林強搖首道：「沒有，沒有。我只想向你老人家討點藥。不瞞你老人家說，這裡的門檻實在太高，別說跑來治傷，就是想向你老人家道謝都不容易，所以你老人家何不多給我一點藥，讓我自己在家裡調理？」

鄭逢春馬上遞給他一罐，道：「行，不過這種藥配製不易，你可得省點用。」

林強意猶未盡道：「老實說，我在你老人家這裡治過傷才知道，城裡那些老字號、名大夫的藥，比你老人家替我上的這種可差遠了，簡直就不能比。」

鄭逢春猛地把頭一點，道：「那當然，這是鄭家幾代傳下來的秘方，又經我加進幾味名貴藥材，他們那些騙錢的東西怎麼行！」

說完，不但又給了他兩罐藥，而且繃布油紙的也給了他一大堆，最後差點連塗藥的竹刀都送給他，然後才高高興興的提著幾乎輕了一半的藥箱而去。

秦喜功在一旁瞧得連連搖頭道：「你倒是滿會騙人的。」

林強雙手一攤，道：「這怎麼能說騙，他老人家硬要送給我，我能不要麼？」

秦喜功笑了笑，道：「好吧，就算是他硬要送給你的，你要這許多傷藥幹什麼？」

林強沒有回答，只忙著將秦喜功命人取來的衣裳穿好，又把舊衣服和藥物捲在一起，才抬首道：「你還沒有告訴我，那位王師爺究竟用的是什麼計？」

秦喜功重又坐在椅子上喝了口茶，才道：「你有沒有聽說過柳金刀這個人？」

林強的興趣馬上來了，急忙坐在他對面，道：「柳金刀怎麼樣？」

秦喜功道：「柳金刀原本是活動在雲貴一帶的女賊，據說盛某人當年落難西南，曾經受過柳金刀的恩惠，甚至日久生情，有過一段不可告人的情感，後來盛某回返中原，娶妻生子早已將她忘記，可是柳金刀卻不依不饒，非要趕來討回一個公道不可。」

林強道：「所以王師爺就利用柳金刀為餌，輕輕鬆鬆就把盛大俠騙到手裡。」

秦喜功道：「其實我們並沒有抓到柳金刀，王師爺只命人放了個柳金刀中伏的消息，他就急急地趕來了。這也正是自命俠義中人的悲哀，只因當初受過人家的恩惠，結果卻連老婆都一起賠上了。」

林強不聲不響的望著他，好像在靜等他繼續說下去。

秦喜功嘆了口氣，道：「人間的恩恩怨怨，實在說也說不完。就以令尊當年為了救我而捨命的這件事來說，至今想起來還沉痛不已，如果可能的話，我真恨不得用自己的命再把他老人家換回來……我這種心情，希望你能夠瞭解。」

林強道：「我很瞭解，所以我從來也沒有怪過你。」

秦喜功道：「這幾年我屢次三番的派人找你，也無非是想給你一些照顧，至少也可以在生活上給你一點幫助，可是你卻一直避著我，我真不懂你究竟在想什麼？」

林強把手一伸，道：「好吧！這次你想幫我多少，我接受就是了。」

秦喜功緩緩搖首道：「只有這次例外。我連夜把你接來，是想拜託你替我辦件事，不知你肯不肯賞我個面子。」

林強愕然縮回手道：「我能幫你秦大人什麼忙？這倒怪了！」

秦喜功道：「其實也不算什麼大事，我不過想請你遞個話給四維堂，叫他們閉門自珍，千萬別再做糊塗事。」

林強一楞道：「他們做了什麼糊塗事？」

秦喜功道：「劫獄。」

林強大吃一驚，道：「什麼？他們竟然跑來搭救盛大俠夫婦？」

秦喜功冷笑道：「他們也未免太不自量力了！開封大牢防守的是如何森嚴，豈容他們把人救出去！你最好去告訴他們，叫他們趕緊死了這個念頭，以免惹火燒身。」

林強再也坐不住了，在房裡不安的打了幾轉，道：「可是我跟四維堂早已斷絕往來，秦大人應該知道才對。」

秦喜功道：「你的處境我很瞭解，不過現在四維堂的情況，已與羅掌門在世時全然不同，羅明雖已接掌了門戶，但大權幾乎全操在羅大小姐手中。你過去與她的交情非比尋常，而且你又為她被逐出師門，臉上還挨了一劍，你想你講的話，她能不聽麼？」

林強道：「那可難說得很。」

秦喜功道：「就算她不聽，至少你也可以把我的話帶過去。」

林強低頭沉吟不語。

秦喜功立刻接道：「其實我這麼做，也是為了給你留幾分情面，因為無論如何，你曾是四維堂的弟子，我很不願意你在當中作難，要依我們王師爺之意，前幾天就把他們抄了，還要你帶什麼話！」

林強嘆了口氣道：「好吧，我會儘量把你的話傳給羅大小姐，聽不聽就看她了。」

秦喜功滿意的點了點頭，忽然又道：「還有一件事，我想應該順便囑咐你一下。」

林強忙道：「什麼事？」

秦喜功道：「柳金刀那女賊極可能潛伏在城中，那女賊雖然貌美如花，卻心如蛇蠍，萬一遇上她，千萬不要沾惹，切記，切記！」

林強聽得再也待不住了，挾起東西就走，恨不得早一點趕回家裡。

×　　×　　×

夜深人靜，一燈如豆。

林強撥了撥即將熄滅的油燈，目不轉睛的凝視著柳金刀沉睡中的臉孔。

那張美豔脫俗的臉龐，在昏暗的燈光映照下，顯得格外紅潤，而且充滿了祥和之氣。

林強看了又看，怎麼看她都不像個女賊，即使她真是個女賊，心地也一定十分善良，絕不可能是心如蛇蠍之輩。

遠處已隱隱傳來雄雞報曉之聲，林強忍不住接連打了幾個呵欠，他很想繼續欣賞柳金刀優美過人的睡姿，可惜他實在太疲倦了，他不得不擠到柳金刀腳下，擁著一角破被倒頭便睡。

矇朧中彷彿正置身一個極炎熱的地方，而且正有一團烈火在烤著自己的小腿。他急忙揮手推搪，想將那團烈火趕走，卻迷迷糊糊地撈到了一隻腳，一隻熱得可怕的腳。

他漸漸意識到自己正睡在炕上，炕上似乎還睡著一個女人，手中撈到的極可能是那女人的腳。但女人的腳通常都很溫涼，這隻腳為何會如此燙手？

突然間他清醒過來，翻身躍下土炕，因為這時他才想起炕上躺著的是身負重傷的柳金刀，這女人顯然是正在發高燒。

他不假思索的便拎起了水壺，殘破的壺嘴對準了柳金刀嫣紅的櫻唇就灌，直灌到第三壺，柳金刀才開始搖頭。於是他又取來一盆清水，一次一次的用濕手巾敷在她的腦門兒上，可是接連替換了幾十次，仍然不見效果。

逼於無奈，他只好將平日捨不得喝的小半罈大麴取出來，又找了一些棉花，開始拼命地擦抹她的手心，手心擦紅了又擦抹腳心，直將那小半罈酒擦完，才筋疲力盡的擠上了炕。

這時窗外已現曙光，林強終於在附近幾隻懶雞的啼叫聲中沉沉睡去。

也不知睡了多久，忽然被一聲清脆的聲響驚醒。林強連睡眼尚未全開就已跳下了土炕。不小心扭痛了傷口，他才猛然睜大了眼睛。

瓷壺已碎在地上，炕上的柳金刀也已清醒過來，一隻雪白的手臂正搭在炕頭的矮几上。

林強急忙拎起了家中僅有的一把大銅壺，又想像昨夜般的給她灌水，但她只喝了兩三口，便用無力的手臂把壺推開來。

柳金刀的頭頸也開始緩緩地轉動，似乎在四下張望，過了一會兒，才沙啞著嗓子輕聲問道：「這是什麼地方？」

林強道：「這是我家裡。」

柳金刀眉尖微微蹙動了一下，道：「你怎麼把我弄到你家裡來了，你不怕閻二先生找了來？」

林強將身子往一旁讓了讓，道：「你瞧瞧這種環境，像閻二先生那種人肯來麼？」

柳金刀好像安心了不少，重又閉上眼睛。

林強也趁機將地上的碎壺片清理乾淨，然後一頭竄進了廚房。過了很久，才滿頭大汗的走出來。

柳金刀一見到他，便緊緊張張道：「你這張床好燙啊，下面好像有火在烤似的……」

林強截口道：「這不是床，是炕，我現在正在給你煮稀粥，難免會熱一點，你暫時忍耐一下吧，過一會兒就好了。」

柳金刀咽了口唾沫，道：「你究竟是什麼人？我問了兩次，你都沒有告訴我，萬一我死在這裡，死在誰炕上都不知道，你說那多窩囊。」

林強聽得哈哈一笑，道：「我叫林強，雙木林，差強人意的強，道上的朋友都叫我打不死的林強。是打不死，不是殺不死，這一點你一定得分清楚。」

柳金刀嘴角也忍不住往上彎了彎，突然又皺起眉尖道：「我的腳心好疼，是不是你的炕上有什麼東西在咬我？」

林強搖頭道：「那不是有東西在咬你，可能是我用力過猛，把你的腳心擦破了。」

柳金刀大吃一驚，道：「你……你擦我的腳心幹什麼？」

林強道：「退燒啊！昨夜你燒得嚇死人，我只好拼命的替你用酒擦，整整擦掉我一缸大麴才停下來。簡直累得我腰酸腿軟，眼冒金星，直到現在還沒有恢復過來呢。」

說著，還裝出了一副疲憊不堪的樣子。

柳金刀沒有吭聲，過了好一會兒才繃著臉道：「除了腳心，你還有沒有擦過其他地方？」

林強即刻道：「有。」

柳金刀橫著眼瞧著他，只等他說下去。

林強停了停，道：「還有手心，難道你還沒有感覺出來麼！」

柳金刀追問道：「除了腳心和手心之外呢？」

林強拎起銅壺喝了口水，才不慌不忙道：「沒有了！本來最有效的方法是擦抹前胸和脊背，但我知道你一定會不高興，所以我就沒有做……你瞧我這個人還挺君子吧！」

柳金刀神色馬上和緩下來，好像還吐了口氣，剛剛挪動了一下身子，忽然又楞住了。

林強遠遠的瞧著她道：「怎麼，是不是又有東西咬你？」

柳金刀道：「是誰把我的褲管弄破了？」

林強道：「我。」

柳金刀忿忿道：「你把我的褲管弄破幹什麼？我就這麼一套衣裳了，你把它弄破，我還穿什麼？」

林強道：「衣裳破了可以買新的，如果你的腿不上藥的話，只怕以後有再多的銀子都買不回來了。」

柳金刀趕緊掀開被子看了一眼，立刻氣急敗壞道：「你怎麼可以這個樣子！你沒有經過我的同意，怎麼可以私自替我上藥！」

林強道：「我昨夜把你的腳心擦破你都不知道，我怎麼徵求你的同意？」

柳金刀道：「你可以等我醒再說。」

林強道：「如果當時你不上藥的話，我怎麼知道你還能不能醒來！」

柳金刀不講話了。

林強沉嘆一聲道：「昨夜我割開你褲管的時候，你塗抹在傷口上的蛋青已經腥臭不堪，而且你那雙腳好像起碼也有半年沒有洗，我在這種情況之下把你救回來，你怎麼還在怪我！你究竟在怪我什麼？」

柳金刀垂著頭一聲不響，而且還緊緊地抓著被子，一副生怕林強突然竄進來的樣子。

林強笑笑道：「我知道你怕我趁你昏迷的時候占你便宜，可是你何不想一想，如果我要占你便宜，何必朝那種又髒又臭的地方下手，你渾身上下，哪裡不比那兩個地方可愛。」

柳金刀依然沒有吭聲，但過了一會兒，忽然道：「我的肚子好餓，你的粥煮好了沒有？」

林強一笑進了廚房，少時端出了兩碗稀粥，一個碗大，一個碗小，大碗上有個缺口，小碗尚稱完整，另外還帶來了一支半羹匙。那半支羹匙和大碗留給自己用，所有完整的東西都已擺在炕前的矮几上。

他分配得雖然很合理，但他平日生活之狼狽，已由此可見一斑。

柳金刀雖然覺得可笑，卻又不忍笑出來，所以只有埋頭喝粥，直到把粥喝完，才道：「你究竟是幹哪一行的？」

林強翻著眼睛想了想，道：「這可難說了，總之，只要是賺錢的事兒，我都幹。」

柳金刀突然道：「你會不會縫衣裳？」

林強道：「那我可不會。」

柳金刀臉上略帶失望之色道：「看來你家裡也不可能有針線了？」

林強道：「你要針線幹什麼？」

柳金刀道：「我得把褲子縫起來，否則你叫我怎麼下炕！」

林強道：「那好辦，等一下我出去順便替你買回來就行了。」

柳金刀神情一緊道：「你要出去？」

林強道：「我當然得出去，否則我們吃什麼。」

柳金刀忙道：「你不在家，如果有人來找你怎麼辦？」

林強道：「在外邊叫的，你不要應聲，闖進來的，你就拿『秋水長天』照顧他，而且千萬不要手下留情。」

說完，連臉都沒洗，便已捧著左臂走出了房門。

柳金刀似乎還想叫他，但最後還是忍了下來，她只回手抄起了那把刀，那把她用來極其稱手的「秋水長天」。

第七回　山雨欲來風滿樓

午正，大相國寺一帶又開始熱鬧起來，那位賣藥的老武師和辮子小姑娘已在兵刃架前擦拭刀槍，打鼓的大漢也正耍著一對流星鍾在人群中開場。

劉半仙的卦攤早已擺好，他一向是大相國寺廣場中出攤最早最勤快的人，此刻正瞪著兩隻賊眼不斷地四下搜索，只要是穿得稍許體面的人，他總要湊上去搭訕幾句，拉拉生意。

人來人往中，突然有個小叫花跑到劉半仙身旁，拉了拉他的衣袖，道：「喂，你有沒有見到林強？」

劉半仙習慣性道：「你是尋人？」

那小叫花道：「對。」

劉半仙這才斜著眼睛瞧著那小叫花道：「你……有沒有錢？」

那小叫花道：「沒有，找個人還要什麼錢！」

劉半仙即刻像趕鴨子般的揮著手道：「去去去，我還沒有開張，別來觸我的霉頭。」

那小叫花叫道：「咦，你不是林強的朋友麼？」

劉半仙賊眼一翻道：「朋友值多少錢一斤，我不賺錢，他能管我飯吃麼！」

旁邊忽然有人接道：「他不管，我們管，你到丐幫來，我們討飯給你吃。」

劉半仙這才發現自己已被六七個叫花子包圍起來，不禁長嘆一聲，道：「好吧，穿鞋的遇上赤腳的，我認了，我就免費送給你們一卦，算完了趕緊滾蛋。」

他沒好氣的回到卦攤上，抓起卦筒才搖了兩三下，就忽然定住了，兩眼直直的呆望著遠處，連嘴巴都已合不起來。

那群小叫花不約而同的轉過頭去，每個人都失魂落魄的楞在那裡，就像一起中了邪似的。

「得得」聲中，只見一輛篷車徐徐駛來，車不華麗，馬不神駿，令人吃驚的是車中有個俏麗脫俗的少女正在倚窗外望，一雙美目直在劉半仙的卦攤附近打轉。

篷車緩緩駛過，那少女似有失望之色。

劉半仙等人絲毫不以為憾，目光依然跟著篷車轉了過去，直到有一名小叫花由於轉頭過度，險些摔倒，大家才回過神來。

那險些摔倒的小叫花搔著腦袋道：「這也不知是哪家的小媳婦兒，生得好俊。」

他旁邊那人立刻在他腦袋上打了一下，道：「你胡扯什麼，人家明明是小姑娘，你怎麼說她是小媳婦兒！」

其中又有一人道：「喂，你們有沒有注意到，那小姑娘一直朝著這邊看，該不是看上了我們這位劉大叔吧？」

所有的目光一下子全部落在劉半仙那張怎麼看怎麼不討人喜歡的臉孔上，每個人都是一副寧死也不肯相信的神情。

劉半仙乾咳了兩聲，道：「你們少在這兒胡說八道……」說著，隨手將筒中的銅錢往外一倒，只掃了一眼便朝前面一指，道：「那邊，快滾，快滾！」

那群小叫花雖然個個面有疑色，但還是朝著他所指的方向蜂擁而去。

劉半仙這才冷笑一聲，喃喃道：「花子找他還會有什麼好事兒，既然是朋友，我怎會害他。」

這時老武師場子裡的鑼鼓已然響起，不遠的馮一帖也正在為人貼膏藥，而劉半仙卻連一個客人都還沒有撈到，這是極少有的事。劉半仙索性拿起了卦筒，一邊搖著一邊走了出去，說什麼也非得硬拉個客人回來不可。

忽然間，劉半仙發現那輛剛剛走過去的篷車又已徐徐的駛來，而且居然緩緩地停在他的面前，那個美麗的少女還在頻頻的向他招手，臉上也堆滿了醉人的笑意。

劉半仙真的傻住了，險些連卦筒都脫手掉在地上，他急忙定了定神，剛想走上去搭訕，一隻強而有力的右手已搭在他的肩膀上，他忙回頭一瞧，竟是林強那半邊可愛的右臉，不禁怪叫起來，道：「咦，你是什麼時候來的？」

林強道：「剛到，今天生意怎麼樣？」

劉半仙一口氣還沒有嘆出來，車上那美麗的少女已嬌聲呼喚道：「林大哥，林大哥。」

林強立即將劉半仙一撥，大步走上去，道：「五小姐，你怎麼會跑這裡來？」

原來那車中少女正是閻正蘭，只聽她嬌滴滴道：「我的車打這兒經過，剛好看見你，所以才停下來跟你打個招呼。」

劉半仙憋在喉嚨的那口氣直到現在才吐出來，他現在才知道那少女是來找林強的；他現在才知道那美麗天真的少女，竟也跟林強一樣滿嘴的謊話。

他轉身回到卦攤，再也懶得聽他們扯下去。

閻正蘭待劉半仙離開，才輕聲道：「那位就是你的朋友叫什麼半仙的，對不對？」

林強道：「對，他叫劉半仙，卦靈得很，要不要請他替你搖一卦？」

閻正蘭道：「不了，我今天還要趕回去，還是改天吧。」

她嘴上雖然說著要趕回去，車子卻連動也不動。

林強往上湊了湊，道：「是不是正保托你來找我？」

閻正蘭輕輕道：「找你的不是他，是我。」

林強微微一怔，道：「你找我幹什麼？」
閻正蘭粉首幾乎探出車外，吐氣如蘭道：「昨兒你在我家使的那幾招真好看，哪天教教我好不好？」
林強又往前湊湊，雙腿幾乎貼在車輪上，道：「你看走眼了，想學劍該去找程大娘，人家才是行家，我這兩手上不了檯面，學了也沒用。」
車裡忽然有人哼了一聲，林強朝車裡一看，才發現程大娘竟坐在車中，不禁嚇了一跳，趕緊往後縮了兩步。
閻正蘭身子又朝外探探，兩臂搭在車窗上，道：「你弄錯了，我想學的不是劍法，是你那手拔劍還劍的功夫。」
車裡的程大娘突然接道：「還有你偷我的錢包所用的手法。」
林強哈哈一笑道：「那只不過是旁門左道的小玩藝兒，有什麼值得學的？」
閻正蘭也跟著笑了笑，道：「你是四維堂的人，怎麼會那種功夫，是誰教你的？」
林強道：「說出來只怕你也不信，是我花六兩銀子買來的。」
閻正蘭果然半信半疑道：「功夫也能花銀子買？」
林強道：「當然可以，只要有銀子，有的時候連命都可以買。」
車裡的程大娘又道：「問問他跟誰買來的？」
林強不待閻正蘭開口，便道：「是從丐幫裡的位朋友那兒買來的，怎麼，莫非程大娘對這種玩藝兒也感興趣？」

程大娘冷哼一聲，沒有再搭腔。

閻正蘭突然道：「我給你六兩銀子，你把那手玩藝兒轉賣給我好不好？」

林強搖首道：「那可不行，我買來之後，又苦心琢磨了一兩年才把它融入劍招裡，原價賣給你怎麼行！」

閻正蘭呆了呆，道：「那你打算要多少？」

林強翻著眼睛算了算，道：「至少也得十兩。」

閻正蘭忙道：「十兩太貴了，我出你七兩怎麼樣？」

林強搖頭。

閻正蘭扭著身子道：「林大哥，不要這麼計較，我一個女孩子家，哪來的那麼多錢！」

林強斜著眼睛想了想，道：「你多少也得再加一點才像話。」

閻正蘭想了想道：「好吧，我給你八兩，總可以了吧？」

林強賞了很大交情似的，道：「看在你是正保妹妹的份上，八兩就八兩。」說著，已把手掌伸了出去。

閻正蘭身子立刻往後一閃，道：「要收錢起碼也得把我教會了才行，哪有先付的道理？」

程大娘又已接口道：「對，這就叫做不見兔子不撒鷹，對付他這種人，就得用這種方法。」

說話間，篷車已在緩緩前行，閻正蘭似乎還想說什麼，俏臉剛剛探出窗外，立刻就被人給拽了回去，同時窗簾飛快的垂了下來。

林強目送篷車去遠，才搖著頭走到卦攤前，見劉半仙正橫眉豎眼地瞪著他，忙道：「你生什麼氣？是不是今天還沒有開張？」

劉半仙怒氣衝衝道：「生意都被你一個人給攪光了，還開什麼張！」

林強一怔道：「我幾時攪過你的生意？」

劉半仙數落著道：「一大早就來了群小叫花子來找你，硬逼我說出你的方位，我好不容易才把他們打發走，緊跟著就是一輛篷車在我面前走過來又走過去，走過去又走過來，還說什麼車子打這兒經過，剛好看見你，哼，真是說謊話也不紅臉，這年頭的女人真是變了。」

林強笑道：「說句謊話有什麼大驚小怪的，你還不是靠著說謊騙人在混飯吃！」

劉半仙理直氣壯道：「我說謊是為了生意，她說謊是為什麼？」

林強道：「她也是來跟我談生意的。」

劉半仙臉上的怒火登時雲消霧散，立刻色瞇瞇道：「難怪這女人看起來妖裡妖氣的，原來是堂子裡的姑娘。」

林強「噓」的一聲，面朝四下望了望，道：「劉半仙，你的膽子可不小，這話幸虧沒被外人聽到，否則一旦傳到她的耳朵裡，就算你保住了腦袋，起碼也得丟條腿。」

劉半仙楞了楞，道：「這女人究竟是誰？」

林強道：「她就是閻二先生的第二個女兒，閻正保最小的妹妹，大家都稱她閻五小姐，你應該聽說過吧？」

劉半仙大吃一驚道：「我的天哪，他們家的女人你也敢碰！我看你是活膩了。」

林強道：「我沒碰，我只是和她談筆生意，我方才不是跟你說過了麼。」

劉半仙驚魂未定：「就算跟她談生意，也犯不著啊，你要知道閻二先生對這個五小姐可護得很啊。」

林強道：「我知道，可是八兩銀子的生意，我能甩掉麼！」

劉半仙一聽八兩銀子，驚慌之色盡消，忙問道：「本錢多少？」

林強道：「六兩，淨賺二兩，還過得去吧？」

劉半仙什麼話都沒說，只將手掌攤開，另一隻手掌在中間比了一下。

林強馬上把頭一點，道：「行，就算我賠償給你直到現在還沒開張的損失好了。」

劉半仙急忙追問道：「什麼時候可以拿到？」

林強道：「很快，至少比閻二先生那筆快，而且也單純得多。」

劉半仙狀極開心地捻了捻八字鬍鬚，突然又道：「你看那群小叫花急著找你，會不會也想跟你談生意？」

林強失笑道：「劉半仙，別貪心，貪心的人會短壽的，你也不想想，那群花子比我還窮，哪裡有錢給我賺！」

劉半仙皺著眉頭道：「那他們急著找你幹什麼？就算討飯，也討不到你門上來啊！」

林強道：「你不必想了，反正不會是好事。」

突然身旁冒出個小叫花來，一邊拭著汗，一邊喘氣道：「也絕不是壞事，你放心好了。」

說話間，第二個、第三個、第四個相繼趕到，轉眼工夫，卦攤已被一群小叫花圍了起來。

林強忍不住嘆了口氣，道：「說實在的，我還是真有點不放心，你們找我究竟是為什麼事，能不能說來聽聽？」

其中一名小叫花回手一指，道：「我們香主正在那片牆根上等你，想請你跟他一塊曬曬太陽，不知你肯不肯賞光。」

林強苦笑道：「拿什麼東西請客的都有，我卻從來沒聽說過有人拿不花錢的陽光請客，這倒也新鮮得很。」

那些小叫花沒有一個人吭聲，全都眼巴巴的在等候著他一句話。

林強摸著他臉上的刀疤，一時難以決定，因為他還沒有想好昨夜的事該如何向鐵拐盧修解說。

站在一旁的劉半仙卻忽然開口道：「你趕快去吧，把他們全都帶走，我看這裡八成要出事。」

林強微微怔了一下，急忙回首一瞧，才發現大街上已多了一批持刀佩劍的人，有一個居然還扛著一桿長槍，而且每個人的穿著都很考究，一看即知絕非一般江湖人物。

這些人三三兩兩，目標都是隔壁那老武師的場子，轉眼間幾十個人全都擠進了武場四周的人群中。

這時場中的鑼鼓聲響已停，圍觀者的掌聲四起，顯然又到了老武師大展神威的時刻。

過了不久，只聽那老武師大喝一聲，觀眾紛紛閃避，只見個年輕人只翻了兩三翻，便已結結實實的摔在卦攤前。

劉半仙搬起卦攤就想退讓，卻被林強攔住。

那老武師和辮子小姑娘又已匆匆趕到，又開始往那年輕人嘴裡灌藥。

林強就趁著這個機會匆匆道：「恐怕有人要砸場，不知你老人家有沒有注意到？」

那老武師抬眼一看，道：「原來是林老弟，多謝關心，我早就知道了。」

林強忙道：「等一下往南邊退，我會替你們安排接應。」

那老武師點點頭，還嘆了口氣。

那年輕人顯然是被摔暈，吃過藥後，半晌還沒清醒，老武師只好以掌抵住他的後心，同時低聲道：「林老弟，你能不能再幫我個忙？」

林強道：「你說！」

那老武師道：「想辦法把人群驅散，以免誤傷無辜。」

林強道：「好，這事交給我了。」

這時那年輕人已經逐漸恢復過來，那老武師立刻大聲問道：「你覺得怎麼樣？」

那年輕人含含糊糊的說了聲：「好……藥。」

那老武師聽得雖然直皺眉頭，但還是大步向場中走去，同時鑼鼓之聲又起，觀眾也很快的把那個缺口堵了起來。

劉半仙立刻頓足一嘆道：「林強，我看你準是瘋了，你對那老傢伙的底細一無所知，只不過是一兩銀子的交情，何必多管這種閒事！」

林強不慌不忙的將那年輕人扶起，眼看他走入人群，才道：「誰說我不知他的底細，老實告訴你，昨天我一見他腕上那塊疤痕，我就認出他是誰了。他是我師傅的結拜兄弟陳景松，我很多年之前就曾見過他。」

劉半仙嚇得聲音都變了，怪聲怪氣叫道：「『八卦游龍掌』陳景松是日月會的人，就算他是你師傅的親兄弟，你也不該管，更何況你早已脫離四維堂，他是死是活，跟你有啥關係！」

林強聽得似乎很不高興，頓時眼睛一翻道：「你懂不懂什麼是民族氣節？你懂不懂什麼是武林大義？」

劉半仙哼了一聲，道：「你懂？」

林強道：「我不懂，不過有的時候還可以裝一裝，否則日子過得太平淡，活著還有什麼意思！」

劉半仙一邊收拾東西一邊道：「好吧，你就裝吧，我看你怎麼趕散這群人，我看你讓誰替你打接應。」

林強冷笑一聲，彎身朝那些小叫花道：「你們能不能替我找幾隻狗？」

那群小叫花馬上圍成了圈，埋首嘰嘰咕咕商量了一陣，其中一人抬首道：「五隻夠不夠？」

林強道：「夠了，等一下你們在後面趕狗，經過這裡的時候，大喊瘋狗來了，叫大家快跑行了。」

那群小叫花答應一聲，一下子就走了一半。

林強又朝另一半道：「你們趕緊去給盧香主送個信，把這裡的情況告訴他，如他怕的話，就趕快夾著尾巴躲起來，如果他想重振丐幫雄風，就請他多調點人手在前面接應，這些人後臺或許很硬，不過，我諒他們也沒有膽子得罪天下第一大幫。」

話剛說完，小叫花又跑掉了幾個，只剩下兩個人正抬眼在望著他。

林強訝然道：「咦，你們倆留在這裡幹什麼？」

其中一人道：「在陪你。」

另外一人道：「人多一點，至少也可以替你壯壯膽子。」

林強長嘆一聲，道：「劉半仙啊劉半仙，你看看人家，你看看你，真是江湖越老，膽子越小，你趕快搬著你的東西走吧，別賴在這裡丟人了。」

劉半仙猛將卦攤一拍，叫道：「我偏不走，我倒要看看你怎麼收拾這個場面。」

林強手掌在他肩膀上一搭，道：「這就對了，殺頭不過碗大的疤，怕什麼！」

這時那老武師又在推售他的「鐵牛行功丸」，說起話來字字清晰，句句有力，毫無緊張的味道，但街上的行人卻已在一片犬吠人喊聲中大驚失色，倉皇奔逃，繁華的街頭頓成混亂狀態。

五隻巨犬在一群小叫花的追逐下，瘋狂般地衝了過去，路人幾被席捲一空，擁擠的武場霎時間就只剩下那批持刀佩劍的二三十人，稀稀落落的站了一圈，剛好把老武師等三人圍在中間。

那老武師直盯著其中一名腰懸長劍的中年人，淡淡道：「一別多年，想不到閣下居然還活著，真是出人意外得很！」

那中年人一副有恃無恐的模樣，緩緩搖首道：「陳景松，你的運氣實在糟透了，我們到開封原本另有公幹，想不到卻無意中撈到你這條大魚，而你還帶上來兩隻小蝦米，你說你有多倒楣。」

那老武師果如林強所說，正是「八卦游龍掌陳景松」。

只見他依然面帶微笑道：「賀天保，你先別得意，究竟是誰倒楣，少時即知分曉，不過在動手之前，我不得不警告你一聲，如你把他們兩人當成小蝦米，你的死期就不遠了，到時只怕連老天都保你不住。」

那叫賀天保的中年人聽得不禁微微楞了一下，飛快地將目光轉到那打鼓大漢身上。

那大漢此刻早已放下鼓槌，手上一柄長劍正在陽光下閃動，劍光和目光同時逼視著賀天保，似乎根本就沒將他看在眼裡。

賀天保打量那大漢許久，才突然叫道：「你……你是溫少甫！」

那大漢笑笑道：「怕了吧？你號稱『中州一劍』，我卻是『一劍震四方』，剛好震得你暈頭轉向，滿地亂爬，哭著喊著叫爹媽……」

旁邊辮子小姑娘不待他說完，已笑得花枝亂抖，前仰後合，連手上的銅鑼都已脫手飛了出去。

賀天保盛怒之下剛想拔劍，只覺得一片金光已到面前，慌忙側肩昂首，「嗡」的一聲，那面銅鑼已挾風而過，長劍剛剛離鞘，耳後風聲又起，又是「嗡」的一聲，那面銅鑼竟然去而復返，擦過他的頭頂，重又飛回到那辮子小姑娘手上。

只聽一旁有人大喊道：「當心暗器，這小丫頭是『滿天飛花』關玲！」

說話間關玲暗器已然出手，連聲驚叫中，方才出言示警的那人已先仰天摔倒在地上，眉心上已中了一枚亮晶晶的暗器，暗器上果然帶著朵鮮紅的小花。

在場之人雖然均非等閒之輩，但仍不免一陣慌亂，關玲趁亂躥起，掠過林強身旁，直向街南奔去，同時也將那面銅鑼隨手又甩了回來。

林強似乎整個楞住了，他做夢也沒想到一個十五六歲的小姑娘，竟是個名滿武林的暗器高手，直到那面銅鑼「嗡嗡」而至，他才如夢初醒，想也沒想，抬腳便將卦攤前的一張凳子踢了出去，剛巧擊中一名正在彎腰閃避銅鑼的持刀大漢的膝蓋上。

那持刀大漢悶吭一聲，當場抱膝栽倒，連鋼刀都已脫落在林強腳下。林強抓起鋼刀，朝著由後面追來的幾人就砍，連砍幾刀調頭便跑，跑出幾步回身又砍幾刀。

如此殺殺跑跑，越來越覺得用起刀來極不順手，卻又不能甩掉，正在萬般無奈之際，突然從人縫中發現表演吞劍的王老十正在提劍欲吞，急忙縱入人群，一把便將那口劍奪過，順便將刀往他手中一塞，又從人群中擠出，繼續的往前跑。

但他一擠出人群，馬上便後悔起來，因為他發覺這柄劍既輕又短，而且未曾開刃，拿在手上簡直如孩童玩具一般，莫說拿來殺人，即使切個白菜蘿蔔都未必管用。想要回去再換回那把刀，可惜時間已經來不及了，因為至少已有七八名手持刀劍的大漢追到他身後。

他只好如先前一般，且戰且跑，但手中的劍實在太不爭氣，幾次都險些被人震飛，自己也差一點點血濺當場。

身後的殺喊之聲愈來愈近，陳景松也不知何時已將長槍奪在手裡，使得也居然有板有眼，威力十足。

林強邊走邊回頭，只希望他能早點趕來替自己解圍，誰知就在這緊要關頭，竟然失足栽倒在地上。剛想挺身躍起，卻發現已有兩刀一劍同時遞到。

在刀劍臨身的急迫情況下，林強突然身形倒捲，雙足尚在半空，左臂已忍痛將全身撐起，同時右手的劍已朝上刺出，只聽得慘叫一聲，那禿禿的劍尖竟已沒入了那名持劍大漢的胸膛。

這一招不僅刺中一人，同時還避過了兩刀，看上去巧妙之極。

幾名追逐他的人幾乎全看呆了。林強也一如傻瓜般的呆坐當場，連插在那大漢胸中的劍都忘了收回。

那中劍大漢直挺挺的仆倒在地上，其他人一驚而醒，刀劍又已先後攻到，幸好陳景松已殺到近前，槍花抖動間，便將那幾人逼開，邊戰邊回首問道：「老弟，你方才使的是哪一門的劍法？」

林強這才從地上爬起，口中喃喃道：「『沉龍飛天』原來是這麼使出來的！」

陳景松似乎沒聽清楚，又道：「你說什麼？」

林強拾起那倒地大漢的長劍，一陣亂殺亂砍，邊砍邊道：「我這算什麼劍法，只不過是在這一帶混飯吃的莊稼把式罷了。」

陳景松聽得連連搖頭，正在與他交手的那幾張臉上也現出懷疑之色，好像誰都不信大相國寺的莊稼把式竟然如此可怕。

說話間，關玲的暗器又破風而至，鐵拐盧修肥胖的身軀已在眼前，那些追逐在後的人慌忙止步，楞楞地望著盧修身後數不清的丐幫子弟。

這時溫少甫仍被一群人包圍著，幾次想突圍而出，都被賀天保凌厲的劍招阻住。

林強忍不住道：「陳老前輩，您看咱們要不要趕去接應一下？」

陳景松尚未開口，盧修已搶著道：「不必了，你們趕緊過來，這種小場面我還能應付。」

兩人相互望了一眼，大步走到盧修身旁，似乎都想看看他用什麼辦法把溫少甫救出重圍。

只聽盧修突然大喝一聲：「停，停，停！」這三個停字的威力，遠出乎眾人意料，非但激鬥中的眾人同時住手，連遠處走鋼絲的小翠姑娘都把已邁出去的腳又收了回來。

盧修威風凜凜的揚起鐵拐，朝溫少甫一指道：「你，過來！」

溫少甫似乎被他的語氣給嚇呆了，楞了半晌，才小心翼翼的自眾人中穿出。

賀天保居然沒有阻攔，其他的人也沒有動，甚至有的還自動的讓出去路，直等溫少甫走入丐幫群中，眾人才緩緩地跟了上來。

盧修不待他們開口，便鐵拐一指，大聲喝問道：「你們是什麼人？你們的頭領是哪一個？」

賀天保打量了盧修一陣，又朝他身後那百十個花子掃了一眼，突然，「嗆啷」一聲，將劍還入鞘中，然後才朝盧修勉強一抱拳，道：「閣下莫非是丐幫的盧香主？」

盧修大刺刺道：「我是盧修，你又是誰？」

賀天保停了停，才有氣無力道：「在下賀天保，不知盧香主有沒有聽人說起過。」

盧修立作大驚狀道：「原來是大名鼎鼎的『中州一劍』賀大俠，真是失敬，失敬……」

說到這裡，忽然眉頭一皺，道：「聽說閣下不是做了京官麼？怎麼不在京中納福，反而跑到這裡來打群架？」

賀天保好像這時才想起了自己的身分，登時臉色一沉，道：「盧香主只怕弄錯了，我們正在捉拿欽犯，怎麼可以說是打群架？」

盧修道：「什麼欽犯？」

賀天保道：「那四人都是日月會的叛黨，難道閣下還不知道麼？」

盧修匆匆回顧了一眼，滿臉狐疑道：「不可能吧，這幾個人都是在這附近討生意的苦哈哈，怎麼會是叛黨？」

賀天保冷笑道：「那你就被他們騙了，老實告訴你，這四人中的三人都是日月會裡的名角色，尤其是那個年紀最老的陳景松，當年曾從我手中逃走過，我是絕對不會認錯人的。」

盧修聽得連臉色都變了，一副六神無主的樣子道：「糟了，這一來我豈不是惹了大禍？」

賀天保即刻道：「不知者不罪，但願香主趁早置身事外，以免為貴幫惹上麻煩。」

盧修大喜道：「大人這麼說，那我就謝了，我們馬上走人，免得誤了大人的大事。」說完，鐵枴一揮，百十名丐幫子弟一哄而散。

賀天保重又拔出了劍，伸長頸子東張西望，但見滿街都是叫花子，唯獨不見他所要追捕的那四個人的蹤影。

第八回　療傷的日子

林強興高采烈的走進房中，躡手躡腳的關上房門，正想給柳金刀一個驚喜，突然，「叭嗒」一聲，那口價值二百兩銀子的鋼刀已落在他腳前。

只聽柳金刀在炕上嚷嚷道：「你這人是怎麼搞的，買個針線一去就是大半天，你有沒有想到家裡還有個人等著吃飯！」

林強怔了一下，道：「好，你要吃什麼，你說！」

柳金刀雖已張開嘴巴，卻再也講不出一句話來。

原來站在相距她不遠的林強，正左手拎著個小布包，右手提著個大菜籃，肋間夾著一包米，腰間掛著只新瓷壺，而且脖子上還吊著兩隻雞，那兩隻雞還在不停的掙動。

柳金刀簡直看呆了，過了好一會兒，才咽了口唾沫道：「你怎麼一下子買這麼多東西回來？」

林強道：「家裡有個沒有東西吃就亂發脾氣的女人，不多買一點，行麼！」
柳金刀「噗哧」一笑，道：「這些東西你還提著幹嘛？不累呀！」
林強這才將東西一樣樣的放下，又從懷裡掏出幾隻碗，一把筷子和一包熱乎乎的羊雜碎。
他把那包雜碎往柳金刀手上一拋，提著兩隻雞就往廚房走，剛剛走近廚房，就忽然叫起來，道：「咦，鍋裡的粥呢？」
柳金刀喊著答道：「我吃掉了。」
林強道：「你吃了半鍋粥，怎麼還在亂發脾氣！」
柳金刀道：「什麼半鍋，最多也不過一大碗而已。」
林強道：「那也應該夠你吃了。」
柳金刀道：「才不夠呢，何況那粥又冷又淡又沒味道，難吃死了。」
林強冷哼一聲，道：「你最好不要挑剔，這兒不是飯館，也不是客棧，有的吃就已經不錯了。」
柳金刀沒有吭聲，只挑挑揀揀在吃那包羊雜碎，吃得津津有味。林強又開始磨刀，磨得霍霍有聲。
柳金刀含含糊糊叫道：「你磨刀幹什麼？」
林強道：「殺雞啊。」

柳金刀怔道：「你這兩隻雞準備怎麼吃？」
林強道：「還怎麼吃，煮熟放點鹽巴就好了。」
柳金刀道：「那太可惜了，紅燒怎麼樣？你會不會做？」
林強立刻把刀往矮灶上一擺，走到炕前先抓了幾塊羊雜碎塞進嘴，邊嚼邊道：
「你以前有沒有受過傷？」
柳金刀搖頭。
林強道：「你有沒有聽人說過受刀傷的人不能吃紅燒的東西？」
柳金刀道：「為什麼？」
林強道：「因為吃了紅燒的東西，將來你那道疤的顏色就很深，很難看。」
柳金刀道：「我不在乎。」
林強道：「你不在乎，我在乎。」
柳金刀登時叫起來，道：「疤在我身上，跟你有什麼關係？」
林強道：「誰說沒關係，我曾經答應過你的，難道你忘了？」
柳金刀一怔道：「你答應過我什麼？」
林強道：「我曾經答應過儘量不讓你留下疤痕，就算非留疤痕不可，至少也要留得漂亮一點，就像我臉上的這道一樣。」
說完，馬上把左臉湊到她的面前。

柳金刀也撐起身子，看過他的左臉又看右臉，最後索性從頭到腳仔細地打量他一遍，突然道：「林強，憑良心說，你不像個壞人嘛！」

林強聽得幾乎把滿口的羊雜碎都噴出來，急忙咽下去，又連咳了幾聲，才道：「誰說我是壞人，我只不過是窮一點而已，其實我心地善良得很，是個出了名的大好人，不信，你改天到大相國寺一帶去問問。」

柳金刀連忙點頭道：「我相信，不過，有件事我實在想不通。」

林強道：「什麼事，你說！」

柳金刀道：「以昨夜你閃避我突襲的那招看來，你的武功應該很有點根底才對！」

林強道：「是學過幾年。」

柳金刀道：「那你為什麼不去做鏢師，你不是認識四海通鏢局的閻二先生麼？」

林強搖頭苦笑道：「你經常在江湖上走動，可曾見過臉上有疤的鏢師？」

柳金刀想了想，道：「有疤的強盜我倒見過一個，鏢師好像還沒有。」

林強雙手一攤，道：「你瞧如何？莫說是鏢局，就連一般的店鋪，也絕對不會雇用破了相的人。」

柳金刀想了又想，道：「你可以自己做個小生意，日子過得總比現在要好得多。」

林強道：「我現在也算是在做生意，而且我的日子過得也並不壞……起碼還不至於挨餓。」

柳金刀聽得連連搖頭，沉默片刻，突然指著仍舊在地上的那把「秋水長天」，道：「你不是說那口刀可以向閻二先生換取二百兩銀子麼？」

林強急忙把刀撿起來，朝裡一扔，道：「是啊。」

柳金刀道：「你為什麼不趕快去換呢？有了那筆銀子，至少可以把環境弄得好一點……而且也可以把我託你的那句話帶給他。」

林強笑笑道：「別開玩笑了，我再蠢，也不可能現在去找他。」

柳金刀不解道：「為什麼？」

林強道：「你想想，萬一閻二先生問起我在哪裡遇到你，還有你究竟是什麼人，長得什麼樣子，多大年紀，哪年哪月哪日什麼時辰生人，我怎麼說？」

柳金刀吃吃笑道：「他哪裡會問那麼多，又不是合八字。」

林強道：「那可難說，閻二先生心思細膩過人，就算他當時不問，心中也必定起疑，萬一找到我這裡來怎麼辦？」

柳金刀下意識的朝四下掃了一眼，道：「你這裡究竟安不安全？」

林強道：「保證安全。這裡是開封城裡出了名的迷魂陣，一般人是絕對不會到這裡來的。」

柳金刀道：「可是你要知道，閻二先生並不是一般人啊！」

林強道：「所以咱們一定得忍耐，在你的傷勢復原之前，絕對不能出紕漏。」

柳金刀沒有吭聲，但神態間仍然充滿了擔心的味道。

林強指了指她手上那包羊雜碎道：「你只管安心吃你的東西，我經常跟他兒子混在一起，我想他在短期之內還不至於懷疑到我頭上來的。」

柳金刀果然安心了不少，揀起塊羊雜碎剛想往嘴裡放，忽然又停住道：「我有件事差點忘了問你。」

林強道：「什麼事？」

柳金刀道：「你臉上這道疤是怎麼來的？」

林強眉頭一皺，道：「你問這幹什麼！」說完，還橫了她一眼，轉身走進廚房。

柳金刀被他衝得食欲大減，將那包羊雜碎往小几上一扔，重又平躺在炕上，兩眼直直地瞪著矮矮的屋頂，再也不吭聲。

林強也一句話不說，埋首在裡邊忙活，熱鬧的房中登時靜了下來，靜得就像沒有人一般。

過了很久，炕上的柳金刀忽然大聲叫道：「林強，你是怎麼搞的！」

林強馬上緊緊張張的跑出來，道：「你小點聲好不好，什麼事，你說！」

柳金刀氣呼呼道：「你怎麼連招呼都不打一聲，就把我擺在鍋子上！」

林強失笑道：「你明明躺在炕上，怎麼說躺在鍋子上？」

柳金刀理直氣壯道：「我躺在炕上，你在下面燒火，這不跟躺在鍋子上一樣！」

林強道：「不燒火，咱們晚上吃什麼！」
柳金刀道：「我不管，我不知你昨天給我上的什麼藥，現在傷口又乾又痛，痛得連動都不能動，你還在下面拼命燒火，你成心要烤死我是不是？」
林強道：「你早晨不是還跑到廚房去吃東西，怎麼說連動都不能動？」
柳金刀道：「就是因為早晨下去的時候撐破了傷口，所以現在才痛得要命，總之都是你害的。」
林強神色一緊，道：「你的傷口真的撐破了？」
柳金刀道：「當然是真的，不信你看看！」
她嘴上說著叫林強看看，手臂卻將被沿兒壓得很緊，連一點兒讓他看的意思都沒有。
林強卻依然湊過去，隔著被子朝傷口部位看了一眼，道：「糟了，傷口真的裂了，血都浸出來了，難怪你會痛得要命。」
柳金刀大吃一驚，急忙揭開被子一瞧，包在傷口的那塊雪白布雖已五色陳雜，卻絕對不帶一絲血色，不禁叫起來道：「林強，你騙我，你怎麼可以騙我！」
林強唉聲嘆氣道：「你騙了我老半天，我都沒說什麼，我只騙了你一句，你就不依不饒，你的氣量也未免太狹窄了。」
柳金刀氣得連被子也忘記蓋上，依然杏眼圓睜的叫道：「我的氣量窄又怎麼樣，你管得著麼！」

林強道：「我當然管不著，而且我也不想管，我只想問問你，你現在的感覺如何？是不是比方才涼爽多了？」

柳金刀這才發覺自己一條雪白似玉的大腿整個露在外面，趕快將被子合起來，道：「我的傷口雖然沒有裂，但又乾又痛卻是真的，而且身子也快被烤焦了，你說怎麼辦？」

林強道：「我看這樣吧，暫時把你抱到椅子上坐坐，等炕冷了你再上來，好不好？」

柳金刀道：「本來是可以的，可是我的褲管全破了，你叫我怎麼下得了炕？」

她話才說完，忽然又道：「還有，我叫你買的針線，你究竟買回來沒有？」

林強急忙把那小布包遞給她，道：「當然買回來了，你交代的事情，我敢不辦麼。」

柳金刀身子往上挪了挪，嘴裡嘟囔著道：「男人就是不會辦事，買這許多針線幹嘛，我又不要開店鋪。」

說著，已將小包解開，她微微楞了一下，立刻眉開眼笑，怒氣全消，雙手拎起一件漂亮得耀眼的紅緞子小襖，道：「這是買給我的？」

林強聳肩道：「是打算自己穿的，你既然喜歡，就送給你吧。」

柳金刀忍不住失聲笑了起來，又開心地拎起那條褲子看了看，道：「你瞧這褲子穿起來會不會太寬？」

林強道：「寬一點好跑路，萬一再遇上閻二先生，也可以逃得快一點。」

柳金刀忽然緩緩地放下雙手，道：「我想起來了，你不去還他這把刀，我託你的那句話怎麼傳過去？」

林強道：「不必傳了，就算傳給他也沒有用。」

柳金刀急道：「為什麼？」

林強道：「前天四維堂的人就曾找過他，想邀他合力把盛大俠夫婦搭救出來，已經被他斷然回絕，他家大業大，而且京裡還有一戶人家，這種滅門之禍，他是絕對不會惹的，你手上不論抓著什麼東西，總不會比他兩家幾十條人命還重要吧？」

柳金刀沉默。過了許久，才道：「你是怎麼知道的？」

林強道：「這是昨天他親口告訴我的，這把刀的生意，也是那個時候談定的。」

柳金刀又道：「他有沒有談起四維堂為什麼要救那兩個人？」

林強道：「沒有談起，不過我想他們目的一定跟你一樣。」

柳金刀搖頭道：「不一樣，絕對不一樣。」

林強詫異道：「何以見得？」

柳金刀恨恨道：「我救他是為了殺他，我曾經發過誓，非要親手殺了他不可。」

林強已從秦喜功口中得知她與盛大俠結怨的經過，本想勸導她幾句，猛然想起廚事才只做到一半，再也沒有閒情談下去，匆匆忙忙的又走進了廚房。

柳金刀也不再吭聲，直到林強已將飯菜端到她面前，她仍然躺在那裡動也不動，似乎連一點食欲都沒有。

林強也不理她，只顧自己吃喝，但愈吃愈覺得沒有胃口，最後還是將碗筷放下，抹著嘴巴道：「柳金刀，有一件事我想應該讓你知道。」

柳金刀不但沒有開口，甚至連看都沒看他一眼，林強立刻解開上衣，露出受傷的右肩，道：「昨夜我坐在府裡王師爺的軟轎上，糊裡糊塗的被刺客刺了一劍，差一點就做了那老傢伙的替死鬼。」

柳金刀這才勉強地朝他傷處瞄了一眼。

林強只有繼續道：「據說那些刺客全是黃國興大人的手下，他們所以行刺王師爺的原因，是為了王師爺用計將他們即將到手的兩名人犯給騙走了，而且好像還殺了他們幾個人。」

柳金刀終於開口道：「你告訴我這些幹什麼？」

林強道：「因為那兩名人犯正是盛大俠夫婦，而王師爺運用的計策也極簡單，只差了個人把你被捕的消息傳給了盛大俠而已。」

柳金刀一怔道：「我幾時被捕過？」

林強道：「你當然沒有被捕，這只不過是王師爺以你為餌，誘捕盛大俠的一種手段罷了。」

柳金刀楞住了，張口結舌的呆望了林強良久，才道：「你是說那姓盛的是為趕來救我才被捕的？」

林強道：「不錯，所以我認為你們之間的恩怨應該了結了，你過去雖曾救過他的性命，或許曾付出更多，但這次他等於已把那條命還給你，而且還搭上個盛夫人，算算也該夠了，你說是不是？」

柳金刀聽得不斷地搖著頭道：「你騙我，你怎麼會知道這些事，是不是那姓盛的叫你來的？」

林強忙道：「我並不認識盛大俠，也從來沒有見過他，這些事我都是從秦喜功那裡聽來的。」

柳金刀依然不肯相信道：「你胡說，秦喜功是開封總捕，高高在上，你怎麼可能接近他？怎麼可能從他那裡聽來這麼多話？」

林強嘆了一口氣，道：「不瞞你說，我爹當年也是府衙的捕頭，有一次在圍捕盜匪的行動中，為了搶救重傷垂危的秦喜功而喪命當場，所以秦喜功爬得再高，他也還是欠我的，昨夜也是因為他派人用轎子來接我，才害我莫名其妙的挨了一劍！」

他話還沒有說完，柳金刀眼淚已奪眶而出，到後來索性將被子蒙在頭上，竟在被中痛哭失聲，好像想把抑制多年的委屈借著哭聲一下子宣洩出來一般。
林強沒有阻止，也不加勸解，只悶聲不響的吃完飯，點起了燈，在燈下以熟練的手法重新處理已經破裂的傷口，直到他包紮完畢，柳金刀才逐漸止住了哭聲。
只見她揭開被子，掏出塊手帕，拭拭眼淚，又擤了把鼻涕，慢慢把身子往上坐了坐，然後一聲不響地抓起碗筷，一口菜一口飯的吃了起來。
這時房裡已經很暗，林強趕忙把燈端過去，道：「這就對了，不論你想殺人還是救人，或是拍拍屁股走人，都得先把傷治好，你若想傷口復原得快，最大的訣竅就是多吃多睡少走動。」
柳金刀也不言語，一口氣把飯菜吃光，又拎著瓷壺喝了幾口水，才道：「林強，你看我這個傷要多久可以治好？」
林強沉吟著道：「我想至少也得個把月。」
柳金刀叫道：「什麼，要這麼久？」
林強道：「我說的是完全治好，如果調理得法，七八天後你就可以試著下炕了，到那個時候就舒服多了。」
柳金刀愁眉苦臉道：「我每天躺在炕上又吃又喝，又不能亂走動，到時候不胖死才怪。」
林強道：「我早就想到了，所以我才把衣裳給你買得寬了點。」

柳金刀忍不住又把那套衣服拿起來，仔細地看了一看，道：「這套衣服的工料都不錯，一定花了你不少錢吧？」

林強道：「花錢事小，我能把這套衣服買回來，可費了不少勁兒。這套衣服原本是人家西城劉大戶的閨女訂做的，幸虧徐老師傅是熟人，我連哄帶騙的磨了大半個時辰，他才勉強讓給我的……」

說到這裡，忽然往前湊了湊，低聲接道：「你猜我為什麼非要把這套衣裳買回來不可？」

柳金刀怔怔道：「為什麼？」

林強皺眉道：「因為我總覺得這套衣裳穿在劉大戶閨女身上，有點可惜。」

柳金刀道：「她長得是不是很醜？」

林強忙道：「不醜，不醜，絕對不醜。」

柳金刀也將臉往前湊了湊，道：「比我怎麼樣？」

林強搖頭道：「那可差遠了……不過，有一樣你一定比不上她。」

柳金刀道：「哪一樣？」

林強道：「她身上的肉比你多，而且保證都是上好的五花肉。」

柳金刀聽得愁眉盡掃，格格地笑了一會兒，突然道：「林強，你能不能再去替我買點東西？」

林強道：「你還需要什麼？你說！」

柳金刀忸怩了一下，道：「你去替我買個馬桶來好不好？」

林強道：「你要那東西幹什麼？後院裡不是有茅房麼。」

柳金刀道：「你那間茅房又髒又臭，我可不敢用，而且我身上帶著傷，用起來也不方便。」

林強摸著臉上的刀疤想了想，道：「你要的是不是南方人常用的那種朱漆馬桶？」

柳金刀連忙點頭道：「對、對。」

林強道：「那種東西在開封難找得很，縱然我找到也一定貴得要命，少說也得一兩七八。」

柳金刀忙道：「不要緊，我身上還有錢，我自己出。」

林強把頭一點，道：「你自己出就好辦。」

說著，翹起腳在閣樓上隨手一撈，便拎下來一個幾乎全新的朱漆馬桶。

柳金刀訝然道：「這麼好的東西，你擺在上面幹什麼？」

林強道：「我一男人家，要這東西何用，這原是我娘臨終前用的，本來不該賣的，既然你非要不可，我只好讓給你了。」

柳金刀吃吃的笑了一陣，又道：「那你就去幫我買個木盆吧，要大點的。」

林強道：「你的傷沒好之前又不能洗澡，你要那東西有什麼用？」

柳金刀道：「我至少可以擦擦身子，偶爾也可以泡泡腳，我總不能用你的臉盆泡腳吧！」

林強翻著眼睛想了想，道：「那種東西好像也不便宜……」

柳金刀截口道：「一兩夠不夠？」

林強二話不說，立刻踩著炕沿兒將頭探進閣樓，很快的又拉出了一個大木盆，那木盆雖已沾滿了塵土，看起來也並不太舊。

柳金刀兩眼眨也不眨的朝上瞄著道：「這上面還藏著什麼好東西，有沒有大一點的被面兒？」

林強道：「你說這話真外行，那種東西擺在上面，不出三天就會被耗子咬掉……咦，我這床被還滿不錯，你又要被面兒幹什麼？」

柳金刀道：「我想掛在炕前面，這炕正好對著房門，我睡不安穩。」

林強痛痛快快道：「好，你要什麼顏色的？」

柳金刀道：「粉紅的、翠綠的、淡藍的都可以。」

林強皺眉道：「那三種顏色脂粉氣都太重，掛在這裡太難看了，藏青的行不行？」

柳金刀點頭道：「行，行，你估計要多少錢？」

林強走上去將壓在柳金刀身下的墊被一揭，道：「你看著給吧。」

柳金刀這才發現墊被下竟還鋪著好幾床被面兒，忍不住伸長了脖子四下張望著道：「你房裡還有沒有其他的好東西？」

林強胸脯一挺道：「好東西還只剩下一樣，就是我這個人，你要不要買？」

柳金刀居然認真地咬著嘴唇瞟了他好一會兒，才道：「那就得看價錢了，如果不太貴的話，倒是還可以考慮考慮。」

× × ×

日子就在這種和諧寧靜中一天天的過去了，到第七天，柳金刀已可以下炕走動，並開始試著做些輕微的家務事，對林強的防範也不像前些日子那般嚴謹，而且還不時探問他的身世，只對他臉上落疤的原因絕口不談。

林強的肩傷已漸復元，他每天仍然不斷地往外跑，只是在家的時間愈來愈長，在外的時間一天比一天短。

這種日子整整保持了十天，直到第十一天才起了變化。

這天林強出外不久，就匆匆地跑回來，從閣樓上取下一柄劍就往外走。

柳金刀急忙喊道：「你要到哪裡去？」

林強道：「我要到四維堂去一趟。」

柳金刀立刻擋在門口，道：「你到四維堂去幹什麼？是不是打架？」

林強忙道：「你別瞎疑心，我是四維堂出身，怎麼會回去跟他們打架？」

柳金刀愕然道：「什麼！你是四維堂出身？」

林強嘆道：「不錯，只不過十年前就已經被逐出師門了。」

柳金刀失聲尖叫道：「逐出師門？怎麼會呢？」

林強在唯一的椅上坐下來，道：「我一向不喜歡提起以前的事，既然你非問不可，我只好說個大概給你聽聽……我記得你曾問過我臉上這道疤的由來，是不是？」

柳金刀點頭。

林強沉嘆一聲，道：「實不相瞞，這道疤是我師傅替我留下的。」

柳金刀急聲道：「為什麼？」

林強道：「因為十年之前，在我大師姐出嫁的前夕……我曾陪她一起逃跑，也就是所謂私奔，後來被我師傅捉到，就賞了我這一劍，同時也將我趕出了四維堂。」

柳金刀楞了一會兒，才道：「十年前？私奔！你那個時候還小嘛！」

林強又嘆了口氣，道：「我現在雖已不算是四維堂的弟子，但我跟他們的情感還在，我已得到府衙的王師爺要圍剿他們的消息，我能不給他們送個信麼？還有，我大師姐為了營救盛大俠夫婦，獨闖開封大牢而身負重傷，雖然被隨後趕去的師弟們救了回來，只怕也活不了多久了，我能不去看看她麼？」

柳金刀駭然道：「一個人獨闖大牢，那不等於是自殺麼！」

林強黯然道：「有很多人都這麼說，如果她這次真的傷重不治的話，那也算死得其所了。」

柳金刀道：「就算你非去不可，也用不著帶劍啊！」

林強道：「我已經好久沒有正規練劍了，很想去跟他們切磋幾招，萬一有人為了我跟大師姐當年的事不太體諒的話，我也可以護身保命。」

柳金刀臉上充滿了關切之色，道：「我真想陪你去，又怕一露面會惹來大麻煩……」

林強立刻道：「你放心好了，替我把晚飯留下，我會儘快趕回來。」

柳金刀這才萬般無奈地將身子讓開，本想再叮嚀幾句，還沒容她開口，林強早已到了門外。

第九回　四維堂的危機

四維堂的大門永遠是開著的，他們隨時歡迎朋友的到訪，也從不在乎有人登門挑釁，這是祖上的遺風，歷代掌門都沒有理由改變。

現在，那兩扇大門依然開著，林強毫無阻攔的便走了進去，只是走到第二道門，才被人擋了下來。

擋在他面前的是幾名年輕弟子，年紀與他當年離開這裡的時候差不多，但穿著打扮卻已和過去全然不同。

只見那幾人個個身著儒衫，腰懸長劍，一派溫文儒雅模樣，看上去一點都不像武林中人，倒像哪家學塾的學子一般。

林強對此地的環境雖極熟悉，但仍不免四下張望了一眼，道：「請問這裡還是不是四維堂？」

居中一名手持摺扇的年輕弟子緩緩地點點頭，道：「當然是，但不知閣下是哪條道上的朋友？光臨敝堂有何見教？」

他邊說著話，那把摺扇還邊在手中打著轉，神態顯得十分傲慢。

林強瞧得滿肚子火，但還是強忍下來，仍然客客氣氣道：「我是專程來探望羅大小姐的，有勞哪位進去替我通報一聲！」

那年輕弟子轉動中的摺扇陡然一停，臉孔也變下來，道：「這一趟閣下是白跑了，我們大師姑從來不見外客，你請回吧！」

林強再也忍耐不住，登時大叫起來道：「放屁！誰說羅大小姐不見外客？她一向最重視朋友，絕無將造訪的客人攆出去之理。」

說到這裡，往前逼了一步，抬手向那手持摺扇的弟子一指，道：「還有你，你身為四維堂中人，怎可對客人如此怠慢，這是哪個教你的規矩？說！」

那幾個年輕弟子聽得臉色大變，手持摺扇那人急忙以扇掩口，朝身旁的同伴悄聲道：「這傢伙可能要硬闖，趕快把苗師哥請出來……」

林強不待他說完，便已截口道：「不是可能，是闖定了。你不必再請什麼貓師哥狗師哥的出來，我只想見羅大小姐，你們不替我通報，我也照樣可以找到她……」

說著，探身跨步，但見劍光一閃，那年輕弟子的摺扇已被削掉了一半，同時懸掛長劍的帶子也被抹斷，長劍「噹啷」一聲脫落在地上。

那年輕弟子慌亂甩掉半截扇骨，彎腰就想拾劍，卻發覺掉在地上的只不過是個空劍鞘，林強使用的那柄劍竟是自己的劍，不禁失聲尖叫道：「那人搶了我的劍，硬住裡闖，你快點把他攔住，快！」

旁邊那幾人倉皇拔劍，一擁而上，五六支劍幾乎一起刺到林強胸前。

林強讓也不讓，只見劍光閃動，「噹噹」連聲中，硬將那幾支劍逼了回去，有一支更被震得脫手飛去，摔落到院牆之外。

其他那幾人急忙撤步自保，林強也趁機穿過前廳，衝入中院，邊走邊還大搖其頭道：「真是罐裡養王八，一窩不如一窩了，四維堂的臉簡直被你們這群人給丟盡了。」

外邊那幾名弟子也不還嘴，只不聲不響地跟了進來，倒是先前手執摺扇那人，直著嗓子大喊道：「快把他攔住，他搶了我的劍……」

這時又有十幾名年輕人挺劍疾撲而至，看上去每個人都是架式十足，但只三招兩式，不是被逼得長劍脫手，便是連人帶劍一起翻滾出去，場面極其狼狽。

林強邊打邊叫道：「他媽的！你們使的這是哪門子的劍法，難道四維堂會使劍的人都死光了？快叫你們的師傅出來，否則我可真要殺進去了！」

那些年輕弟子劍法雖然不堪一擊，卻個個都像打不死的英雄好漢，對林強的喊叫之聲更是充耳不聞，劍飛出去再撿回來，人翻出去又爬起來，而且人數愈打愈多，說什麼也不肯讓林強接近那道通往內院的紅門。

林強幾次想要硬闖過去，都不忍下手，只氣得他破口大罵道：「他媽的這算什麼，只派一群小王八蛋就想把我擋回去，告訴你們，沒那麼便宜的事兒，你們再不出來，可別怪我要大開殺戒了……」

誰知罵聲未了，亂哄哄的院中忽然變得聲息全無，一群年輕弟子也全都提劍退到兩旁，將那道紅門整個讓了出來。

林強還以為那個熟面孔駕到，回首一瞧，不禁大失所望，原來站在紅門中的，仍然是個年紀很輕的人。

只見那年輕人當門而立，手上也同樣提著一柄劍，不同的是他未著長衫，僅穿著一件小褂，小褂上浸滿了汗水，整個貼在他結結實實的身子上，讓人一看即知他是剛從練武廳趕來，而且來得十分倉促，直到現在仍在氣息喘喘，汗水未斷。

林強仔細打量他一陣，才道：「你……會使劍？」

那年輕人淡淡道：「使是會使，但不知能否令閣下滿意。」

林強哈哈一笑道：「好，好，我已經很久未領教過四維堂的劍法，你只管放手施為吧！」

那年輕人倒也乾脆，二話不說，挺劍疾撲而上。

林強一見他的來勢，絲毫不敢大意，急忙屏氣凝神，一劍平胸刺出。

但見劍光閃動，「噹噹」有聲，剎那之間已交換了幾招，林強竟被逼退了兩步，而那年輕人卻倒退了七八步才勉強站穩了腳。
兩旁那二三十名年輕弟子，個個緊閉其口，鴉雀無聲，只有先前失劍的那年輕弟子啞著嗓子大喊道：「師哥小心，那人劍法邪氣得很。」
林強聽得連連搖頭嘆氣道：「虧你還是四維堂的子弟，打了半天，竟連我使的是什麼劍法都沒有瞧出來，真是丟人丟到你姥姥家去了。」
他一面說著，頭也不回，便將手中那柄劍朝那人甩了過去。
只聽得吭哧一聲，那人竟被自己的劍砸了個跟斗。
他即刻翻身爬起，氣急敗壞道：「師哥你瞧，那傢伙簡直欺人太甚，等一下你一定得多刺他幾劍，替我出出氣。」
院中雖站滿了人，卻沒有一個人理他，甚至連看都沒人看他一眼，每個人的目光都在朝向剛剛與林強過招的那年輕人身上，似乎都在擔心他有沒有負傷，是不是有能力再戰。
林強也不得不對他另眼相看，又打量了他許久，才和顏悅色道：「你叫什麼名字？是哪個的徒弟？」
那年輕人道：「四維堂第七代弟子苗玉城……」
林強不待他說完，便已做出恍然大悟狀，道：「四維門下三條龍，方羽、陳功、苗玉城，原來你就是那條小龍，難怪劍法使得不錯。」

苗玉城忙道：「那是江湖朋友們胡亂湊數，在下的劍法跟兩位師哥比起來還差得遠。」

林強突然面色一整，道：「你兩個師哥的劍法如何，我是不得而知，我只知道以你方才出劍的功力而論，可比你那些師伯、師叔們差遠了。」

苗玉城怔了怔，才道：「是是是，還請閣下指教。」

林強居然把頭一點，老實不客氣道：「你方才使的那三招，都是禮字訣中的劍法，第一招『借花獻佛』使得倒還差強人意；第二招的『投桃報李』就覺得太軟了；第三招的『受玉贈金』使得最差，你玉是受了，可是金子為何沒有贈出去？莫非你還捨不得出招？禮字訣講的就是禮尚往來，而你這樣只來不往，豈不是在自找挨打，你說對不對？」

苗玉城聽得神情大變，楞了半晌，才道：「還沒有請教尊駕貴姓大名？怎會對我四維門的劍法如此瞭解？」

林強忍不住又摸摸臉頰上的那道刀疤，道：「這兩個問題等一下再答覆你，咱們再比劃幾招如何？」

他也不管苗玉城同意與否，「嗆啷」一聲拔出自己的劍，挺劍就撲了上去，出劍的姿勢與方才的苗玉城如出一轍，只是顯得更快，更具威力。

苗玉城迫不得已，只有以方才林強使用過的招式應戰，但三招下來，結果卻全然不同。

劍光閃閃中，但見林強運劍如行雲流水，氣勢逼人，而苗玉城卻手忙腳亂，節節後退，幾次都險些傷在劍下，等到林強把那招「受玉贈金」使完，苗玉城剛好被逼進剛剛現身的那道紅門中。

林強長劍一收，輕聲細語道：「你瞧我這三招使得如何？」

苗玉城連連點頭道：「高明極了。」

林強聲音壓得更低道：「現在你該知道我是誰了吧？」

苗玉城呆望了林強良久，突然將長劍往背後一藏，囁嚅著道：「尊駕……前輩莫非是四……四……四……」

他連說了幾個「四」字，卻沒有接下去，幸虧門裡適時出現一個濃眉大眼的中年人，一把將他推開，緊緊張張接道：「四師弟，果然是你，你跑來幹什麼？」

林強遠遠一抱拳，道：「二師哥別來無恙？」

原來這人正是曾到過閻府的葛天彬，也是四維堂第六代弟子之首，緊排在羅大小姐之後的第一個外姓弟子。

只見他慌忙趕到林強面前，濃眉緊皺道：「在這種節骨眼兒上，你來湊什麼熱鬧！趁其他人還沒有發現，還是趕緊回去吧！」

林強怔了一下，道：「二師哥，你是怎麼搞的，多年不見，怎麼一見面就趕我走，我只是想來看看大師姐，又不是來偷來搶，別人發現了又怎麼樣！」

葛天彬叫道：「什麼？你還有臉來見大師姐？難道你當年害她害得還嫌不夠？」

林強又楞了半晌，道：「我害了她？這是她親口告訴你的？」

葛天彬道：「這還用得著她來說，師兄弟們哪個不知道！」

林強道：「二師哥，你能不能幫我個忙？」

葛天彬道：「有什麼事趕快說，說完了趕快走，千萬別在這個時候再惹麻煩。」

林強道：「請你進去幫我問她一聲，要不要見我，只要她說個不字，我回頭就走，從此永遠不進四維堂的大門，你瞧如何？」

葛天彬忙道：「四師弟，我看還是算了吧，她已經是快死的人了，你何必再來惹她。」

林強道：「正因為她快死了，我才不得不來見她一面，老實告訴你，當年那件事並不那麼簡單，如果我不給她個表白的機會，只怕她死都閉不上眼睛，你信不信？」

葛天彬微微怔了一下，道：「你的意思是說，當年那件事還另有內情？」

林強道：「不錯，你想不想聽聽？」

葛天彬點頭道：「好，你說，我倒要聽聽是怎麼回事兒。」

林強道：「那你就趕快替我去問問她，反正我說了你也不會相信，倒不如叫她自己說給你聽。」
葛天彬濃眉又已皺起，正在拿不定主意，陡見一名持劍少女自門中走了出來。
那少女橫了林強一眼，才朝葛天彬道：「二師叔，放他進去吧，師傅正在房裡等著他。」
林強大喜過望，沒等葛天彬開口，便大搖大擺的走了進去。
剛剛走入內院，突然「砰」的一聲，院門緊緊合起，他這才發現院中正有十幾名少女在狠狠地瞪著他，不僅每道目光中都充滿了仇恨之光，而且個個長劍出鞘，一副想要一舉置他於死地的模樣。
林強訝然道：「哇！你們這是幹什麼？想關上門打狗？」
院落的最裡邊，有個女子冷冷道：「廢話少說，有本事就闖過來，沒本事就夾著尾巴滾出去。」
說話的是個年紀較長，也是唯一劍未出鞘的人，這時正斜坐在走廊的欄桿上，邊說邊晃動雙腿，神態十分逍遙。
林強遠遠打量她一會兒，才道：「咦，這不是十五妹麼？多年不見，你有沒有想我？」
那被稱為十五妹的女子冷哼一聲，道：「我只想你早一點兒死！老實告訴你，如果沒有大師姐攔著，我們早就去把你宰掉了，哪還容你活到今天！」

林強使勁嘆了口氣，道：「想不到當年最可愛的小師妹，現在竟變成了母老虎，而且還想殺我，這倒出人意外得很。」

十五妹道：「誰叫你當年不安分，把大師姐害成這模樣。」

林強聳聳肩道：「好吧，你既然想殺我，今天正是個難得的機會，你趕快拔劍吧！」

十五妹依然晃著雙腿道：「我正在等，等你過來拔劍也不遲。」

林強道：「我的手腳可快得很，你最好先準備好了，我馬上就要過去了。」

十五妹嘴巴一撇，道：「你吹什麼牛，你當大師姐徒弟是那麼好對付的！」

林強也不再多說，拔劍就往前闖，只走幾步，就被十幾名少女凌厲的攻勢給攔了下來。

正如十五妹所說，那十幾名少女極為難纏，不僅劍法很有點火候，而且攻守搭配得體，讓人很難突破她們的防線。

但林強瞧得好像還很不滿意，邊打邊嚷嚷道：「你們使的是什麼劍法，義字訣是義無反顧，死而不悔，而你們卻招招畏首畏尾，顧前顧後，這怎麼可以，你看你。」

他抽空用劍指了指右首一名少女，道：「你這招『赴湯蹈火』使的像什麼樣子，連一絲從容赴義的味道都沒有，你看清楚，這招應該這樣使……」

說著，猛向左邊一名少女的肩頸刺去，劍鍔擦肩而過，只嚇得那少女驚呼一聲，飛快地閃到一旁，後面立即又有一名少女挺劍遞補上來。

林強接連猛攻幾劍，又指著那剛剛遞補上來的少女道：「你這招『肝膽相照』使得更離譜了，這招一定得身隨劍走，而你的劍距離身子足有八丈遠，如何相照得起來？」

坐在遠處的十五妹忽然開口道：「那你就使一遍給我們看看吧，我倒想見識一下你這招『肝膽相照』是怎麼個使法。」

林強立刻道：「好，你們可得看仔細一點，我只使一遍，絕對不使第二遍。」

那群少女的攻勢馬上緩慢下來，似乎每個人都想學學這招的正確用法。

林強就在這時陡然側身跨步，竟越過擋在他正面的少女，猛向站在她身後的另一人刺去。

他使的果然是那招「肝膽相照」，果然是「身隨劍走」，等到那少女倉促避開那突如其來的一劍，他身子又已一閃而過，與十五妹之間的距離又縮短了一截，只可惜後邊又有三名少女同時遞補上來，聯手攻勢比先前那些人更加凌厲。

十五妹又在遠處冷言冷語道：「我勸你還是省省吧，這些人對你都瞭解得不得了，想在她們面前投機取巧是絕對行不通的。」

林強被三女聯手劍法逼得連連倒退，邊退邊道：「我本想多陪她們玩兒幾招，你既然這麼說，那就算了，我現在可要拿出真本事來了，你最好擦亮眼睛瞧清楚，免得事後又誣賴我誆人使詐。」

十五妹當真擦了擦眼睛，道：「我已經把眼擦亮了，你就快點表演給我看看吧。」

她的話沒說完，林強的劍式已變，但見他撤攻為守，長劍倒提，劍鋒僅在周身上下遊走，用的幾乎全是守勢，非等對方的劍快刺到身上，才出劍防禦，縱有攻勢，也只局限在兩、三尺的範圍，絕無先前那種急攻猛進的招數。

圍繞在他四周的那十幾名少女，劍式不由得緩慢下來，而且進攻起來也顯得礙手礙腳，施展不開，劍招搭配得也不若原先那般流暢。

十五妹顯然從未見過這種招式，不但瞧得目瞪口呆，而且連身子也不由自主的站立起來。

就在這時，林強招式又是一變，遊走在周身的劍鋒愈來愈低，速度也愈來愈快，專朝那些少女的足脛間削刺，同時自身也曲膝弓腰，腳踩碎步，身形搖擺不定的穿梭在已然亂成一團的少女群中，只不過轉眼工夫便已輕鬆脫出重圍，飛快地往裡奔去，經過正在發呆的十五妹身旁，突然劍鞘一拐，還若有意若無意的在她臀部上輕輕打了一下。

十五妹登時驚呼一聲，拔劍就追，邊追邊叫罵道：「你這個不要臉的東西，你給我站住，我今天非宰了你不可！」

林強知道惹了禍，哪裡還敢停留，慌不迭地衝入了羅大小姐的廳房，回手忙將落地長門閂起，剛想鬆一口氣，誰知轉身一瞧，不禁又是一驚。

原來廳中還有兩名少女攔在他面前。那兩名少女手中雖然無劍，但眼中的敵視味道，卻比外邊那些人有過之而無不及。

林強急忙把長劍交到其中一人手上，匆匆走進了臥房，在床前的一張椅子上坐定之後，目光才落在羅大小姐那張清瘦脫俗的粉臉上。

倚在床頭的羅大小姐也正在默默的瞧著他。而且眼波幾乎都停頓在他的左頰上。

兩人相對無言的彼此打量良久，林強才遲遲疑疑道：「你……是大師姐？」

羅大小姐一聽就火了，蔥芯般的手指朝他一指，道：「你是不是成心想來氣我，就算再多年不見，你也不該把我的模樣忘記才對。」

林強忙道：「你的模樣我當然不會忘記，我只是一時不敢相認罷了。」

羅大小姐道：「為什麼？」

林強道：「人家都說歲月催人老，但你卻愈來愈年輕，而且比十年前更加漂亮，你叫我怎麼敢認你！」

羅大小姐登時捂著小腹笑了起來，邊笑邊道：「你還是跟以前一樣，嘴巴又甜又會騙人。」

林強嘆了口氣，道：「你也跟以前一樣，心眼兒又小，疑心病又重，我說的明明是實話，你卻偏偏不肯相信。」

羅大小姐也輕嘆一聲，道：「好吧，無論你說的是實話還是謊話，我都同樣感謝，尤其是你能趕來見我最後一面，我實在很感動，也不虧我們同門一場。」

林強聽得眉頭一皺，道：「你這次傷得究竟怎麼樣？」

羅大小姐道：「已經傷及內臟，絕對沒救了。」

林強道：「可是我看你精神還很好嘛。」

羅大小姐道：「那是因為有藥物撐著，據大夫說，頂多也只能再撐個三、五天而已。」

林強突然感到一陣難過，但又不敢顯露出來，正想找個話題逗她開開心，外面那兩名少女其中一人忽然端著茶進來，悶聲不響的在他身旁的茶几上一放，扭身就走，臨出門還狠狠地瞪了他一眼。

羅大小姐幽幽一嘆，道：「這些徒弟都被我寵壞了，一點都不懂規矩，你可千萬不要見怪。」

林強苦笑道：「她是四維堂弟子中唯一沒有拿劍對付我的人，我感激還唯恐不及，哪裡還敢怪她。」

羅大小姐也苦眉苦臉的看著他笑了笑，忽然道：「四師弟，請你老實告訴我，這些年來，你是不是一直都很恨我？」

林強一怔道：「我從來都沒有恨過你，你怎麼會想出這種問題來？」
羅大小姐道：「因為你所遭遇到的不幸，全都是我害的。」
林強搖頭道：「我可不這麼想，我認為這一切都是命，如果當年第一個發現你離家的人不是我，而是其他的師兄弟，我相信他們也同樣會追下去，最後的下場也會跟我一樣，只能說我比他們幾個走運罷了。」
羅大小姐楞了楞，道：「你說什麼？你連命都差點送掉，還說走運？」
林強道：「是啊，你想想看，能夠跟名滿武林的羅大小姐私奔，在我們男人說來，是何等光彩的事？你能說我不走運麼！」說完，昂首哈哈大笑，也不知是自我解嘲，還是真的開心。
羅大小姐呆呆地望著他，直等他的笑聲停止，才嘆了口氣，道：「其實我有幾次都想把事情的真相說出來，可是又覺得對爹是一種傷害，不說出來，又覺得對不起你，我真不知該怎麼辦才好。」
林強擺手道：「你不必再為這件事傷腦筋，當年師傅犧牲我的目的，是為了要對大家有個交代，如果我們把實情揭穿，豈不等於陷師傅於不義！」
羅大小姐道：「可是這口黑鍋，總不能讓你永遠背下去。」
林強聳肩道：「我倒是沒有關係，反正已經背習慣了，背上沒有東西，反而覺得不自在，如果你在乎的話，那就另當別論了。」

羅大小姐又是幽幽一嘆道：「我還在乎什麼？老實說，在爹去世之後，我就曾去找過你，只可惜你搬走了，如果那個時候見到你，我真想嫁給你，只要你肯要我。」

林強立刻笑口大開道：「我現在也肯要，如今你未婚，我未娶，咱們乾脆湊合一下算了。」

羅大小姐唉聲嘆氣道：「太遲了，就算這次不死，也太遲了，如果你早幾年回來就好了。」

林強道：「為什麼？」

羅大小姐道：「因為我的心早就死了，這幾年我常常在想，我這一生算什麼，既害得閻二少抬不起頭來，又害得你顏面掃地，而且也等於害得爹爹早死，使四維堂的聲譽一落千丈，像我這種人，活在世上還有什麼意義？」

林強道：「所以你就趕到開封大牢去送死。」

羅大小姐道：「那是因為我想替閻家做點事。錯過這次，以後只怕再也沒有機會了。」

林強一楞道：「這件事跟閻家有什麼關係？」

羅大小姐道：「關在大牢裡的盛夫人，就是閻二少唯一的妹妹。」

林強恍然道：「原來你是想去償還閻二少的債。」

羅大小姐道：「不錯，當然，我最大的願望還是能有人繼我之後，把盛大俠救出來。盛大俠是日月會中不可或缺的人物，如果他一死，不但反清復明的實力大減，對整個武林也是一大損失，所以這個人絕對不能叫他死。」

林強道：「你既然知道這個人如此重要，為什麼還要去獨闖大牢！你應該找些志同道合的朋友，大家共襄盛舉才是。」

羅大小姐忽然垂下頭，眼淚如泉水般的淌了下來，過了很久，才嗚咽著道：「我原本也想多找一些幫手，但我連自己的師弟師妹們都說不動，我還有什麼臉去找其他的人！」

林強聽得不禁一楞。

就在這時，門簾一挑，葛文彬遲遲疑疑的走了進來，邊走邊道：「大師姐，你誤會了，我們當時……我們並沒有說不去，只是說得考慮，像這種毀家滅門的行動，不經過周詳的策劃怎麼行……」

羅大小姐不等他說完，便朝門外一指，道：「你……你給我出去，我不要見你，我也不要聽你們解釋……」

說到這裡，突然臉色大變，瘦瘦的身子也整個蜷了起來，看上去非常痛苦。

林強對處理傷痛極有經驗，即刻大叫道：「快把她的藥拿來，快！」

那兩名少女惶惶而入，藥和水同時捧到了林強面前。

林強將羅大小姐抱起，剎那間已將水藥灌進她的口中，然後又把床頭的枕頭放低，扶她平躺在床上，手法快速而熟練，看上去就如一名專科大夫一般。

這時羅大小姐那群弟子都已在門外，每個人都在悄悄地瞄著林強，所有敵視的眼神，都已變成了敬佩和歉意。

林強的目光也在那些少女群中搜索著，從裡看到外，又從外看到裡，獨不見十五妹的蹤影，正在暗自慶幸，突然有隻手輕輕的搭在他的肩膀上，緊跟著，有個女子在他耳邊吐氣如蘭道：「四師哥，你是不是在找我？」

林強一聽就知道是十五妹，慌忙回首朝她的右手瞟了一眼，才道：「原來你在這裡，你趕快把她們都帶出去，免得把大師姐吵醒。」

那些少女的聽覺好像都不錯，沒等十五妹開口，便都躡手躡腳的退了出去。

林強回望十五妹，道：「咦，你為什麼還不走？」

十五妹道：「一別十年，好不容易才見面，我怎麼能不陪陪你？而且，我還有個小問題想問你一下。」

林強忙道：「你要問什麼?你說？」

十五妹道：「你方才在外面使的究竟是什麼招式？」

林強道：「『惜別依依』，義字訣的最後一招，你不是學過麼！」

十五妹忙道：「我問的不是你用在我身上的那一招，我是問你用什麼招式從大師姐那些徒弟的包圍中闖出來的？」

林強道：「那不過是我胡亂使了兩招而已。」

十五妹迫不及待道：「問題是你胡亂使的是哪兩招？」

林強沒有即刻回答，伸手端起了茶，剛想揭開碗蓋，方才那送茶進來的少女忽然慌裡慌張的衝進來，一把將茶碗奪了過去。

另外一人隨後而入，將另一碗茶恭恭敬敬地直送到林強尚未縮回的手上，悄聲道：「四師叔，您請用！那碗冷了，我特別給您換了碗熱的。」

林強也悄聲道：「這一碗，裡邊沒替我加料吧？」

那少女搖頭擺手道：「沒有，沒有，碗裡除了上好的龍井，就是滾開的水，絕對沒有加其他東西。」

站在床鋪另一邊的葛文彬濃眉一皺，道：「你們兩個搞什麼鬼？給四師叔的茶裡，居然也敢亂擱東西？」

先前那少女慌忙道：「我們沒在裡邊擱東西，我們是聽小師姑說，四師叔一向喜歡喝龍井，所以才將這碗小茶換回來。」

她邊說著，還邊向十五妹打眼色，顯然是在求救。

十五妹果然揮手道：「你們出去吧！不過以後可千萬要記住，四師叔跟你們師傅的關係非比尋常，你們可不能再跟他亂開玩笑。」

那兩名少女急忙點頭答應，等到她的話一說完，便又慌裡慌張地跑了出去。

葛文彬瞧得連連搖頭道：「這年頭兒的年輕人難帶得很，花樣又多又不肯用功，照我們那時候比可差遠了。」

林強道：「既然知道難帶，為什麼不少收一點！外邊有些人的資質差得很，只怕很難教出來。」

葛文彬長嘆一聲，道：「沒法子，自從師傅過世之後，四維堂的景況日益拮据，如果沒有這些富家子弟出錢，只怕早就撐不下去了。」

林強恍然道：「原來是為了活命，那就難怪了。」

十五妹卻在一旁冷哼一聲，道：「這都是三師哥出的餿主意，如果換了我，寧願關門也不要收這些繡花枕頭。」

林強道：「大師姐和六師弟他們怎麼說，是不是也贊成三師哥的做法？」

十五妹道：「大師姐這幾年從不過問堂務，只知道練功授徒，掌門人又經常閉關，二師哥又是個好好先生，只有由著三師哥去胡搞了。」

葛文彬低喝道：「十五妹，不要亂講話，小孩子哪裡知道大人的苦，你以為當家主事是那麼容易的事麼！」

十五妹立刻垂下頭，不敢再吭聲。

林強急忙咳了咳，道：「二師哥，你明天最好跟三師哥談談，叫他趕快把那些富家子弟送回去。聽說府衙的王師爺已決定要向四維堂下手，萬一那些有錢人家的少爺小姐們有個閃失，只怕你們四維堂會擔當不起。」

葛文彬大吃一驚道：「你這話是真的還是假的？」

林強道：「當然是真的，否則我十年不進四維堂，突然跑來幹什麼，我是專程來給你們送信的。」

十五妹也花容失色道：「掌門人出關的日子還沒到，要不要稟報他一聲？」

林強愕然道：「什麼！他姐姐的命已危在旦夕，他居然還在閉關？」

葛文彬忙道：「不瞞你說，掌門人這二年對廉字訣中的幾式剛剛有些心得，不願意有人打擾他，所以有關大師姐負傷的事，我們還沒敢告訴他。」

林強聽得搖頭嘆氣道：「武功這次練不成下次練，姐姐一死就再也見不到了，像這種事，你們怎麼可以瞞著他！更何況已到了四維堂生死存亡的關頭，沒有個掌門人怎麼辦事？」

葛文彬猛一點頭道：「好，我明天一早就把他叫出來，也順便招集各位同門共同商議個對策。」

林強即刻站起來，道：「我信也傳到了，大師姐也看過了，我要走了。」

葛文彬朝床上瞟了一眼，道：「你不要等大師姐醒了再走？」

林強邊往外走邊道：「我還有急事待辦，沒空再多耽擱，過兩天再來看她吧。」

十五妹急急追在後面道：「四師哥，你住在什麼地方？我們怎麼可以找到你？」

林強道：「我住的地方連鬼都找不到，告訴你也是白搭……」說到這裡，語聲微微一頓，又道：「你方才曾經問我用什麼招式從大師姐那些徒弟的包圍中闖出來的，對不對？」

十五妹連忙點頭道：「對，對。」

林強道：「你還記不記得最後那兩招的姿勢？」

十五妹道：「好像還記得。」

林強道：「那兩招我只會用，卻記不得名字，改天你不妨問問掌門人，或許他還記得。」

說完，頭也不回就出了房門。

十五妹和葛文彬聽得全楞住了，過了許久，才同時追了出去。

× × ×

日影西斜，紅日滿窗，羅大小姐蒼白的臉被映照得也有了些血色，而且也不知她什麼時候已睜開了眼睛，正在聚精會神的翻閱著一本小冊子。

小冊子的每頁上都畫著幾個持劍小人，每個小人的姿勢都不同，而且上面還寫著許多歪歪斜斜的字跡，一看即知上面記載的都是武功招式。

羅大小姐邊看著邊在淌淚，剛好外面那兩名弟子悄悄將頭伸進來，她立刻朝其中一人一指，道：「你，快替我把掌門人請來，這種時候還閉什麼關！」

那弟子答應一聲，回頭就跑，另外一名弟子走進來，邊收拾用過的東西，邊道：「師傅既然醒著，為什麼不留四師叔多坐一會兒？」

羅大小姐長嘆一聲，道：「留不住的。」

那名弟子忙道：「還好，他臨走留下了話，說過兩天還會來看您。」

羅大小姐黯然地搖著頭道：「他不會再來了，他已經把從這裡學去的連本帶利都還了回來，只怕今後再也不會走進四維堂的大門了……」

第十回　刺殺行動

林強走出四維堂的大門，心裡突然感到一陣悲傷，眼淚忍不住的淌了下來，身後不斷傳來葛文彬和十五妹的呼喊聲，他卻頭也不回，放開腳步就往前衝，只希望儘快遠離這個令他傷感的地方。

他對四維堂已毫無留戀，師傅的教養之恩，師兄弟們的手足之情，以及內心對羅大小姐的一絲仰慕，都已變成過眼雲煙，他認為對師門已仁至義盡，再也沒有任何虧欠。

他邊走邊想，愈想眼淚愈多，正在淚眼模糊，忽然聽到兩聲輕咳，他這才發覺已有人擋在他的前面，急忙抬眼一瞧，竟然是日月會的陳景松和溫少甫，而且後邊還站著個關玲，三個人全都默默的在望著他，目光中都充滿了同情之色。

林強急忙拭乾眼淚，道：「三位怎麼會在這裡？莫非是想去四維堂？」

陳景松搖首道：「我們可不想再給四維堂添麻煩，他們的麻煩已夠多。」

一旁的溫少甫含笑道：「我們是專程來找你的，盧香主說得不錯，你果然會經過這裡。」

林強微微怔了一下，道：「但不知三位找我，有何指教？」

溫少甫忙道：「指教不敢當，我們只是想找你隨便聊聊。」

林強沒有吭聲，只把目光轉到陳景松臉上，似乎早已料定主要的話題一定會從他口中說出來。

陳景松果然一副閒話家常的樣子道：「羅大小姐的傷勢如何？是否真如外界說得那般嚴重？」

林強黯然點頭道：「據大夫估計，最多也只能再撐個三五天而已。」

陳景松皺眉道：「可是王師爺卻等不了那麼久，據說一兩天之內就要動手。」

林強連連點頭道：「我知道。」

陳景松道：「如此一來，豈不是要驚動了那位快要死的羅大小姐？」

林強嘆了口氣，道：「那也是沒有辦法的事。」

陳景松突然道：「有辦法。」

林強忙道：「有什麼辦法。」

陳景松道：「咱們何不索性來筆交易？」

林強道：「什麼交易？你說說看！」

陳景松匆匆回顧一眼，低聲道：「我帶領日月會的弟兄替你把王師爺除掉，你帶領我們將大牢裡的盛大俠夫婦救出來，你看如何？」

林強斷然搖首道：「抱歉，殺官劫獄都是殺頭的罪，我不敢。」

陳景松愕然道：「奇怪，在我的心目中，你應該不是個貪生怕死的人才對！」

溫少甫也莫名其妙道：「是啊，那天你明知我們是日月會的人，照樣敢冒險替我們解圍，今天怎麼忽然怕起事來！」

林強道：「那天我敢做，是因為我有把握，但這兩件事，遠比你們想像的要困難得多，尤其是闖入銅牆鐵壁般的大牢去救人，簡直等於去白白送死，這種毫無把握的事，誰敢幹！」

陳景松道：「可是丐幫的盧香主卻說這兩件事都不難。」

林強道：「丐幫人多勢眾，鐵拐盧修又足智多謀，如果他肯幹，或許還有幾分希望，你們何不去找他談談。」

陳景松道：「談過了，但他卻說這兩件事都少不了你，非要你先點頭，他才肯辦事。」

林強呆了一呆，道：「他這是什麼意思？像我這種身手的人，丐幫裡面多的是，他為什麼要拖我下水不可？」

陳景松道：「如果連你自己都搞不清楚，最好是去當面問問他。我想他既然這麼說，一定有他的道理。」

林強無奈道：「好吧，我明天就去找他，我倒要看看他究竟在玩什麼花樣。」

陳景松連忙搖頭道：「明天太遲了，據盧香主說，刺殺王師爺最好的時機，就是今晚。」

林強登時叫起來，道：「今天晚上！你們別開玩笑，你們連他幾時回家、乘的什麼轎子、走的哪條路都沒弄清楚，怎麼去刺殺他！」

陳景松不聲不響的直待他說完，才慢條斯理道：「這一點你放心，王師爺的一切行動，都已在咱們的掌握中了，只要你一點頭，咱們馬上就可以採取行動。」

林強吃驚的望著他，道：「這麼說，你們早就把王師爺給盯牢了！」

陳景松道：「不是我們，是盧香主。實不相瞞，他們已經派人盯住王師爺整整五天了。」

林強二話不說，馬上點了點頭，道：「好了，我現在已經點頭了，你們趕快動身吧！」

陳景松忙道：「慢著，慢著，你在我們面前點頭沒用，得在盧香主面前點頭才行。」

林強道：「既然你們這麼說，我想他一定就在附近，你們不妨把他叫來，讓我聽聽他開出的條件再說。」

陳景松眉頭又是一皺，道：「條件？他叫你辦事還要條件？」

林強道：「我與他並無深交，如果沒有條件，他怎麼可能如此賣命！」

陳景松忽然躬身一揖，道：「林老弟，老夫有一事相求，尚望老弟成全。」

林強忙道：「前輩有話請說，千萬不要客氣。」

陳景松長嘆一聲，道：「關在大牢裡的盛大俠夫婦雖然只是兩條命，但他們的生死卻足以影響日月會的興衰，是我日月會非救不可的人，即使犧牲再大也在所不計，所以少時盧香主無論提出任何條件，老弟儘管答應，如非老弟所能負荷之事，我日月會自會全力承擔，只希望這次得藉丐幫之力，能把盛大俠夫婦安然搭救出險。」

說完，陳、溫兩人又已一揖到地，同時身後的關玲竟也不聲不響地跪了下去，眼淚汪汪的望著他，滿臉都是企求之色。

林強急忙讓到一旁，道：「你們這是幹什麼！就算有求於我，有方才那一席話也就夠了，何必作揖下跪，老實說，我對這一套實在很不習慣。」

陳景松朝關玲一指，道：「這位關姑娘便是關大少的千金，也正是盛夫人最疼愛的內侄女，你受她一跪，也不為過。」

林強楞了楞，道：「這麼說，她也等於是關二少的侄女了！」

陳景松道：「不錯。」

關玲立刻抬眼道：「林大叔莫非認識我二叔？」

林強忙道：「只是慕名，從未謀面。」

關玲道：「我二叔中午就已進城，說不定今晚你們便可碰面了。」

林強點點頭，道：「好了，你現在可以起來了，就憑你這一跪，等一下那胖猴子想拿我的腦袋當球踢，我也只好摘給他了。」

關玲聽得「哧哧」一笑，邊拭著眼淚邊站了起來，但陳景松和溫少甫的神情卻忽然一變，變得極不自在，而且溫少甫還在悄悄地直向他打眼色。

林強頭也不回，便已大聲道：「奇怪，盧香主怎麼還不來？沒有他在，咱們等於群龍無首，怎麼辦事！」

只聽身後有人冷笑一聲，道：「你少來這一套！我在拼命動腦筋幫你揚名四方，你卻在背後罵我，你也未免太不夠朋友了。」

林強這才轉過身來，朝怒目相向的盧修一攤手，道：「冤枉啊，我拼命恭維你還唯恐不及，哪裡還會罵你？你一定聽錯了，你不信可以問問他們三位。」

三人不等盧修發問，便已同時搖頭，而且關玲還不斷地在擺手。

盧修瞧得哈哈一笑，道：「你們倒也真能合作無間，看來救人的事大有希望。」

林強忙道：「殺人的事如何？」

盧修道：「那更是不在話下，只要咱們談妥，馬上就可動手。」

林強忽然眉頭皺了一下，又道：「還有，你方才說拼命動腦筋替我揚名四方，是什麼意思？」

盧修道：「你想想看，如果這兩件事成功之後，你林強的大名是不是馬上就可傳遍武林！你是不是一夜之間就可變成個家喻戶曉的大英雄！」

林強道：「但你有沒有想到，我一夜間也變成了朝廷追緝的要犯，你叫我往哪兒跑？」

盧修道：「你跟我不一樣，你無家無業，無牽無掛，哪裡不能去！外邊的天地遼闊得很，他們捉不到你的。」

陳景松即刻道：「對，你可以到南邊來，我包你萬無一失。」

溫少甫也緊接道：「我看你乾脆到日月會裡好了，我們正需要你這種人。」

林強搖頭道：「不行，我不想離開開封。」

關玲忽然道：「開封有什麼好？夏天會把人熱暈，冬天會把人凍僵，而且黃河的水位比城牆還高，說不定哪天會把整座城都給沖掉。」

林強連連點頭道：「不錯，開封市有很多缺點，但卻是我成長的地方，何況我在這裡還有很多朋友，就像盧香主這種好朋友，我怎麼捨得離開他！」

盧修聽得又是哈哈一笑，道：「那好辦，咱們就把刺殺王師爺的事栽在城外那些官兵頭上，至於搭救盛大俠的事，大可叫他們日月會自己承擔，你認為如何？」

林強道：「好，就這麼定了，你把你的條件開出來吧！」

盧修愕然道：「什麼條件？」

林強道：「你捨命為我們辦事，總不會白幹吧？」

盧修道：「我這是在幫你的忙，你方才不是還說過咱們是好朋友麼，替好朋友做事，還要什麼條件！」

旁邊那三人聽得大喜過望，林強卻仍然緊追不捨道：「那麼你一定要我點頭，又是什麼緣故？」

盧修道：「你認得我們林長老，對不對？」

林強道：「對。」

盧修道：「我們那三位長老，一個比一個囉嗦，我趁他們不在辦這兩件事，等他們回來一定也會找我的麻煩，你只要負責說動林長老，到時候支持我一下就行了。」

林強道：「這件事不難，還有呢？」

盧修突然把他拖到一邊，輕聲低語道：「這幾天我突然想通了一件事，我認為閻二先生要偷的絕對不止一把刀，一定還有其他東西。」

林強也悄聲道：「什麼東西？」

盧修道：「暗鏢，一批價值絕不少於幾萬兩銀子的暗鏢。」

林強呆了呆，道：「你有什麼根據？」

盧修道：「你想，如果那女賊手上沒握著點東西，像閻二先生那種人，還會投鼠忌器，把明明到手的人再故意放走麼！」
林強道：「她手上不是握著一把『秋水長天』麼？」
盧修大搖其頭道：「『秋水長天』並不值錢，用不著如此勞師動眾，直到現在還找得像無頭蒼蠅，你說是不是？」
林強道：「有道理。」
盧修又把他往前拉了幾步，聲音更小道：「現在，你可以告訴我，把那女賊藏在哪裡了吧？」
林強面不改色道：「香主怎能確定那女賊已落在我的手中？」
盧修道：「那還不簡單，自從那天咱們在張家門前分手，那女賊就不見了。按說那女賊身負重傷，應該無法走遠才是，但連日來我們已將附近可以藏身之處通通搜遍，不僅蹤影全無，便連一絲線索都沒有留下，除非有人將她當場救走，否則她不可能消失得如此徹底，你說是不是？」
林強一副心悅誠服的樣子道：「香主果然高明，看來任何事情都瞞不了你，那天你們走後，我的確將她偷偷背回家中，現在還正睡在我的炕上，你……要不要過去看看？」
盧修翻著眼睛望了他一陣，道：「真的嗎？」
林強道：「當然是真的，這些日子我每天替她療傷換藥，辛苦得很，你沒發現我比以前瘦多了！」

盧修咳了一聲，道：「你少跟我鬼扯淡，一個病人就能把你累瘦，人家那些傷科大夫怎麼辦?豈不全都被累死了？」

林強理直氣壯道：「但那女賊跟一般病人可不一樣，老實說，長得嬌小玲瓏，不胖不瘦，不但臉蛋兒美得讓人頭暈，身上的皮膚更是又白又嫩，摸上去滑得像緞子一般，而且講起話來又嗲又甜，笑起來臉上還有兩個小酒窩，要多迷人有多迷人，你想我炕上有這麼一個病人，還能不瘦麼！」

盧修不聲不響的等他說完，才道：「你說的不是那個女賊，簡直就是城北芙蓉坊的小百合。」

林強叫道：「對，那女賊長得還真有點像小百合，難怪我愈看她愈眼熟。」

盧修冷笑道：「你少唬我，那女賊的臉孔我雖沒見過，但身材卻看得很清楚，她至少也比小百合高出半個頭，絕不是你所說的那嬌小玲瓏的人。」

林強臉孔忽然拉下來，道：「照香主這麼說，我那天豈不是背錯了人！」

盧修忙道：「算了，算了，我只不過是跟你開開玩笑，倒被你耍了半天，其實我若真的懷疑你，派幾個人盯你幾天就行了，何必要當面問你。」

林強這才鬆了口氣，道：「我就知道香主還不至於懷疑到我頭上，我這個人雖窮卻從不貪心，絕不會為了一點小錢而得罪朋友。」

盧修立刻道：「現在已經不是小錢了，等我找到那女孩，你只管跟閻二先生去談，至少也得擠他個五千兩銀子，少一分也不放他過關。」

林強吃驚道：「五千兩？這麼多？」

盧修道：「所以你要特別當心，你現在已經是有身價的人了，千萬不要銀子還沒有到手，就糊裡糊塗的先死在王師爺手上。」

林強道：「你放心，我這個人福大命大，不會那麼容易就死掉的。」

盧修道：「我認為還是小心一點為妙，王師爺腰中那把軟劍的招式可歹毒得很。」

林強一怔，道：「原來王師爺也是武林中人！」

盧修道：「不錯，而且連他那些護轎的親隨也非泛泛之輩，據說其中有幾個在西南道上還很有點小名氣。」

林強恍然道：「難怪他一點都不害怕，明知有人想要他的命，他還敢坐著轎子滿街跑。」

盧修匆匆回顧身後那三人一眼，聲音壓得更低道：「所以等一下你根本不必動手，把那些人通通交給日月會的人去對付，這次人家精銳盡出，你可以給他們一個試手的機會！」

林強皺眉道：「那我去幹什麼？」

盧修道：「你得去把王師爺指給他們，以免他們殺錯人。」

林強忙道：「還有呢？」
盧修翻著眼睛想了想，才道：「等王師爺伏誅之後，你還得親自驗明正身，其他事可以假手於人，這件事非要自己經手才能放心。」
林強聽得連連搖頭道：「我現在才發覺香主事事都為我設想得如此周到，跟你這種人交朋友，準長壽。」
盧修臉孔陡然一板，道：「如果你以為我重視你的安全，只是為了那幾千兩銀子，那你就錯了，老實說，我不希望你這次出毛病，是因為救人的事少不了你，否則你的死活關我屁事！」
林強趕忙陪笑道：「原來我這個人還有用處，香主為何不早說！」
盧修道：「其實我不說你也應該明白，如果你沒有用處，我何必事事賣你交情，處處為你設想？」
林強忙道：「香主不說，我倒差點忘了，刺殺王師爺的事，我還沒有謝謝你呢。」
盧修搖首道：「這件事你大可不必謝我，我安排日月會先將王師爺除掉，固然是想替你解救師門之危，叫你沒有後顧之憂，但最重要的還是為救人的事先清清路。有王師爺這種人在，就算壞不了我們的大事，起碼也會替我們造成不少阻力，你說對不對？」
林強道：「對極了，香主設想周全，實在令人佩服。」

盧修面含得意的笑了笑，又道：「至於救人的事，我也有通盤計畫，等這次事了之後，咱們再慢慢商量，你瞧如何？」

林強服服貼貼道：「好，總之香主怎麼說，我就怎麼幹，等一下我把王師爺指給他們之後，馬上藏起來，除非有人找上我，否則我絕不出手。」

× × ×

薄暮時分。

一頂小轎在二十餘名精悍捕快的簇擁下，晃晃悠悠的走進了暮色茫茫的大街。

街上行人稀少，街旁的人家也都關起了院門，只有街角的一間麵館門還開著。林強就坐在麵館臨街的一扇窗戶裡，從窗口正好可以看到那頂愈來愈近的小轎。

陳景松和關玲兩人坐在暗處，一邊瞟著窗外的街景，一邊留意著林強的臉色。

林強臉上忽然現出一片狐疑之色，道：「不對，這小轎是空的！」

陳景松愕然道：「如果轎是空的，王師爺坐在哪裡？」

林強道：「我看八成是混在那些護轎的捕快中，你叫大家加把勁兒，一個都不能放走。」

陳景松長身而起，道：「好，你們坐在這裡別動，我去告訴他們一聲，索性來個人盯人。」
說完，不慌不忙的走了出去。
林強回望著坐在身後的關玲，道：「你帶了多少暗器出來？」
關玲悄聲道：「不多。」
林強道：「不多是多少？」
關玲遲疑了一下，道：「也不少。」
林強失笑道：「如果我再問你不少是多少，你一定告訴我也不多，對不對？」
關玲點點頭，又搖搖頭，道：「你不是答應過盧香主不動手麼?你還問我帶多少暗器幹什麼？」
林強道：「我不動手，你可以動手，等下我叫你打誰，你就打誰，行不行？」
關玲馬上把頭一點，道：「行。」
林強道：「你既然已答應跟我合作，又不肯告訴我暗器的數量，到時候咱們怎麼配合？」
關玲咬著嘴唇想了半晌，才道：「只要不使『滿天飛花』，大概還夠用。」
林強無可奈何的點點頭道：「好吧，咱們就不使『滿天飛花』，你準備著吧！」
說話間，小轎已經行到街角，正在轉彎之際，陡聞一聲大喝，只見陳景松的身形猶如展翅大鵬般的直撲轎頂，手掌輕輕在頂上一按，不但身子又已飛起，同時也將覆蓋轎上的轎帷整個揭了開來，轎中果然空無一人。

這時護轎捕快鋼刀均已出鞘，日月會的弟兄也已一擁而上，大街上登時響起了一片殺喊之聲。

那麵館老闆大驚之下，急忙關上店門，然後也不管林強同不同意，連窗戶也關了起來，嘴裡還不停地念叨道：「這是什麼年頭兒，光天化日之下，竟然攔路搶劫，簡直太不像話了……」

窗外殺喊之聲愈來愈遠，而且還愈來愈星散，顯然是人多勢眾的日月會弟子有意把那些捕快分散開，使他們的防守力量不能集中。

但王師爺在哪裡？如果混在捕快中，應該早已被人發現，搏鬥也早就該結束了。

林強忍不住將窗戶啟開了一條細縫，從縫隙中往外望去。

但見街頭一片寧靜，除了那頂無帷小轎之外，只有兩名轎夫正畏畏縮縮蹲在對面的牆根下，目光驚慌四顧，好像正在尋找逃亡之路。

林強神情一振，道：「關玲，你的功夫究竟怎麼樣？」

關玲道：「不太好……也不太壞。」

林強嘆了口氣，道：「這不等於廢話麼！我問你，你有沒有跟溫少甫動過手？」

關玲點點頭。

林強道：「結果如何？」

關玲道：「如果我手上有刀，再佐以暗器，大概可以撐個四五十招。」
林強訝然地望著她，道：「你還練過刀法？」
關玲沒有回答，只悶聲不響的瞪著他，神色顯得極不開心。
林強忽然在自己頭上打了一下，道：「我這人真糊塗，關家的刀法名重武林，你是關家的人，當然練過。」
關玲道：「但我嫌它太重，平日很少使用。」
林強道：「你年紀輕輕，居然還能在溫大俠劍下支撐四五十招，實在不容易。」
關玲嘴巴張開，又合起來，一副欲言又止的模樣。
林強忙道：「你有什麼話趕快說，說完了，咱們還有事辦。」
關玲這才道：「你弄錯了，不是我在他劍下撐四五十招，而是他在我的刀下撐了四十八招。」
林強不再囉嗦，抬手朝窗縫一指，道：「你來看看外面那兩個人！」
關玲湊上去瞧了瞧，道：「你說的是不是那兩個轎夫？」
林強點頭道：「不錯。我問你，你能不能同時發四隻暗器？」
關玲道：「我可以同時發三十六隻，而且隻隻見準。」
林強忍不住又在頭上打了一下，道：「你只每人輕輕螫他們兩下就行了，千萬不可傷及要害。」

關玲道：「為什麼？」

林強道：「如果那兩人真是轎夫，咱們總不能平白無故的要人家的命。」

關玲道：「萬一他們避過去呢？」

林強道：「能夠避過『滿天飛花』關玲一擊的人，必是高手無疑，那你就可以放心大膽的對付他們了，只是別使『滿天飛花』手法，以免把暗器打光，緊要關頭沒有東西防身。」

關玲答應一聲，剛剛抬起手來，忽又放下，道：「不妥，方才陳爺爺明明囑咐過我們不要動，如果我胡亂出手傷人，他老人家知道了會不高興的。」

林強急道：「我並沒有叫你胡亂出手，也沒叫你一定傷人，我只是叫你試探一下，因為我懷疑那兩人中，有一個就是我們要找的王師爺。」

關玲瞧瞧那名轎夫，又瞧瞧林強，道：「你不是說你認識王師爺麼？」

林強道：「我是認識，可那兩人好像都化過裝，每個人都與王師爺有幾分相似，我生怕認錯，是以才請你幫忙，只要你能讓他們挪動一下，我就有把握了。」

關玲想了一會兒，還嘆了口氣，才勉強將手一撩，只見四朵鮮紅的小花穿出窗縫，不徐不急的直向那兩人足脛飛去。

但那四朵小花好像都欠缺了一點力道，竟然一起栽落在那兩人的腳前，每隻腳前一朵，幾乎全都挨在鞋尖上。

林強難以置信的斜視著關玲，滿臉都是詫異之色。

關玲的神色一變，沒容林強開口，又是四枚暗器打了出去，這次不僅暗器不同，手法也完全兩樣，只見四點寒星去勢如電，目標仍然是那兩人的腳面。

那兩人的反應和方才截然不同，好像知道再也裝不下去了，沒等暗器打到，陡然身影一分，向左右逃逸而去。

林強急忙推開窗戶，正在分辨那兩人的特點，關玲已自他腋下躍出窗外。只見她急不可待的回首瞧著他道：「你叫我追哪邊？快說！」

林強遲疑片刻，才抬手朝右一指。

關玲身形一晃，便已躥出，身法快得驚人，而且邊跑還邊喊道：「前面的人趕快把他截住，這人就是我們要找的王師爺……」

林強原本還在擔心她落單，這時才放下心來，也撒腿急急往左趕去。

這時天色已暗，奔跑在前面那人好像路徑並不很熟，又像有意在等他，跑跑停停，停停跑跑。從大街奔入小巷，又從小巷穿入後街，直奔到街尾的一片農舍前，才停了下來，轉身背負著雙手，昂然不懼的遙視著自後面疾趕而至的林強。

遠處的殺喊之聲已不復聞，附近的人家也寂靜無聲，只有晚風時而吹過，土牆裡幾棵老樹的枝葉發出「沙沙」的輕響。

那人直等林強走進，才冷冷道：「你是什麼人？」

林強伸出左臉，道：「咱們曾經見過幾面，不知師爺您還認不認得。」
那人往前湊了湊，瞇著眼睛瞧了半晌，才道：「原來是打不死的林強！」
林強點頭道：「師爺好記性。」
那人果然是王師爺，這時臉上堆滿了詫異之色，道：「你跑來幹什麼？」
林強笑嘻嘻道：「我看師爺釣魚釣得辛苦，魚又偏偏不肯上鉤，我只好暫交一下，讓你老人家開開心。」
王師爺臉色一寒，道：「我要等的人不是你，你趕快走吧！」
林強腦袋一陣亂搖，道：「那怎麼行？我好不容易才趕上你，你不露兩手給我瞧瞧，我怎麼會甘心回去！」
王師爺沉默片刻，忽然道：「是誰派你來的？說！」
林強道：「是我自己想來的，沒受任何人指使，連那些朋友也都是自動自發的來幫我的。」說著，還朝空蕩蕩的身後指了指。
王師爺冷哼一聲，道：「你少跟我充大頭蒜！如果後面沒有人指使你，量你也沒有這麼大的膽子。」
林強笑笑道：「你這麼說就太不瞭解我了，我這人從不受人指使，而且膽子也一向不算太小。」
王師爺冷笑道：「其實你不說我也猜得出，一定是那個姓秦的鬼東西，對不對？」

林強一怔，道：「你指的莫非是秦喜功？」

王師爺恨恨道：「不錯，除了他之外，沒有人知道我扮成轎夫，鐵定是他告訴你的。」

林強不禁楞住了，他還真沒料到王師爺和秦喜功之間居然也會有猜忌。

王師爺就趁他發楞之際，突然解下腰中軟劍，劍鋒一抖，「嗡」的一聲已刺到他面前。

林強也沒料到王師爺出劍竟是如此之快，急忙側首使劍一搪，猛然左臉一陣火辣辣的感覺，原來搪的軟劍劍鋒一彎，竟然在他左頰上掃了一下。

王師爺揮動著軟劍，狀極不屑道：「怎麼樣，滋味還不壞吧？」

林強捂著左臉，氣呼呼道：「你們為什麼都喜歡打我的左臉，難道就不能朝我右臉上招呼麼！」

王師爺陰笑道：「好，你既然還想在右邊加道疤，我索性成全你算了。」

說罷，劍鋒一抖，一片藍汪汪的精光果然直削林強右臉，氣勢和速度都遠超過剛剛那一劍。

林強就如方才一樣，揚劍欲搪，誰知劍式尚未走老，身形陡然前一撲，整個衝進王師爺懷中，同時長劍倒提，竟從背後直取王師爺的胸膛。

王師爺大驚之下，連連倒退，但林強卻如影隨形，緊緊跟住不放，劍鋒也一直未曾離開過他的要害。
接連退出二十幾步，直到「砰」的一響，身子結結實實地撞上一面土牆，林強的劍鋒仍未被他甩脫，仍然緊緊的頂在他的胸口上。
王師爺就像被釘在牆上，整個身子都已動彈不得，軟劍也垂了下來，滿面驚容道：「你……你使得是什麼劍法？」
林強道：「四維三十六式，有沒有聽說過？」
王師爺點頭道：「原來你是四維堂的人。」
林強道：「現在你該明白我為什麼要殺你了吧？」
王師爺搖頭道：「我一點都不明白。」
林強道：「你千不該，萬不該，不該下令圍剿四維堂……」
王師爺截口叫道：「誰說我要圍剿四維堂？」
林強道：「這件事已弄得滿城皆知，你還賴什麼！」
王師爺嘆了口氣，道：「如果我真要圍剿四維堂，絕不會弄得滿城皆知。看起來你這人滿聰明，怎麼會這麼容易上當！」
林強聽後，整個傻住了。
王師爺緊接著道：「老實說，我現在應付城外那幫人還唯恐不及，哪裡還有時間管城裡的事？更何況我隨楊大人到任不久，縱不能與城裡的江湖朋友打成一片，也不至於忙著跟他們結怨。我出身江湖，起碼的江湖道義我還懂……」話剛說到這裡，突然大叫一聲，軟劍鬆手落在地上，臉上的表情極其恐怖，好像遇上了什麼可怕的事情一般。

林強慌忙退後兩步，細一瞧，才發現他胸前竟露出了一截刀尖，顯然是有人趁他不備，從牆裡出刀，將他的身體完全刺穿。

雪亮的刀尖一閃即逝，王師爺的身子也緩緩倒了下來，只在土牆上留下了一道血痕。

林強又倒退兩步，橫劍喝道：「牆裡是哪位朋友？」

只聽牆裡有個十分熟悉的聲音道：「你還亂喊什麼，趕快走吧！」

林強大吃一驚，道：「秦總捕頭！」

牆頭人影一晃，秦喜功已站在他面前，道：「小聲點，萬一叫外人看到，你就糟了。」

林強道：「人又不是我殺的，我糟什麼？」

秦喜功「嗆」地一聲，將鋼刀還入鞘中，冷冷道：「那你的官司可有得打了，我就不相信有人看到這種情況，會認為我秦某人是真凶。」

林強忍不住匆匆四顧一眼，低聲道：「他是你的上司，你怎麼會向他暗下毒手？」

秦喜功冷笑道：「怪只怪他自己太過多事，黃大人手握兵權，又是朝中的紅人，這種人怎麼可以得罪！長此下去，不但楊大人的頂戴不保，只怕連我這總捕的位子都要被他摘掉，為了保護楊大人，為了保護我自己，我非這麼幹不可。」

林強道：「可是楊大人卻未必這麼想，你殺了他的心腹，萬一被他知道了，他絕對不會輕放過你。」

秦喜功道：「這件事只有你知我知，只要你不說，他怎麼會知道？」

林強不慌不忙地收劍嘆道：「我是不想說，只可惜我這人天生嘴巴不嚴，就怕哪天一不小心洩露出去。」

秦喜功笑笑道：「你嘴巴縱然不嚴，卻一向恩怨分明，你總不會把你的救命恩人給賣掉吧！」

林強詫異道：「你幾時救過我的命？」

秦喜功道：「就是方才。」

林強道：「你在開什麼玩笑，方才我分明已將他制住，他哪裡還有殺我的機會？」

秦喜功道：「有，只要你一收劍，你就死定了。」

林強道：「我正想殺他，怎麼會收劍！」

秦喜功連連搖首道：「你不必吹了，你的個性我很瞭解，你聽了他那番話之後，根本就已下不了手，所以我才不得不冒險隔牆出刀，救回你一命。」

林強一副死也不肯相信的樣子道：「就算收劍，他也未必殺得了我，何須你來救我？」

秦喜功什麼話都沒說，只走到王師爺屍體旁，足尖在他左肘上輕輕一踩，「噹」的一響，一柄短劍已從袖中竄出，比手掌還長出一掌有餘。

林強不禁倒抽了一口冷氣，呆立良久，才輕嘆一聲道：「好吧，看來我只有跟日月會的人打個招呼，將這筆賬算在他們頭上了。」

秦喜功道：「順便告訴他們一聲，趕快離開開封，以免毀了盛氏夫婦的生路。」

林強一呆，道：「這話怎麼說？」

秦喜功道：「上面已經授意，只要再有人闖入大牢，立刻將盛氏夫婦處決，絕不給他們救人的機會。」

林強不禁楞了半晌，道：「你認為盛大俠夫婦還有生路？」

秦喜功道：「當然有，只要他們肯協助朝廷招安，活命是絕無問題。」

林強搖首一嘆道：「以盛大俠的為人而論，這種條件只怕他寧死都不會答應。」

秦喜功道：「那可難說，你不要忘了旁邊還有一個花容月貌的盛夫人。」

林強又是一嘆，道：「就算他們肯出面招安，日月會的人也未必會聽，盛大俠在武林中聲譽雖然不錯，但終歸是年輕一輩人物而已。」

秦喜功道：「那你就估計錯了，日月會原本已成分裂局面，就因為這兩人的結合，才逐漸有了轉機，所以他們夫婦在日月會中的影響力，遠比你想像的要大得多。」

林強悄然道：「原來盛關兩人的婚姻，也等於是政治結合。」

秦喜功道：「不錯，所以日月會的人才發動大批人力準備不惜一切的把他們救出去。」

說話間，遠處已有人呼喚林強，而且聲音愈來愈近。

秦喜功忙道：「我要走了，請你告訴他們，叫他們千萬不要亂來。他們鬧得愈凶，對盛氏夫婦愈不利。」

說完，昂然闊步而去，連看也不看王師爺的屍體一眼。

林強卻呆望著他逐漸遠去的背影，聽著愈來愈近的呼喚，發出一連串的嘆息。

第十一回　恩仇了了後

金掌櫃瞧著滿堂的顧客，臉上一絲笑意都沒有。

每天到了這個時刻，至少也該賣出二十幾鍋餡餅，但今夜卻有點反常，眼看著第十九鍋即將起鍋，竟沒有一個人開口添餅，好像大家都對他賴以為生的餡餅突然失去了胃口一般。

金火順也不聲不響的走出了廚房，裡面既沒活好幹，外面也沒忙好幫，只好立在一旁呆望著門口出神。

金掌櫃「叮叮噹噹」的敲打了一陣鍋鏟之後，忽然大聲叫道：「火順，準備封灶！」

金火順嚇了一跳，道：「時間還早，急著封灶幹什麼？」

金掌櫃道：「不封灶，後面的餡餅賣給鬼吃！」說著，還瞪了滿堂呆若木雞的客人一眼。

坐在緊靠門口的劉半仙立刻喊道：「先別急著封灶，再給我來十個。」

金掌櫃冷冷道：「你已經吃了十個，還要叫十個，你當我的餡餅是花生米，可以吃著玩兒的！」

劉半仙眼睛一翻，道：「二十個有什麼稀奇，我又不是沒吃過。」

金掌櫃冷笑一聲，道：「好，有本事你就吃吧，我看你能吃多少。」

他話剛說完，坐在一旁的馮一帖也忽然摸著肚子道：「也給我添五個，我今天的胃口特別好，總是覺得還沒有吃飽。」

其他的客人好像被他說得個個胃口大開，登時你五個我十個的叫個不停，轉眼工夫不但將鍋裡的餡餅全部訂光，而且還逼著金掌櫃非得趕著做下一鍋不可。

就在金掌櫃賭氣似的把一塊麵摔在麵案上時，林強忽然走了進來，無精打采道：「金大叔，給我來二十個。」

金掌櫃橫著眼道：「你也要這麼多？」

林強忙道：「十個包回去當早飯吃。」

劉半仙一把將他拖過來，道：「你坐下來慢慢等吧，這鍋沒你的了。」

林強朝座無虛席的店裡望了一眼道：「生意這麼好。」

劉半仙沒有搭腔，麵案上的金掌櫃反倒冷冷地哼了一聲。

林強立刻嘴巴一歪，低聲道：「金大叔在跟誰生氣？」

劉半仙聲音笑得幾乎不可聞道：「別理他，我問你，羅大小姐的情況怎麼樣？」
林強道：「還活著。」
劉半仙道：「你有沒有把王師爺那碼事兒告訴他們？」
林強道：「不必說了，王師爺已經死了。」
劉半仙瞄了他插在腰上的那把劍一眼，叫道：「王師爺死了？」
林強急忙道：「別看我，我還沒有這麼大的膽子。」
劉半仙急忙問道：「那是誰殺的？」
林強沒有立即回答，直等到其他桌上的人都圍上來，他才神秘兮兮道：「是日月會的人幹的，我親眼看到的。」
四周頓時響起了一陣議論聲，金火順卻在這時擠了進來，道：「這一來剛好替四維堂解決了問題，也替你省了不少麻煩。」
林強忽然長嘆一聲，道：「我們都上了秦喜功的當，其實圍剿四維堂的事，都是姓秦的那傢伙放的風，王師爺根本就沒發過這種命令。」
金火順一怔，道：「你怎麼知道王師爺沒發過這種命令，這又是哪個告訴你的？」
林強道：「是王師爺被殺之前親口告訴我的，總不會錯吧？」
金火順搖著頭道：「林強，我看你最近腦筋準是出了毛病，王師爺那種人的話，你居然也相信！」

劉半仙也唉聲嘆氣道：「你聽信王師爺的話倒也罷了，最不該的是把銀子存在郝老大那裡，我看你最近腦筋出了問題。」

馮一帖立刻接道：「對，二十兩銀子不是小數目，你存在郝老大那裡，簡直就像把餡餅存在叫花子嘴裡一樣，再想討回來，就難了。」

他話剛說完，門外忽然有個聲音冷冷道：「依我看，他聽信王師爺的話和把銀子存在郝老大那裡問題都不大，最糊塗的是把刺殺王師爺的罪過栽在日月會頭上，日月會那批人個個都是好朋友，他怎會忍心如此去陷害他們！」

店堂裡的人聽得全都大吃一驚，目光不約而同的集中在林強臉上。

林強一聽就認出是盧修的聲音，急忙站起來，面帶愧色道：「盧香主請進，今天我請客。」

盧修大步走進來，寒著臉道：「我不要你請，方才是哪個說把餡餅存在叫花子嘴裡討不回來？我剛好是叫花子，你何不存幾個在我嘴裡試試，看你究竟能不能夠再討回去。」

馮一帖趕緊打躬作揖道：「我方才只是胡亂說說，你大人不記小人過，千萬不要放在心上，今天我請客，就算向你賠罪好不好？」

盧修不待人引路，繞過林強和劉半仙，不客氣的在馮一帖那一桌坐下來，抓了塊餡餅往嘴裡一塞，面對著林強含含糊糊道：「你說，我在聽著。」

林強乾咳兩聲，道：「說什麼？」

盧修「咕」的一聲，把嘴裡東西硬咽下去，道：「我要知道王師爺究竟死在誰的手上？」

林強匆匆環顧了店堂一眼，道：「這件事說來話長，等你吃飽了，咱們外面再慢慢聊。」

盧修道：「不必了，在這裡等著聽你消息的人，都是關心你的人，叫他們聽聽也無妨。」

林強沉吟半晌，卻一個字也沒說出來。

盧修冷笑道：「其實你不說我也知道，殺死王師爺的凶手，是你兩代至交秦喜功對不對？」

此言一出，舉座譁然。

金掌櫃慌忙叫道：「盧香主，你可不能在這裡胡說，萬一被他們聽到，不但你以後的日子難混，恐怕連我這間小店都休想再做下去了。」

盧修安然道：「金掌櫃請放心，我已在外面佈置好了眼哨，那些人是絕對走不進這條街的。」

金掌櫃探首朝外看了一眼，才放了心。

盧修又抓了塊餡餅，邊吃邊道：「老實說，在你們離開現場之後，我曾偷偷去看過，王師爺分明是死在刀下，你怎麼可以說是死在日月會的手上呢？」

林強忙道：「日月會那些人中，也有幾個是使刀的。」

盧修道：「我當然知道日月會中有幾個使刀的高手，但這次他們都沒有參與行動，你知道嗎？」

林強道：「不會吧？」

盧修冷笑一聲，道：「你當八卦游龍掌陳景松是何許人物，人家會跟你一樣糊塗！既然已決定把罪過栽在黃國興手下的頭上，他還會叫人使刀去殺人麼！」

林強不講話了。

盧修緊追不捨道：「我只有一件事想不通，希望你能老實告訴我。」

林強道：「什麼事？」

盧修道：「秦喜功這次究竟給了你多少好處？」

林強登時跳起來，道：「你……你胡說！」

盧修翻著眼睛望著他，道：「如果他不給你一點好處，你怎麼會連這些並肩作戰的好朋友都不要了？」

林強頹然坐回凳子上，道：「如果我想要他什麼好處，伸手就有，何必出賣朋友？」

站在一旁的金火順急忙接道：「對，只要林強開口，要多少，他都會馬上捧過來。」

其他的人也都在點頭，好像全都贊同他的說法。

盧修道：「既然如此，你又何必拼命袒護他呢？」

林強嘆了口氣，道：「我這麼做也是為了大家好，有秦喜功在，等我們打劫大牢的時候，我想多少總會有一些好處……」

盧修不待他說完，已大叫道：「誰告訴你要打劫大牢！你當我瘋了。」

林強呆了呆，道：「不劫大牢，怎麼救人？」

盧修道：「救人的方法多得很，我現在正在考慮哪一種最安全最有效。」

林強忙道：「能不能先透露一兩樣聽聽？」

盧修斷然搖首道：「不行，等我考慮清楚之後，自會告訴你，只希望你今後任何行動都要先跟我商量一下，千萬別再亂做主張，以免壞了我們的大事。」說罷，一手抓了兩塊餡餅，起身就走。

林強也跟著站了起來，無精打采道：「你們慢慢吃，我也要先走一步了。」

還沒有容他轉身，忽然「轟」的一聲，所有的人全都離座而起，似乎都對金掌櫃的餡餅倒了胃口。

金掌櫃立刻叫起來，道：「等一等，要走可以，每個人帶幾個回去，否則我這鍋餡餅還賣給誰！」

× × ×

林強拎著包餡餅，垂頭喪氣的走進了窄街，又轉進了小巷，在黑暗的巷中走走停停，直到確定身後沒有人跟蹤，才閃入一條更窄的弄堂，然後又回頭望了望，才走進自己的家門。

房中比外面更暗，林強摸索良久，才將油燈點上。

昏暗的燈光下，他忽然感到情形有些不對，端高油燈一瞧，才發現房裡一切都變了。

首先，他看到的是遮掛在炕前的被面已然不見，炕上也空了，既不見人，也不見刀，被子亂成一團，隨後，他又發現原本折疊整齊的衣服也又堆回到那只三腳椅子上，甚至連剛剛換好的窗紙也多了幾個破洞，景況之凌亂，變得就和半個月前完全一樣。

林強楞住了。

其實他在這種環境中生活已有幾年，早就習以為常，但現在卻覺得極不自在，而且還有一股十分強烈的失落感。

他也許並不在乎柳金刀的去留，但卻很計較她的心態，她既已不告而別，何必又多費一番手腳，非把房裡搞得如此凌亂不可！

他端著油燈，呆呆地坐在炕沿上，過了許久，才長嘆一聲，將油燈往小几上一放，頹然倒在炕上，又接連嘆了幾口氣，才將油燈火吹熄。

就在這時，閣樓上突然發出一聲輕響。

他剛想翻身坐起，一個軟綿綿的身子已投進他的懷中，同時嘴巴也被一隻香噴噴的手掌捂住。

林強急忙將臉撇開，道：「你是不是柳金刀？」

那人似乎很不開心道：「你炕上除了我還會有誰？你說！」

林強難掩一陣失而復得的喜悅，輕輕攬住她的腰身，道：「你跑到哪兒去了？」

柳金刀道：「躲在上面。」

林強莫名其妙道：「你好好的炕不睡，躲到上面去幹什麼？」

柳金刀道：「有人找上門來，我不躲，行麼？」

林強一怔道：「什麼人來找我？」

柳金刀道：「人我是沒看到，我猜八成是盧修手下那幾個花子。」

林強詫異道：「奇怪！他們每天都可以在外邊找到我，跑到家裡來幹什麼？」

柳金刀道：「我想盧修一定懷疑我藏在這裡，所以才派人來看看。」

林強恨恨道：「這個王八蛋，我明天非去找他算帳不可。」

柳金刀道：「算帳倒不必，不過這個人在江湖上可是出了名的厲害角色，你以後多提防他一點就是了，千萬不要露出馬腳。」

林強一邊答應著，一邊就想爬起來。

柳金刀忙道：「你想幹什麼？」

林強道：「點燈。」

柳金刀一把摟住他，道：「先不要點燈，我還有話要問你。」

林強道：「什麼話非要摸黑說不可？」

柳金刀沉默片刻，道：「你方才為什麼一直在嘆氣？」

林強道：「我是嘆世風日下，好人難為。」

柳金刀微微楞了一下，道：「你這話是什麼意思？」

林強又嘆了口氣，道：「你想我辛辛苦苦的將一個身負重傷的人背回來，小心仔細地將她的傷給治好，還要每天替她燒菜煮飯，把她養得肥肥胖胖的，還要替她買新衣裳，把她打扮得漂漂亮亮的，結果她不但不辭而別，還故意把房裡搞得亂七八糟，我遇到了這種忘恩負義的人，我能不嘆氣麼！」

柳金刀「哧」的一笑，道：「我並沒有走呀！」

林強道：「那你也不該把我的房裡搞成這種樣子。」

柳金刀道：「那是因為我聽有人在巷外打聽你的住處，生怕惹人起疑，在躲起來之前，費了半天力氣，才將房裡弄成你原來的模樣。」

林強道：「你也真糊塗，那些人連我的住處都不清楚，怎麼會知道我房裡原來的樣子？」

柳金刀道：「就算他們沒有來過，但看你房裡收拾得整整齊齊，難免也會起疑，你說是不是？」

林強想了想，道：「好吧，算你有理，我不怪你就是了。」說著，又想爬起來。

柳金刀急忙道：「等一等，我還有話要問你。」

林強道：「有話快說，我還沒吃東西呢。」

柳金刀沉吟了一下，道：「說實在的，你方才除了氣我不辭而別之外，還有沒有其他感覺？」

林強道：「什麼感覺？」

柳金刀道：「譬如有點傷心，有點難過，有點捨不得什麼的。」

林強道：「傷心難過倒是沒有，有點捨不得倒是真的。」

柳金刀忙將身子往他懷裡湊了湊，道：「原來你真的捨不得我。」

林強道：「你不要搞錯，我捨不得的不是你，而是那把刀。」

柳金刀立刻脫出他的懷抱，大發嬌嗔道：「什麼！在你的心目中，我還不值二百兩銀子？」

林強道：「那倒不止，據我估計，你至少也值七百兩。」

柳金刀登時叫嚷起來，道：「什麼！我才值七百兩銀子？」

林強道：「連小豔紅才值五百兩，我比她還給你高估二百，已經對得起你了。」

柳金刀一楞，道：「小豔紅是誰？」

林強道：「是開封最有名的妓女。」

柳金刀不等他說完，便扭著他不依不饒道：「該死的林強，你怎麼可以拿我和妓女相比。」

林強哈哈一笑，道：「我是跟你開玩笑的，千萬不要當真。」說著，推開她扭動著的身子。

柳金刀抓著他不放道：「你先別急嘛，我還有很重要的話要告訴你。」

林強無可奈何道：「好，你說，你說！」

柳金刀卻忽然沉默下來，過了一會兒，才輕輕在林強耳邊道了聲：「有人！」身子已然爬起，伸手在閣樓沿上一搭，人已翻上了閣樓。

林強也急忙將衣服一件件剝下，剛剛裝著睡好，一陣沉穩的腳步聲已停在門前。

那人從門縫中朝裡望了一陣，才輕聲叫道：「林強，快開門，我有很重要的話要告訴你。」

林強一聽就認出是陰魂不散的盧修，不禁沒好氣的下了炕，喃喃自語道：「為什麼每個人都有很重要的話要告訴我，我怎麼那麼倒楣！」

說著，已將房門打開來。

盧修邊往裡走邊道：「你方才說哪個倒楣？」

林強道：「當然是我，半夜三更的還讓人家追到家裡來，你能說我不倒楣麼！」

盧修忙道：「你別發火，我幾句話說完馬上走人，如何？」

林強道：「你說吧，我在聽著。」

盧修道：「京裡派來押解人犯的高手已進城了。」

林強道：「是不是『神槍』葛燕南？」

盧修道：「你怎麼知道？」

林強道：「他的左右手賀天保早已露面，後面來的當然是他。」

盧修道：「你推斷的很正確，但你對葛燕南的個性只怕還不太瞭解。」

林強道：「我要瞭解他的個性幹什麼？」

盧修道：「知彼知己，百戰百勝，你想從他手裡救人，不瞭解他的個性怎麼行？」

林強道：「從他手裡救人？」

盧修道：「不錯，咱們唯一的機會，就是在人犯押出大牢之後，在路上動手，而且只能在城裡，一出城就難了。」
林強驚道：「你的意思是咱們要在路上硬搶？」
盧修道：「硬搶怎麼行？他只要把槍尖往盛大俠脖子上一頂，試問誰還敢動！」
林強道：「那要怎麼救？你心裡想必早有妙計！」
盧修居然探首門外瞧了瞧，然後又將房門關好，才小聲道：「我想用移花接木之計，先用兩個人將盛大俠夫婦換來，然後再設法搶救那兩個人，就容易多了。」
林強道：「必要的時候，也可以把那兩人犧牲掉。」
盧修道：「當然不能輕言犧牲，我只是認為搭救那兩個人總比搶救體能薄弱的盛大俠夫婦，機會要大得多。」
林強道：「你怎能確定盛大俠夫婦的體能比較薄弱。」
盧修道：「他們已關在大牢十幾天，這還要解釋麼？」
林強道：「好吧。由哪個替換盛夫人，你決定了沒有？」
盧修道：「滿天飛花關玲原本很想充當這個角色，只可惜她的身材小了一點，只好作罷。」
林強道：「結果呢？」
盧修道：「結果幸好四維堂的荊姑娘挺身而出，總算解決了問題。」
林強似乎吃了一驚，道：「荊十五妹？」

盧修道：「不錯，也就是你過去的小師妹。」

林強道：「這是幾時決定的？」

盧修道：「就在你們刺殺王師爺的時候，關二少和我已去過四維堂，也就是那個時候決定的。」

林強長嘆一聲，道：「頂替盛大俠那個人，想必說是在下了。」

盧修乾咳兩聲，才道：「不錯，你的體型容貌都與盛大俠相似，由你替換他再理想不過。」

林強又是一嘆，道：「難怪香主經常在我面前轉來轉去，原來是早就相中我！」

盧修沉聲道：「林老弟，我知道對不起你，但這次搭救盛大俠夫婦，乃是武林中的大事，也正是你我一展抱負的大好時機，希望你以大義為重，切莫回絕才好。」

林強道：「我當然不會回絕，但我只有個小問題，希望香主能給我個滿意的答覆。」

盧修道：「什麼問題，你只管說？」

林強道：「如果那姓葛的把槍尖頂在我脖子上，你怎麼辦？」

盧修道：「我會極力搶救，萬一搶救不及，你死，我陪你死，也不枉我們相交一場，你瞧如何？」

林強哼了一聲，又道：「還有，那姓葛的不是死人，一旁又有大批高手在場，你如何能瞞天過海，把盛大俠夫婦替換下來？」
盧修道：「這是一個很複雜的問題，我正在著手策劃，等一切策劃周詳後，我自會詳細告訴你。」
林強道：「好吧，你準備幾時動手？」
盧修道：「那就得看那姓葛的幾時解人了，不過據我所知，那姓葛的是個很懂得養生的人，他一路風塵僕僕而來，不休息個十天八天，是絕對不會離城的。」
林強不再多說，只將房門拉開來。
盧修好像還捨不得走，瞇著眼睛朝裡望了望，道：「你叫我來看的，就是裡邊那個土炕？」
林強道：「是啊。」
盧修道：「你說的那個女人呢？」
林強道：「被你那群手下人嚇跑了，我正想叫你賠人。」
盧修哈哈一笑，道：「那好辦，我看那位荊姑娘對你的印象好像還不錯，等這次事了之後，我替你們說合說合，就算我賠給你的好了。」
林強道：「不必了，要女人我自己會去找，用不著你來說合，只希望你以後別再叫你那些手下到家裡來煩我就行了。」
盧修立刻答應，又四下看了一眼，才搖著頭往外走去，邊走邊道：「是該有個女人了，等這碼事過後，我非替你張羅一下不可……」

林強不等他說完，就「砰」的一聲將他關在門外，直待他的腳步聲去遠，才重又摸索著點起了燈。

誰知燈火剛剛亮起，忽然被閣樓上的柳金刀一掌扇熄。林強怔了怔，道：「你這是幹什麼？」

柳金刀氣呼呼道：「我問你，你方才為什麼要答應他？」

林強道：「答應他什麼？」

柳金刀道：「當然是搭救那個姓盛的事。」

林強嘆了口氣，道：「告訴你，你也不會明白的。」

柳金刀道：「我只有一件事不明白，這種事要幹也應該那些大俠們去幹，怎麼會輪到你頭上！」

林強即刻道：「你認為誰是大俠？你說說看！」

柳金刀沉吟了一下，道：「開封這麼大，我就不信連個俠字號的人物都沒有。」

林強忍不住又是一嘆，道：「柳金刀，你太天真了，這年頭的大俠，只不過是個稱呼而已，沒事的時候大俠滿街跑，有事的時候一個都不見，像閻二先生那種人，就是個活生生的例子。」

柳金刀居然也在上面嘆了兩口氣，過了一會兒，又道：「還有，方才盧香主說的你炕上那個女人是誰？」

林強道：「就是你！他懷疑我救了你，追問我把你藏在哪裡，我索性說出你在我炕上，想不到他真的會派人來察看，這倒出人意外得很。」

柳金刀道：「幸虧我當時躲得快，否則就糟了。」

林強道：「那也沒什麼，到目前為止，他們根本還不知道那個女賊是誰，更認不出你是柳金刀。我這麼個大男人，房裡有個女人有什麼稀奇，你說是不是？」

柳金刀哼了一聲，又道：「還有，荊姑娘又是什麼人？」

林強道：「是我師傅最小的徒弟。」

柳金刀道：「多小？」

林強道：「大概總有十四五歲吧。」

柳金刀道：「才十四五歲？」

林強道：「我說的是十年前，現在也應該二十四五了。」

柳金刀又哼了一聲，酸味十足道：「年紀相當，又是師兄師妹，倒是滿相配的，看來盧香主這個人還真有點眼力。」

林強詫異地朝上瞄了一眼，道：「柳金刀，你的語氣好像有點不太對勁，你是不是在吃醋？」

柳金刀啐了一口，道：「我吃哪門子的醋？我又不是你什麼人，你愛跟哪個去死，跟我有什麼關係！」

林強聽得連連搖頭，又摸索著想點燈。

柳金刀急忙叫道：「你這個人是不是有毛病，窗子上的破洞那麼多，你一直想點燈幹什麼？」

林強道：「我是肚子餓，想吃東西，我帶回來的一包餡餅還沒打開呢。」

柳金刀又是一聲輕哼，道：「一個死定的人，還吃什麼東西，乾脆早一點餓死算了……」

她話未說完，語聲忽然止住。

林強也悶聲不響，似乎正在傾耳細聽。

過了一會兒，果然有個人隔窗輕聲喚道：「林兄，林兄！」

林強一聽就認出是盧香主的手下，不禁恨恨喝道：「你們又跑回來幹什麼？還不快滾！」

那人忙道：「我只有一句話，說完就滾。我們香主明早在老福記茶樓門外候駕，請你務必走一趟……」

沒容他把話說完，柳金刀已撲到桌前，抓起那包餡餅就打了出去。

只聽「噗」的一聲，人、餅全已不見，窗戶上又多了一個洞，一個很大的洞。

第十二回　暗鏢

午前，老福記茶樓的早市雖過，午市又到，店堂裡高朋滿座，店門外花子成群，看上去十分熱鬧。

林強尚未擠進店門，便被幾名年輕的花子擁到了店外的樓簷下。

坐在簷下石階上的盧修慌忙站起來，道：「林老弟，你怎麼現在才來，都快把我餓死了。」

林強莫名其妙道：「你餓了可以進去先吃，何必等我？」

盧修道：「不等你，誰付帳？」

林強道：「你約我來的，當然你付。」

盧修臉色一沉，道：「林老弟，這就是你的不對了，你幾時見過叫花子掏錢請客的，你這不是在開我的玩笑麼！」

林強看看身旁那群花子，摸了摸自己的腰包，正在遲疑間，忽然有塊雪白的絹帕自樓上飄飄而下，正好落在他的肩膀上。
林強取下絹帕，抬首一瞧，不禁傻住了。
原來那塊絹帕的主人竟是閻正蘭，這時正倚窗而坐，還頻頻在向他招手。
林強指了指身邊那群花子，道：「我的朋友很多，下次吧。」
閻正蘭依然招手道：「不要緊，叫他們全上來，我帶來八兩銀子，我全請。」
林強剛想帶著眾人上樓，一聽銀子的數目，慌忙又將腳縮住。
盧修道：「閻正保的妹妹請客，你還客氣什麼？走啊！」
林強道：「上去也沒用，我看還是算了吧。」
盧修道：「為什麼？」
林強道：「上面有多少座位，現在是什麼時刻，算也可以算得出來，擠上去也沒地方坐，何必白費力氣！」
盧修道：「那好辦！」說著，朝簷下的石階一指，道：「你們坐在這裡，叫東西節制一點，今天是姑娘家請客，咱們可不能嚇著人家。」
說著，拖著林強就往樓上走。
剛剛擠到樓上，林強的腳又縮住了，只見閻正蘭身旁還坐著個程大娘，這時正虎視眈眈的在瞪著他，目光中充滿了鄙視的味道。
盧修卻像沒事人兒一般，大步走上前去，先在程大娘身邊坐下，才朝坐在對面的閻正蘭道：「五小姐好。」

閻正蘭急忙欠身還禮，眼睛卻在悄悄瞟著步履緩慢的林強。

這時程大娘已慌忙讓到一旁，叫道：「這個人是誰？」

閻正蘭道：「這位便是丐幫仁義堂的盧香主。」

程大娘冷哼一聲，道：「我當什麼人如此冒失，原來是大名鼎鼎的鐵拐盧修！」

盧修不得不又仔細打量了程大娘一眼，突然面露驚容道：「芳駕莫非是……」

程大娘不等他說下去，便站起來道：「正蘭，我們走！」

閻正蘭忙道：「大娘等一等，我跟林大哥還有話說。」

林強緊走幾步，雙手將那塊絹帕捧到閻正蘭面前，道：「五小姐，你方才落下去的東西。」

閻正蘭接過絹帕，在身邊的凳子上擦了擦，道：「你快坐下，我還有話要問你。」

林強連看也不敢看程大娘一眼，低著頭在閻正蘭一旁坐下來，神態顯得非常拘束。閻正蘭反而落落大方道：「你那天跟我約好的事還算不算數？」

林強道：「當然算數。」

閻正蘭道：「那你幾時到我家裡去？」

林強道：「過幾天我一定去，不過，你可要跟二先生講好，到時候不要把我趕出來。」

閻正蘭「撲哧」一笑，道：「你放心，我爹早就答應了，但你可不能拖得太久，萬一他變了卦就麻煩了。」

林強連忙點頭道：「我知道了。」

閻正蘭這才依依不捨地站起來，道：「我走了，銀子我擱在櫃檯，等一下你可不要忘了跟他們結算。」

林強又連連點頭，而且還嘆了口氣。

程大娘拖著閻正蘭就走，臨走還橫了林強一眼，道：「瞧你這副沒出息的樣子！」

林強沒有吭聲，連頭都沒敢抬一下。

盧修在一旁看得整個呆住了。過了很久，才猛然在桌子上拍了一下，叫道：「好小子，難怪你最近神裡神氣的，原來是跟閻五小姐搞上了。」

林強聽得大吃一驚，道：「你在胡扯什麼？我跟你無冤無仇，你怎麼可以如此害我！」

盧修臉孔一拉，道：「你這個人也太不乾脆了，我方才在旁邊聽得一清二楚，你何必再在我面前要賴？」

林強道：「你方才聽到什麼了？」

盧修道：「就是閻五小姐催你到他家求親的事，而且還說閻二先生已經答應了。」

林強不禁失笑道：「盧香主，你整個搞錯了，她催我到閻家不是去求親，而是要我去教她功夫。」

盧修冷笑一聲，道：「那更離譜了，人家是武林第一名刀閻二先生的女兒，哪裡用得著你去教她功夫？」

林強急忙道：「她要跟我學的不是刀法……」

盧修截口道：「是劍法？那你就太不自量力了，要學劍法，羅大俠雖已作古，也還輪不到你，至少也該找我們林長老那種高手才像話。」

林強被他堵得沒話好說，只有連連嘆氣。

就在這時，跑堂忽然端上幾道菜來，盧修忙道：「我們還沒點菜，恐怕你們送錯了吧？」

跑堂陪笑道：「錯不了，這些都是閻五小姐替這位林少爺點的。她說這都是林少爺平時最喜歡吃的菜，但不知小店做得合不合二位的口味？」

盧修看看菜色，道：「她有沒有點酒？」

那跑堂道：「有，她說林少爺最愛喝珍杞酒坊的『醉太白』，我們已派人去取，隨後就到。」

盧修待那跑堂走後，雙手一攤道：「你瞧瞧，人家連你的口味都記得這麼清楚，你還有什麼話說？」

林強忙道：「這一定是正保告訴她的，否則她不可能知道得這麼清楚。」

盧修笑笑道：「算了吧，男女之間的事，是瞞不了人的，你再裝也沒用。」

林強無可奈何道：「我跟她真的沒什麼，香主執意不信，我也沒有辦法。」

說話間，跑堂已將酒送上來。

盧修兩盅下肚，忽然道：「我想起來了，她催你求親的事，咱們姑且撇開不談，那套衣裳的事，你又作何解釋？」

林強道：「什麼衣裳？」

盧修道：「就是剛剛她穿在身上的那一套。」

林強莫名其妙道：「她穿什麼戴什麼，跟我有啥關係？」

盧修道：「呵！你倒推了個乾淨。我問你，前些日子，你從徐師傅那裡硬買去的那套紅緞子衣裳，送給誰了？」

林強楞住了，過了半晌，才突然叫道：「盧香主，這就是你的不對了，我又不是你什麼人，你怎麼可以私自調查我的行動？」

盧修又是一盅下肚，道：「我哪有閒空調查你的事！我是前幾天去找徐師傅時，發現他正在忙著趕做一套和閻五小姐身上穿的一式一樣的衣裳，而且一邊趕著還一邊罵你。我一問，才知道人家原本早已做好的那套硬被你買走，才不得不趕做第二套。我當時還在奇怪你買套女人的衣裳幹什麼，現在我總算弄明白了。」

林強被酒嗆得連咳幾聲，道：「你又不做衣裳，去找徐師傅幹什麼？」

盧修匆匆四顧一眼，道：「還不是為了搭救盛大俠的那件事。」

林強一怔，道：「救人還用得著裁縫？」

盧修道：「當然用得著，而且還需要大批快手，幸虧老徐徒弟多，他已經把他認為最可靠的二十幾名弟子全調了來，現在都擠在他的店鋪裡，你要想替五小姐做衣裳趕快去，保證做得又快又好。」

林強皺起眉頭道：「你這次究竟想用什麼方法救人，能不能說給我聽聽？」

盧修搖首道：「你暫且忍耐一兩天，等我把難題一一克服之後，一定會仔仔細細地說給你聽。」

林強道：「聽起來你的困難好像還不少？」

盧修道：「也不太多了……哦，還有件事，也是我無意中發現的，你可千萬別誤會。」

林強道：「什麼事？」

盧修道：「你在張鐵匠那裡替五小姐訂了一把刀，是不是？」

林強咳了咳，道：「是又怎麼樣？」

盧修道：「他恐怕不能如期交貨了。」

林強道：「為什麼？」

盧修道：「因為他們那幾家都在日夜替我趕工，根本就沒有時間做別人的東西。」

林強道：「也是為了救人？」

盧修道：「不錯啊！還有，你前幾天曾到小宋的店裡去問包車到揚州的價錢，對不對？」

林強寒著臉，吭都沒吭聲。

盧修身子往前湊了湊，道：「如果閻二先生不答應，你是不是又打算跟她私奔？」

林強恨恨道：「他媽的，我這輩子好像跟私奔結了不解之緣，想不奔都不行。」

盧修忙道：「你要私奔也行，可得等這件事了了之後，你可不能撒腿一走，叫我臨時找不到盛大俠的替身。」

林強道：「你放心，我既已答應，就不會變卦，不過，你以後最好不要再過問我的私事，否則，你就趕快另請高明，以免到時候壞了你的大事。」

盧修急忙點頭答應道：「行、行，只要你的人不跑，你說什麼都行。」

說完，連連替他斟酒，一副生怕得罪他的模樣。

林強一口酒一口菜，片刻間已酒足飯飽，摸著肚子就想站起來。

盧修急忙道：「等一等，等一等，正事還沒有談，你急著站起來幹什麼？」

林強道：「還有正事？」

盧修道：「當然有，否則我約你出來幹什麼？」

林強重又拿起了筷子，道：「什麼正事，你說！」

盧修道：「我現在還有兩個難題無法克服，希望你替我動動腦筋。」

林強嘴裡吃著東西，含糊不清道：「我最近腦筋迷糊得很，難的恐怕不行，容易的或許可以試試。」

盧修道：「第一件比較容易，我只想在府衙裡找個可靠的眼線……」

林強不等他說完，便已搖著頭道：「難、難、難。」

盧修道：「咦！你府衙裡不是有很多熟人麼？」

林強道：「熟人是不少，可靠的卻難找。」

盧修道：「秦喜功如何？你不是說這個人還蠻有用麼！」

林強道：「那就得看你叫他幹什麼了。」

盧修道：「我只想叫他透露一些府衙裡的情況。」

林強道：「什麼情況？」

盧修翻著眼睛邊想邊道：「像盛大俠夫婦目前的身體狀態，押解出城的準確時間，以及徵調囚車的詳細數量等等。」

林強道：「如果他說盛大俠夫婦身體還好，三日後押解出城，一共四輛囚車，兩虛兩實，你相不相信？」

盧修毫不考慮道：「我不相信。」

林強道：「你既然信不過他，找他何用！」

盧修道：「難道你就找不到一個比較可靠的人？」
林強想了想，道：「找是難找，不過或許可以買到一個。」
盧修忙道：「那你就趕快去買啊！」
林強道：「錢呢？」
盧修突然翻開衣襟，露出厚厚的一疊銀票，道：「你要多少？」
林強驚叫一聲，道：「你哪兒來的這許多錢？」
盧修沒有吭聲，只用筷子在桌上寫了個「日」字。
林強大失所望，道：「原來香主做這件事，也是為了錢。」
盧修正色道：「你錯了，日月會這些錢並不是給我的，是讓我運用它來儘量減少城裡的傷亡，如果我想據為己有，何必亮給你看，我不聲不響地吞下去，誰會知道！」
林強沉默片刻，忽然道：「你第二個難題是什麼？」
盧修先嘆了口氣，才道：「那就比較困難多了。」
林強道：「多困難，你說說看！」
盧修道：「神槍葛燕南不是浪得虛名之輩，他那桿槍實在很難應付。」
林強道：「我這知道。」
盧修道：「我需要一個足以抵制他的人。」

林強一嘆，道：「只可惜貴幫的林長老不在城中，否則的話……」

盧修截口道：「他在的話也不行。」

林強道：「何以見得？」

盧修道：「十七年前，敝幫九城分舵程舵主夫婦，曾經聯手與葛燕南做過一場決死之戰，你有沒有聽人說起過？」

林強搖首道：「結果如何？」

盧修道：「結果一死兩傷，那姓葛的直到現在左腿還不太俐落，就是那一次受的傷。」

林強急道：「程舵主夫婦呢？」

盧修長嘆一聲，道：「程舵主當場戰死，程夫人也身受重傷，幸虧被一列過路的鏢車救走，才得保住一命。」

林強駭然道：「鏢車？」

盧修點頭道：「不錯，程夫人也就是我們剛剛遇見的程大娘，她也是我們林長老唯一的女兒。」

林強道：「什麼！程大娘是林長老的女兒？」

盧修繼續點頭道：「十七年前，程夫人的劍法已不在林長老之下，是幫中最有威力的一支劍，人稱『必殺之劍』，而程舵主更是幫裡的精英人物，兩人聯手尚且不是葛燕南的對手，林長老那支劍怎麼行！」

林強道：「可是放眼開封，還有哪個能強過林長老？」

盧修道：「只有一個人，那就是閻二先生，也可能是你未來的老岳丈。」

林強連咳幾聲，道：「你不要再動他的腦筋，他絕不會插手這件事的。」

盧修道：「想讓他插手，只有一個辦法。」

林強道：「什麼辦法？」

盧修道：「就是要先找到那個女賊。」

林強又咳了咳，道：「找到那女賊又當如何？」

盧修道：「京裡傳來的消息，四海通鏢局確實丟了一批暗鏢，據說至少也值二十萬兩。有這二十萬兩做餌，就不怕閻二先生不出刀。」

林強沒有搭腔，抓起酒壺來就替自己斟酒。

盧修也又乾了一盅，道：「事隔半個多月，想捉那女賊就更難了；不過，只要她不出城，咱們就有希望。你說是不是？」

林強依然沒有回答，只搖晃著空酒壺大叫道：「夥計，拿酒來！」

一跑堂馬上跑過來，諂笑道：「林少爺，您先忍一忍，『醉太白』已被坐在石階上的那幾位喝光了，我們又已派人去取，大概也就快回來了。」

林強將空壺往那跑堂懷裡一塞，道：「我不要忍，不論什麼先給我送兩壺。媽的！我又不是李太白，什麼酒不能醉……」

× × ×

林強帶著幾分酒意，飄飄然地走進了郝老大的大門，穿堂入室，直奔田三姐的賭檯。

田三姐就和往常一樣，邊用那靈巧的手把弄著骰子，邊用又嗲又亮的聲音催著大家下注。

林強遠遠便已喊道：「三姐且慢開莊，大門有我五兩！」

田三姐果然把手停住，望著拼命擠進來的林強，嗲聲嗲氣道：「我當是哪位，原來是林大爺！」

林強先打了個酒嗝兒，才緊盯著田三姐的臉孔道：「姐，你的眼睛呢？」

此言一出，登時引起一陣哄笑。

田三姐天生臉大眼小，最忌人家揭她之短，一聽臉盤兒就拉了下來，道：「林大爺大老遠跑來，該不是專程來調侃我的吧？」

林強道：「我已經告訴過你，我押五兩。」

田三姐：「你的銀子呢？」

林強將手掌往檯子上放，道：「我這隻手，值不值五兩？」

田三姐寒著臉道：「你想押手也行，萬一你輸了，五兩銀子我可不賣給你。」

林強又打個酒嗝兒，道：「你這是什麼意思？」

田三姐冷冷道：「我的意思是，咱們按照江湖規矩來，押手賠手，押腳賠腳，你就是把人押上來，我今天也跟你賭了。」

林強急忙把手收回來，打著哈哈道：「這娘們兒眼睛雖小，眼光卻不差，居然想拐著我去陪她跑江湖……」說著，使勁兒在賭檯上拍了兩下，大吼道：「郝老大，把我的銀子拿來！」

郝老大慌裡慌張地從外面衝進來，一見是林強，拖著他就往裡走，邊走邊道：「你來得正好，我剛好有件重要的事要跟你商量。」

林強掙扎著道：「不行，有話等一下再說，我得先去殺殺那娘們兒的傲氣。」

郝老大死拖著他不放，道：「田三姐不會跑的，你隨時找她都在；但這個機會一旦錯過，以後就再也沒有了。」

林強道：「什麼機會？」

郝老大壓著嗓子道：「發大財的機會，只要被咱們抓到，像田三姐這種女人，你要多少都有。」

林強一聽有財好發，馬上酒意全消，緊緊張張道：「財從哪裡來？你說清楚一點！」

郝老大一把將他推到房裡去，回手便將房門閂上。房裡坐滿了郝老大的弟兄，每個人的眼睛都比田三姐大幾倍，全都不聲不響的看著他。

郝老大裝了袋煙，「叭叭」地猛抽幾口，才道：「四海通鏢局丟了批暗鏢，聽說落在一個女賊的手上。暗鏢的價值是三十萬兩，那女賊正好在開封城裡，你說妙不妙？」

林強一聽就冷了，過了半晌，才滿不帶勁兒道：「你這是聽誰說的？」

郝老大道：「聽我兄弟說的。」

林強道：「你哪個兄弟？」

郝老大道：「就是我那兩個做牢頭的兄弟，這是京裡來的人親口告訴他們的，這消息一定錯不了。」

林強道：「奇怪，京裡來的人為什麼這麼好心，會把這種發財的消息告訴你兄弟？」

郝老大又猛抽了幾口煙，緊皺著眉頭在想。

林強繼續道：「你們把這個消息告訴我的目的，可能是把我當朋友，而且我的人面廣，江湖朋友多，起碼可以替你們探聽一下那個女賊是哪一個，對不對？」

郝老大依然悶聲不響地在猛抽著煙，房裡其他的人卻都在點頭。

林強又道：「但京裡那些人把消息告訴你兄弟，他們的目的是什麼？」
郝老大煙袋鍋兒一磕，道：「對啊，他們的目的是什麼？」
他旁邊立刻有個兄弟道：「我看那些人八成是在故意放風，說不定整個府衙的人已經全都知道了。」
郝老大恨恨道：「對，知道的人越多，城裡就越亂。他們剛好趁亂把盛大俠夫婦解走，這倒也是個絕妙好計！」
林強笑笑道：「這倒好，全城都在忙著救人，只有你郝老大帶領著弟兄在到處捉人，這倒好玩兒得很。」
郝老大登時跳起來，道：「什麼？你說滿城都在救人？」
林強道：「是啊。」
郝老大叫道：「他媽的！為什麼沒有人來找我？」
林強道：「我這不是來了嘛？日月會知道我是你的朋友，特別叫我來找你，但不知你肯不肯冒殺頭的危險幫幫他們的忙？」
郝老大狠狠的呸了一口，道：「殺頭算什麼！我又不是沒見過。你說，他們需要我幫什麼忙？」
林強道：「你不是有兩個兄弟在當牢頭麼？」
郝老大截口道：「三個，還有我妹夫。」

林強道：「他們急需知道盛大俠夫婦的身體如何，押解出城的準確時間，還有徵調囚車的詳細數量。」

郝老大道：「就這些？」

林強道：「對，就這三樣。」

郝老大道：「盛大俠夫婦身體情況還好，我昨天剛剛聽說，這一樣叫他們只管放心。其他兩樣，我馬上就去問。」

林強即刻取出一張五十兩銀票，道：「還有存在你這裡的二十兩，一共七十兩，你拿給他們三位買酒喝吧！」

郝老大接過那張銀票瞧了瞧，突然大喝道：「替我拿二十兩銀子來！」

馬上有名兄弟捧著二十兩交到郝老大手裡。

郝老大連銀子帶銀票同時往林強懷裡一塞，道：「辦這點小事兒，還要什麼銀子，拿回去。」

林強慨然一嘆，道：「郝老大，你果然是條漢子！」

郝老大道：「廢話少說，如果我有消息，到哪兒去找你？」

林強道：「你有這麼多能幹的兄弟，還怕找不到我的人？」

郝老大把頭一點，道：「對，只要你不離城，哪怕你在女人的被窩裡，我也有辦法把你揪出來！」

第十三回　抉擇

林強躺在床上，輾轉難以成眠。

任何人身上揣著價值三十萬兩的東西，多少都會有點緊張，而柳金刀卻像沒事人兒一般，照樣煮飯燒菜，洗頭洗澡，現在正在閣樓上晾頭髮，還輕輕哼著也不知什麼地方的小調，樣子輕鬆極了。

林強實在有點佩服她如此沉著，同時也有點期待，希望她能親口把那批暗鏢的事情說出來。

燈火愈來愈暗，柳金刀的小調已接近尾聲，林強也開始有了睡意。

就在他似睡未睡之際，柳金刀忽然道：「林強，你摸摸我的頭髮乾了沒有？」

林強隨便將手揚了一下，道：「乾了。」

柳金刀又道：「還有我的腿，總覺得傷處很癢，你替我看看好不好？」

林強迷迷糊糊道：「我要睡了，明天再看吧。」

柳金刀吹熄了燈，飛快地鑽進他的被中，身子像條蛇似地扭動著道：「不行，我非要你現在替我看看不可。」

林強勉強睜開眼，道：「你把燈吹熄了，叫我怎麼看？」

柳金刀嬌聲道：「傻瓜，你不會用手摸。」說著，硬把林強手掌擺在自己的大腿上。

林強手掌在她光滑的皮膚上摸索了一陣，突然驚叫一聲，道：「咦？你的傷口呢？」

柳金刀哧哧笑道：「我的傷口在另一條腿上，你拼命摸我這條腿幹什麼？」

林強被她逗得神情大振，睡意全消，立刻開始摸索著去尋找她另外那條腿，手掌所經之處，處處膚潤肌滑，實在令人難以釋手。

等他好不容易觸及傷口時，柳金刀靈蛇般的身子早已將他纏住。

他剛想開口說話，兩片火熱的櫻唇也將他平日能說善道的那張嘴給整個封了起來。

緊接著是一陣漫長的沉寂。

也不知過了多久，柳金刀忽然輕聲道：「林強，你喜不喜歡我？」

林強停了停，才道：「不點燈，好像還滿喜歡。」

柳金刀頗感意外道：「你這話是什麼意思？」

林強道：「我的意思是，摸黑起碼看不到你身上的那條疤。」
柳金刀馬上撲到他身上，扭著他不依不饒道：「你這個壞人，我不嫌你，你反倒嫌起我來。」
林強哈哈一笑道：「好了，好了，趕快睡覺吧。」
柳金刀忙道：「你先別睡，我還有很重要的話要跟你說。」
林強不耐道：「怎麼又是很重要的話？好吧，你說！」
柳金刀俯首他耳邊，膩聲膩語道：「林強，我們一起離開開封好不好？」
林強嚇了一跳，道：「離開開封到哪裡去？」
柳金刀道：「天下之大，哪裡去不得？」
林強道：「算了吧，外面的風浪大得很，哪有在家裡舒服。」
柳金刀道：「男兒志在四方，你總得找個機會出去闖一闖，一直囚在家裡有什麼出息！」
林強道：「我這個人的出息本來就不大，難道你還沒有看出來？」
柳金刀急道：「林強，就算為了我好不好？我不喜歡開封，我也不喜歡離開你。」
林強無可奈何道：「就算為了你，也不能說走就走，總得等到有了機會再說。」
柳金刀忙道：「不要等了，現在就是一個千載難逢的大好機會。」

林強道：「什麼大好機會？」

柳金刀低聲道：「我曾經跟你說過，閻二先生有批東西在我手裡，你還記不記得？」

林強道：「有印象。」

柳金刀道：「那是一批暗鏢。」

林強緊緊張張坐起來，道：「說下去！」

柳金刀聲音壓得更低道：「據說那批暗鏢至少也值四十萬兩……」

林強驚叫道：「四十萬兩？」

柳金刀道：「不錯，也許更多。」

林強咽了口唾沫，道：「你這是聽誰說的？」

柳金刀道：「那些押鏢的鏢師，如果他們不說，我也不會千方百計的把那個毫不起眼的小木匣搶過來了。」

林強道：「只是個小木匣？」

柳金刀道：「不錯，最多只有一尺多長。」

林強道：「你有沒有打開看看裡邊裝的是什麼東西？怎麼會值這麼多銀子！」

柳金刀道：「沒有，那小匣子封得很牢，我還沒有時間打開來。」

林強道：「你把它藏在什麼地方？」

柳金刀道：「你且別管這些，你先告訴我，你究竟要不要走？」
林強道：「走到哪裡去？」
柳金刀道：「離開開封，走得愈遠愈好。」
林強沉吟了很久，才道：「好吧，等這次事情過後再說吧。」
柳金刀急道：「等這次事情過後，你早就沒命了。」
林強道：「不會的。」
柳金刀道：「什麼不會，鐵拐盧修只是想利用你把那姓盛的換出來而已，至於你的死活，他根本就不會放在心上。」
林強道：「怎麼可能！他曾以自己的性命向我保證，你不是聽到了麼？」
柳金刀哼了一聲，道：「你怎麼會相信他的鬼話！他既不是你老婆，也不是你情人，怎麼可能陪你去死！」
林強不再吭聲。
柳金刀緊接著道：「林強，你知道我們有四十萬兩銀子，可以過什麼樣的生活麼？」
林強道：「你說，我在聽著。」
柳金刀道：「我們可以找個山清水秀的地方，蓋一片寬廣的莊院，養一群豬馬牛羊，用一批管家護院，再找一些靈巧的僕婦丫環，過無憂無慮的日子……」

林強截口道：「我不喜歡過那種淡泊日子，我希望過得忙碌一點。」

柳金刀忙道：「那好辦，我們找個城市，買下一整條街，開個百十間店鋪，讓你每天忙著查帳數銀子，你瞧如何？」

林強道：「不行、不行，查帳數銀子那種事兒太傷腦筋，我幹不了。」

柳金刀突然「叭」的一聲，也不知打到了什麼地方，興奮地叫道：「我想起來了，我可以花點錢替你捐個官做做，據說只花幾萬兩就可以捐個七品知縣，你做縣太爺，我做掌印夫人，你看怎麼樣？」

林強道：「七品知縣，那不是地方父母官麼？」

柳金刀道：「是啊，你可以好好做官，不要貪私舞弊，多為民眾解除疾苦，必要的時候貼幾個也沒關係，反正我們有的是銀子。幾年下來，老百姓不喊你林青天才怪呢！」

林強道：「林青天？嗯，聽起來好像還不錯。」

柳金刀稍許沉默了一會兒，又道：「林強，你喜不喜歡孩子？」

林強道：「喜歡，當然喜歡。」

柳金刀道：「那好，我們可以生兩個孩子，慢慢把他們撫養成人。男的教他學劍，女的教她學刀……」

林強截口道：「等一等，為什麼要規定男的學劍，女的學刀？」

柳金刀道：「因為你教兒子，我教女兒，有什麼不對？」
林強道：「還有，為什麼只生兩個孩子，你不覺得太少麼？」
柳金刀道：「如果你嫌少，我們可以多生，我是個很能生孩子的女人，你想要幾個，我就替你生幾個。」
林強道：「真的？讓我摸摸看。」說著，那雙手也不知摸在了什麼地方，惹得柳金刀一陣嬌笑。
過了一會兒，林強忽然道：「其實我們的子女也並不一定要習武。」
柳金刀詫異道：「為什麼？」
林強道：「我做了官，我們的子女就是官宦子弟，對不對呀？」
柳金刀道：「對呀。」
林強道：「官宦子弟就該努力讀書去爭取功名，舞刀弄劍何用？」
柳金刀想了想，道：「也對，我們可以請最好的老師教他們讀書，讀得好的，叫他們憑本事去博取功名，讀不好的，我們就替他捐。總之，只要是男孩子，我們就非要他做官不可。」
林強道：「如此一來，我們豈不是成了官宦世家？」
柳金刀道：「對，以後就再也不會有人想到我們的出身了。」
林強忽然嘆了口氣，道：「但有一件事你沒有想到。」

柳金刀道：「哪件事？」
林強道：「閻二先生是不會放過我們的。」
柳金刀道：「我知道，但外面天下大得很，只要我們走遠一點，他就再也找不到我們了。」
林強沉吟著道：「可是萬一我的官愈做愈好，名聲愈來愈大，他循聲找來怎麼辦？」
柳金刀又想了想，道：「我看這樣吧，為了安全起見，你索性改個姓如何？」
林強道：「我改姓什麼？」
柳金刀道：「你可以改姓柳，改姓韓，或者改姓包，聽起來好像都不壞。」
林強喃喃道：「柳青天，韓青天，包青天……不行，這都不是我，我不習慣。」
柳金刀柔聲道：「叫久了就習慣，為了我，為了我們的孩子，你就將就一點吧！」
林強沉默，柳金刀也不再吭聲。
過了很久，林強才突然道：「我想過了，我不能做官。」
柳金刀一怔，道：「為什麼？」
林強道：「我這個人懶散慣了，你讓我每天端著縣太爺的架子，板著縣太爺的臉，我受不了。」
柳金刀著急道：「那你要幹什麼？」

林強道：「這是決定我一生的大事，我得好好想一想。等我想好之後，我再跟你仔細商量。」

× × ×

清晨，林強皺眉垂首走在大街上。

街上的行人很少，但腳步聲卻愈來愈多，而且還不即不離的緊隨在他身後。

林強回首一瞧，不禁嚇了一跳，收住了腳步。原來跟在他身後的，竟是二十幾個小叫花子。

那二十幾個小叫花子也同時收住了腳步，每個人都目不轉睛地望著他，每道目光中都充滿了同情、憐惜和關切的神色。

林強愕然道：「你們跟著我幹什麼？莫非昨天吃了我八兩銀子還不過癮，今天又想敲我竹槓？」

一個站在最前面，類似頭目的小叫花急忙道：「林兄誤會了，我們怎麼敢再敲你竹槓！我是奉了香主之命。特地來保護你的。」

林強失笑道：「你們香主的腦筋是不是出了毛病？我有手有腳的，何須你們來保護！」說著，還將繫在背上的長劍往上托了托。

那小叫花急忙退後一步，連連擺手道：「我們香主並不擔心你跟人打架，他是怕你自己一時想不開，會做出糊塗事。」

林強怔了怔，道：「他是怕我自殺？」

那二十幾個小叫花居然同時點頭。

林強哈哈大笑道：「我活得好好的，為什麼要自殺？我看你們香主準是瘋了。」

那二十幾個小叫花面面相覷，每個人臉上都流露驚奇之色。

林強莫名其妙道：「你們這是什麼意思，是不是在跟我打啞謎？」

那為首的小叫花咳了咳，道：「看情形，林兄好像還沒有得到消息。」

林強忙道：「什麼消息？」

那小叫花沉吟了一下，才道：「四維堂的羅大小姐，昨天夜裡歸天了。」

林強楞住了。所有的小叫花都不聲不響地盯著他，好像生怕他會去拔劍，把劍鋒抹在自己的脖子上。

過了許久，林強突然吸了口氣，道：「你們有沒有吃過早飯？」

那二十幾個小叫花怔了一下，才不約而同的搖搖頭。

林強脖子一甩，道：「走，我帶你們去吃東西！」

說完，邁開大步就往前走，那群小叫花歡天喜地的跟在身後，浩浩蕩蕩的直向城北而去。

走了足有大半個時辰，闊府遼闊的莊院已然在望。

林強愈走愈快，轉眼已轉進了橫街。

但那二十幾個小叫花卻緩緩收住腳步，個個裹足不前，而且臉上同時現出一片失望之色。

那為首的小叫花勉強緊趕幾步，大聲叫道：「林兄，你有事快點辦，我們在外邊等你。」

林強訝然回顧道：「咦！我們不是說好一起去吃東西的麼？」

那小叫花連連搖首道：「算了，算了，這家人的飯不好吃，不吃也罷。」

林強遲疑了一下，道：「好吧，你們就在外邊等我，有人送東西出來你們就吃，沒人送出來，咱們再到別處去。」

那小叫花只好點頭答應，帶領著二十幾個弟兄一起蹲在四海通鏢局對面的牆根下。

林強一進大門，立刻有幾名鏢師擁了上來。

其中一人迫不及待道：「林兄弟，你怎麼現在才來？找到那女賊了沒有？」

林強搖頭，臉上多少帶著幾分愧色。

那鏢師道：「那你今天跑來幹什麼？」

林強道：「我是來給五小姐送東西的。」

那鏢師驚叫道：「你來找我們五小姐？」

林強一邊點頭，一邊匆匆四顧一眼，道：「還想順便領教一下程大娘的劍法。」

那幾名鏢師一聽，興趣全來了，其中一人立刻啞著嗓子警告他道：「你要當心，那娘們兒的劍法號稱『必殺之劍』，招式兇猛得很，千萬不可大意。」

另外一人又已低聲道：「還有，你要留意下盤，那女人最喜歡攻人下三路，尤其是右腿。」

又有一名身材矮胖的鏢師緊接道：「也不盡然，去年『桐城雙劍』雙雙傷在程大娘劍下，兩人傷的都是左腿。」

林強神情一振道：「看來程大娘倒是個有心人，但不知她這次會不會出手。」

那幾名鏢師同時搖頭。

最後那名警告他的矮胖鏢師嘆息一聲，道：「不可能，二先生已嚴令任何人都不准參與這次的救人行動，程大娘當然也不例外。」

就在眾人搖頭感嘆中，閻成已朝他大聲喊道：「林少爺請進，我們三少爺正在練武房中等你。」

林強趕快走上去，道：「成大叔，外堂那些丐幫的朋友是和我一起來的，你能不能替他們找點東西吃！」

閻成朝門外瞄了一眼，道：「好，這件事交給我了，你進去吧，還有，當心程大娘。」

林強連忙稱謝，轉身走入內院。

院中時有丫環僕婦行走在雕廊中，每個人都駐足向他觀看，更有些年紀較輕的女人故意走近他，向他仔細打量，竊竊品評不已。

林強被大家看得極不自在，倉促穿過一層院落，又走過一道拱門，直走到最後一道門戶，才停了下來，輕輕地將劍拔出，悄聲叫道：「程大娘在麼？」

門裡沒有人回答。

林強繼續叫道：「程大娘，我是林強，我要進去了，你可不能嚇唬我。」

門裡依然寂靜無聲，靜的就像沒有人一樣。

林強嘆了口氣，道：「也許我多心了，程大娘是武林中的知名人物，怎麼可能偷偷躲在門裡，暗算一個後生晚輩……」

他話沒說完，人已快如閃電般的躥進了拱門。匆忙間，只見程大娘果然隱身門內，身形已緊隨他撲出，手中長劍直刺他的右足。

林強縮足蜷身，身未著地，劍尖在地上一撥，又已翻出丈餘，雙足尚未站穩，程大娘那柄冷森森的劍又已刺到。

在萬不得已的情況下，林強只好以攻為守，不退反進，挺劍直刺程大娘小腹，出劍又快又狠，硬把即將觸到右腿的劍刃給逼了回去。

程大娘冷哼一聲，閃身墊步，抖劍搶攻，劍鋒如暴雨一般撒下，抖動的劍花將林強下盤整個罩住。

林強一見她出招，劍式也隨之一變，立刻使出「廉」字訣中的「一塵不染」，弓腰曲膝，長劍倒提，不僅把攻來的劍招如數搪了回去，還不時抽空還擊，而且神態輕鬆自若，邊打邊瞄著程大娘急躁的面孔道：「大娘，你能不能告訴我，你為什麼對我如此敵視？」

程大娘嬌喘吁吁道：「我偏不告訴你，你死了讓你做個糊塗鬼。」

林強嘆了口氣，道：「這麼說我可不能死，還是早走為妙……」說著，連攻了幾劍，轉身就想開溜。

程大娘劍快，身法更快，不待他拔腿，便已從他頭頂躍過，身在空中，扭腰揮劍。銳利的劍鋒直向林強右頰削去，似乎誠心想替他在另半張臉上也留點標記。

林強慌忙偏首縮頸，倉促刺出一劍，同時一個站腳不穩，接連在地上滾了兩滾才勉強站起。

程大娘卻凌空打了個急轉兒，體態輕盈地落在林強面前不遠的地方，不但動作俐落，姿勢也十分美妙。

程大娘得意洋洋地挽了個劍花，「噹」的將劍還入鞘中，狀極不屑的瞟著林強，道：「這次姑且饒了你，下次就沒這麼便宜了。」說罷，冷笑一聲，昂首就走。

林強急忙讓開去路，畢恭畢敬道：「大娘慢走……大娘慢走……」

程大娘的腳步果然慢了下來，忽然揚手往自己的頸上一抓。

她動作雖快，卻仍遲了半步，高高盤起的一頭長髮突然散落下來，抓在她手中的只是一支被人削斷了九分的髮簪而已。

林強像做了虧心事一般，垂著頭，連看也不敢看程大娘一眼。

程大娘卻回過頭來，狠狠地瞪著他，咬牙切齒道：「姓林的，你給我記住，下次再讓我遇上，不是你死，就是我亡！」說完，扭身衝出了拱門。

林強沒想到程大娘竟然如此激動，一時整個楞住了。

閻二先生和站在他身旁的正保、正蘭兄妹也久久沒有出聲。

過了半晌，閻正蘭才開口道：「爹，程大娘是怎麼了？」

閻二先生沒有回答，只凝視著正在發楞的林強，道：「你跟程大娘可曾有什麼過節？」

林強這才如夢乍醒，急忙收劍道：「回二先生的話，晚輩過去與程大娘素不相識，何來過節可言！」

閻正保即刻道：「這就是程大娘的不對了，無緣無故，她怎可對我的朋友如此無禮……」

閻二先生截口喝道：「住口！你怎可胡亂編派長輩的不是！」

閻正保趕緊垂下頭，不敢再吭聲。

閻二先生目光重又回到林強臉上，道：「你今天持劍前來，是否想見識一下程大娘的劍法？」

林強道：「不瞞二先生說，晚輩確有此意。」

閻二先生道：「你看得如何？」

林強道：「很有殺氣。」

閻二先生笑笑道：「只靠殺氣是殺不死葛燕南的。」

林強忙道：「依二先生之見，如何才能殺死葛燕南呢？」

閻二先生不答，只不斷地搖頭。

一旁的閻正蘭輕輕地搖撼著二先生的手臂，道：「爹，你倒是講話呀！」

閻二先生又沉默了半刻，忽然道：「蘭兒，你真想學那一種玩藝兒？」

閻正蘭點點頭。

閻二先生嘆了口氣，道：「好吧，你想學就學吧，不過，那種手法只能在家裡玩玩，可不能到外邊去使用，以免鬧出笑話。」

說完，連看也不再看林強一眼，緩緩朝門外走去，不但沒有說出對付葛燕南的方法，甚至連托他尋找那女賊的事也絕口不提。

林強不免有些懷疑，他究竟有沒有遺失一筆暗鏢？那筆暗鏢的價值是否真有四十萬兩？

閻正蘭又已開始向他招手，臉上的笑容甜得像蜜糖一樣。

林強只有大步走上前去。

閻正保看了看兩人的神態，不禁怔怔道：「你們要幹什麼？」

閻正蘭道：「林大哥要教我功夫。」

閻正保忙道：「什麼功夫？」

閻正蘭道：「什麼功夫你不要管，我只問你有沒有十兩銀子？」

閻正保搖頭。

閻正蘭馬上寒著臉孔道：「沒有銀子的人只能在外邊等。」說著，將林強拖進練功房，「砰」的一聲，把閻正保關在了門外。

第十四回　生死與共

午時將盡。

在往常，這正是大相國寺一帶最熱鬧的時刻，但今天卻有些反常，不但鑼鼓喧囂之聲全無，擁擠的人潮也已不見，只剩下那些靠賣藝糊口的哥們兒正忙著收拾行頭，一副準備回家的模樣。

林強一走入廣場就楞住了。

跟在他身後的那些小叫花也都停了下來，每個人都在東張西望，一臉莫名其妙的神情。

林強皺眉道：「這是怎麼搞的，又沒有變天，全都急著收拾東西幹什麼？」

其中一名小叫花打著飽嗝道：「我看這些人一定是吃飽撐的，如果餓他們三天，保證棍子都打他們不走。」

旁邊那群花子都在摸著肚子點頭，好像都同意他的看法，只有為首那人搖著頭道：「林兄，情況不對，那邊好像有人受了傷……」

林強似乎也已發現，不等他說完，便已直向胡氏三兄弟的場地奔去。

胡氏弟兄是大相國寺前的摔跤名人，老大胡大龍和老二胡大虎近來已很少下場，只老三胡大牛就已三年未逢敵手，但現在，他卻正遍體鱗傷的躺在場中，任由馮一帖在給他塗藥酒和貼膏藥。

林強手掌在胡大虎的背上一搭，道：「老三怎麼了？是誰把他摔傷的？」

胡大虎一見是林強，立刻唉聲嘆氣道：「什麼被人摔傷的，是被人打傷的，難道你還看不出來麼！」

林強詫異道：「咦！場子的規矩不是只准摔跤，不准動手麼？」

躺在地上的胡大牛呻吟著道：「他們把刀劍架在老大的脖子上，硬逼著我跟他們打，我不動手，行麼？」

林強皺眉道：「是哪條道上的人馬，你們有沒有摸清楚？」

胡大虎道：「一聽口音就知道是京裡來的，我看八成是來押解盛大俠夫婦的那群人。」

林強恨恨道：「他媽的，這群王八蛋！我非要替你們討回個公道不可。」

坐在場邊的胡大龍連忙擺手道：「林強，忍忍吧，那些老爺們我們惹不起，還是乾脆休息幾天，避避風頭算了。」

林強道：「那怎麼行！不給他們點顏色瞧瞧，他們還以為我們開封沒人呢。」

胡大龍長嘆一聲，道：「開封如果真的有人，就不該讓那些人把盛大俠夫婦押走，至於我們受的這點氣，根本就算不了什麼。」

胡大牛猛地推開憑一帖，坐起來道：「對！咱們無論如何也得把盛大俠夫婦給救出來。」

胡大虎又唉聲嘆氣道：「怎麼救？就憑咱們幾個？」

胡大牛嘶聲叫道：「開封的人呢？城中兩幫三會十二堂口的人，莫非都死光了？」

林強急忙道：「你先別激動，老實告訴你，救人的事正由丐幫的盧香主暗中在策劃，人是一定不能被他們押走的，你放心好了。」

胡大牛道：「真的？」

林強道：「當然是真的，不信你問問他們。」說著，回手指了指身後那二十幾個花子。

那些花子不等有人發問，便已連連點頭。

胡大牛道：「林強，到時候可不要忘了招呼我一聲。」

胡大龍立刻道：「不是我，是我們，我們弟兄三個一向生死同命，要動就一起動。」

隔壁表演吞劍的王老十也跑過來，手裡拿著兩把被人拗彎的短劍，道：「還有我，我就拿這兩把劍跟他們拼了！」

林強連忙答應，又朝四下掃了一眼，道：「除了老三之外，還有沒有其他人受傷？」

馮一帖道：「還有小翠從鋼線上掉下來受了點傷，我已經替她包紮好了。」

王老十哼了一聲，道：「都是那群傢伙突然把鋼線斬斷，否則小翠姑娘怎麼可能掉下來！」

馮一帖忽然腦袋朝旁邊一歪，道：「還有劉半仙，吃飯的傢伙被人毀了，現在正在發愁呢，你趕緊過去看看吧！」

林強急忙趕到劉半仙的卦攤前一看，只見卦攤已缺了一角，卦筒也被劈成了兩半，那六枚銅錢凌亂的撒在卦攤上，其中一枚至少有一半已陷入桌面中。

劉半仙呆呆地坐在那裡，就好像失了魂似的。

那群小叫花馬上把卦攤圍起來，其中一人還把手指在劉半仙鼻孔前面晃了晃，道：「我以為他死了，原來還有氣兒。」

劉半仙即刻揮手喝道：「去去去！這裡沒你們的事兒，通通給我滾開！」

那群小叫花依依不捨地往後退了退。

劉半仙似乎還不滿意，還在繼續揮手，那群小叫花只好繼續的往後退。

劉半仙直等那群小叫花退到他滿意的程度，才朝林強招手道：「林強啊，不得了啦！」

林強道：「一副攤子有什麼不得了，改天我替你全部換新好了。」

劉半仙連連擺手道：「我說的不是攤子，是我的卦。」

林強道：「怎麼！莫非又出了怪卦？」

劉半仙道：「怪啊，怪得連我自己心裡都有點發毛。就像今天這副卦，不但一點生機都沒有，而且還註定非要人頭落地不可。」

他邊說著，還邊指著嵌入桌面的那枚銅錢。

林強瞄著他的頸子，道：「不會吧，我瞧你的脖子長得還牢得很嘛！」

劉半仙接連吐了幾口，道：「你胡扯什麼，我說的不是我自己，是那個把我卦筒劈壞的人。」

林強道：「這次來鬧事的，是不是賀天保那批人？」

劉半仙道：「不是，比賀天保那批人更無法無天，簡直可惡透了。」

林強道：「不要緊，過幾天咱們再跟他們算總帳！」

劉半仙翻著眼睛望著他，道：「你說還要過幾天？」

林強道：「據盧修推斷，至少也還得等七八天。」

劉半仙搖著頭道：「不對呀！」

林強道：「有什麼不對？」

劉半仙道：「據卦上顯示，那人根本就活不了那麼久，而且我還特別看了他的面相。看他一臉死氣的樣子，能夠再活兩天就算他祖上有德了。」
林強呆了呆，道：「你不會看錯吧？」
劉半仙嘆了口氣，道：「我倒希望看錯，可是我不是跟你說過麼，我最近好像撞了邪，好事樣樣說不中，壞事靈得嚇死人，你想不信都不行。」
林強馬上朝那群小叫花道：「快去通知你們香主，就說我在老福記茶樓等他。」
那群小叫花楞楞地望著林強，久久沒人吭聲。
林強大聲喝道：「你們的耳朵是不是出了毛病？」
為首的那小叫花忙道：「沒有，沒有，我們只想聽聽下文。」
林強道：「什麼下文？」
那小叫花道：「你請我們香主到老福記茶樓去幹什麼？」
林強道：「當然是去請他喝酒。」
那小叫花咽了咽口水，才道：「你只打算請他一個？」
林強道：「全請，想喝酒的就跟我走。」
劉半仙急忙道：「你有那麼多錢麼？」
林強腰包一拍，道：「錢有的是，你們只管敞開喝，不過醉死了可要自己負責。」

× × ×

林強醉了，醉得很厲害，只差一點點就醉死。當他完全清醒過來，已經是第二天的中午。

他躺在自己的炕上，就像個重病的人似的，嘴又乾，頭又痛，渾身一點力氣都沒有，就像生了一場大病似的。

幸虧有柳金刀在他身旁，一見他醒來，立刻將壺嘴送入他的口中。

林強足足喝了半壺水，才舒了口氣，道：「我好像喝了點酒，對不對？」

柳金刀道：「你不是喝了一點，是喝了很多很多很多點。」

林強瞄瞄房裡的情況，又瞧瞧柳金刀不大開心的臉蛋兒，不禁輕嘆一聲，道：「看樣子，我好像又喝醉了。」

柳金刀道：「不是好像喝醉了，是實實在在、的的確確的喝醉了，而且還醉得十分徹底。」

林強只有點頭承認，過了一會兒，又道：「現在是什麼時辰了？」

柳金刀道：「午時，第二天的午時。」

林強大吃一驚，道：「我怎麼會睡了這麼久！」

柳金刀道：「不是睡，是醉。」

林強忙道：「對，對，是醉，是醉……」
他說到這裡，忽然皺起眉頭，道：「我醉得這麼厲害，昨天又是怎麼回來的呢？」
柳金刀道：「你唱著歌，舞著劍，喊著我的名字回來的。」
林強一怔，道：「我還喊著你的名字？」
柳金刀道：「是啊，喊得又好聽，又押韻，要不要我學給你聽聽？」
林強道：「好，你學學看！」
柳金刀清了清嗓子，道：「柳金刀，柳金刀，你的老公回來了，快快替我把房門兒開，快快替我把洗澡水燒……」
她緩緩道來，不僅將林強的口音模仿得極其相似，連他醉酒時的神態也學得惟妙惟肖。
林強楞楞地望著她，道：「這……這是我說的？」
柳金刀道：「是啊，好不好聽？」
林強乾笑兩聲，道：「我還有沒有說其他的話？」
柳金刀道：「有，要不要我繼續學下去？」
林強忙道：「算了，算了，我的胃難受死了，我得先找點東西吃。」
柳金刀道：「廚房裡有，要不要我替你端出來？」
林強擺手道：「不用了，我自己隨便去吃幾口就行了。」說著，已下了炕，腳步蹣跚的走進了廚房，剛剛進去不久，便在裡邊大聲喊道：「柳金刀，你從哪裡弄來的鯽魚？」

柳金刀依然坐在炕沿上搖晃著雙腳，道：「在水缸裡釣的。」

林強道：「胡說，水缸裡哪裡會有鯽魚，一定是你出去過了。」

柳金刀道：「我當然得出去，否則我早就被你給餓扁了。」

林強沒有搭腔，過了一會兒，又道：「柳金刀，你的菜做得實在不錯，比館子裡的大師傅做得還要好。」

柳金刀得意洋洋道：「有很多人都這麼說。」

林強道：「等哪一天混不下去的時候，咱們可以開個館子，你掌勺，我跑堂，也不怕沒有飯吃。」

柳金刀唉聲嘆氣的走到廚房門口，倚門搖首道：「你真是窮人做慣了，每天只想著飯碗，你也不想想，咱們有這麼多錢，怎麼可能混不下去，怎麼可能沒有飯吃？」

林強又不講話了，只顧埋首吃喝。

柳金刀忍不住道：「林強，你究竟決定了沒有？」

林強含含糊糊道：「決定什麼事？」

柳金刀道：「離開開封的事。」

林強勉強將口中的東西咽了下去，道：「我不是說過這件事我得好好想一想，你急什麼？」

柳金刀跺著腳道：「我怎麼不急！我現在等於扛著四十萬兩銀子在等你，累得很呀！」

林強忽然放下碗筷，走到窗前，望著窄得可憐的小院，道：「在我小的時候，我家的院子大得很，至少比這裡大好幾倍。」

柳金刀道：「以後咱們有的是錢，你要多大的院子都有。」

林強父道：「我記得我娘很會說故事，她經常在院子裡說故事給我聽。」

柳金刀忙道：「我也很會說故事……」說到這裡，語聲微微頓了一下，詫異道：「咦，你現在說這種事做什麼？」

林強不顧她的反應，繼續道：「你猜我娘經常都說些什麼故事給我聽？」

柳金刀道：「當然是些哄小孩的童話故事。」

林強道：「不錯，不過除了那些之外，她還經常述說些她和爹年輕時候的艱苦奮鬥過程，以及爹初入公門時的各種英勇事蹟。」

柳金刀這次沒有吭聲。

林強輕嘆一聲，又道：「我爹雖然只是一名小小的捕頭，但我對他卻十分崇拜。這些年來，我一直奉公守法，寧願挨餓，也不肯做有辱他名聲之事，我想這也正是我娘自幼灌輸給我的那些觀念所致。」

柳金刀依然沒有出聲，只茫然的望著他的背影。

林強突然轉身走上來，摟住她的肩膀，邊往裡走邊道：「你說你很會說故事？」

柳金刀點頭。

林強將她的肩膀摟得更緊，道：「你好像還說過你很會生孩子，對不對？」

柳金刀道：「對，我娘生了七個，我二姨生了十二個，每個人的身體都很好，就跟我一樣。」

林強道：「我看得出來，我想將來我們的孩子一定不會少。」

柳金刀又在點頭。

林強緊接著道：「我想將來有一天，你也會坐在院子裡陪著孩子們數星星，對不對？」

柳金刀道：「對，我也會說故事給他們聽。」

林強忽然鬆開摟著她肩膀的手，凝視著她紅暈的臉孔，道：「你會不會把我們的事說給他們聽？」

柳金刀不假思索道：「當然會。」

林強道：「包括我們帶著四十萬兩銀子逃離開封的這件事？」

柳金刀怔了一下，道：「這件事我當然不會告訴他們。」

林強道：「但有一件事，你卻非告訴他們不可。」

柳金刀道：「什麼事？」

林強道：「你一定得告訴他們，長大之後，千萬不能說是林強和柳金刀的孩子。」

柳金刀惘然道：「為什麼？」

林強長嘆一聲，道：「這還要我解釋麼？你想想看，如果他們說出是我們的孩子，閻家的子孫會輕易的放過他們麼？」

柳金刀腳步停了下來，臉色也整個變了，寒著臉孔瞪視著林強，道：「你說這些話是什麼意思？」

林強道：「沒有什麼意思，我只是想告訴你，我們一旦帶著這四十萬兩銀子一走，今後我們就只有偷偷摸摸的過日子，我們的子孫也永遠無法光明正大的在江湖上走動了。」

柳金刀道：「有這麼嚴重麼？」

林強道：「有，而且可能比你想像的更加嚴重，因為我們不但要提防著閻家，還得提防著所有知道這件事情的人。」

柳金刀道：「提防他們幹什麼？」

林強道：「提防他們黑吃黑，這種黑錢，黑白兩道哪個不想要？」

柳金刀垂下頭，不再出聲。

林強忽然又道：「還有，將來我們還得提防著我們的子女，說不定他們會嫌我們活得太久，在我們死之前就忙著爭財產……」

柳金刀截口道：「你胡說什麼！我們兄弟姐妹和堂兄弟們都很孝順，我們的子女也絕不可能如此不肖。」

林強又是一嘆道：「柳金刀，你太天真了！你們兄弟姐妹孝順，是因為你們身家清白，受的是正常的教養，而我們握著這筆黑錢，偷偷摸摸、鬼鬼祟祟的調教出來的孩子，你怎麼可能要求他們和你們一樣善良、和你們一樣孝順？」

柳金刀沉默，過了許久，才神情落寞道：「聽你的口氣，你是決定不跟我走了？」

林強即刻道：「你錯了。我已經想過了，我決定跟你走。」

柳金刀神色一振，道：「真的？」

林強道：「當然是真的，不過，得等把盛大俠夫婦救出來之後。」

柳金刀登時叫了起來，道：「什麼！你還要去救那個姓盛的？」

林強點頭道：「我已答應了鐵拐盧修，你不是聽到了麼？而且在我決定做黑人之前，我總得做一件比較有意義的事情。」

柳金刀急道：「你難道就沒想到你參與這次的行動，就可能把命賠掉麼！」

林強道：「生死由命，富貴在天，如果我不幸死掉，那是我們無緣，若能僥倖活著回來，我這條命就算你的了，你怎麼說，我怎麼做，無論你去哪裡，我都跟你走，你瞧如何？」

柳金刀氣得連連跺腳，半晌沒有說出話來。
就在這時，窗外好像有人正在呼叫著林強的名字，柳金刀趕忙推窗朝外一瞧，眉頭就是一皺。
原來正有兩名小叫花站在巷口，一副畏首畏尾、踟躕不前的模樣。
林強立刻沉著臉孔，惡叫道：「他媽的！你們又跑來幹什麼？」
那兩名小叫花推讓了許久，才由其中一人開口道：「閻正保是不是你的朋友？」
林強道：「是又怎麼樣？」
那小叫花道：「他出事了。」
林強大吃一驚，道：「他出了什麼事？」
那小叫花道：「他跟京裡來的那群人幹上了。」
林強急忙道：「在哪裡？」
那小叫花道：「好像在小豔紅的閨房裡……」
林強不等他說完，窗戶一關，抓起劍來就往外走，剛想跨出房門，忽然又縮住腳，道：「柳金刀，我已經替你包了一輛車，如果你想走，可以到南大街的宋記騾馬店找宋小五，他自會連夜送你到揚州。」
柳金刀冷笑一聲，道：「原來你早已打定主意要把我弄走！」
林強道：「我當然得把你弄走，你在揚州總比在開封安全得多。等這件事了之後，我再到揚州去找你豈不更好？」
柳金刀冷冷道：「你是人去找我，還是鬼去找我？」
林強道：「當然是人去，你不要忘了，我是打不死的林強，不會那麼容易就被人打死的。」說完，帶上門就走，轉眼間腳步聲便出了巷口。
柳金刀氣衝衝走到炕前，抬腳便將矮几踢翻，「叮噹」一陣亂響，油燈和水壺全都摔在地上。
她似乎氣還沒消，剛想抱起被子往外拋，突然發覺藏在被中的「秋水長天」和一個長方木匣，急忙收手，小心翼翼地把木匣拿起來，然後又抓起了刀。
正想將木匣啟開瞧瞧，門外忽然又有了響聲。
只聽門外有個人先清了清喉嚨，才大聲喊道：「林強在不在家？」
柳金刀將木匣和鋼刀往被子下面一塞，一陣風似的跑到門前，一把就將門拉開來。
外邊那人好像嚇了一跳，急急倒退兩步，瞇著眼睛打量了柳金刀半晌，才道：「請問這裡是不是林強的家？」
柳金刀道：「你找他有什麼事？」
那人稍許遲疑了一下，道：「我是城南郝老大的兄弟。」
柳金刀道：「你找他有什麼事？」

那人又猶豫片刻，道：「昨天林強曾去找過我大哥，拜託我大哥替他探聽一件事。」

柳金刀狀極不耐道：「我問你找他有什麼事？」

那人急忙道：「我是來給他送信的。」

柳金刀道：「什麼信？你跟我說也是一樣。」

那人忍不住道：「你是誰？」

柳金刀毫不遲疑道：「我是他老婆。」

那人立刻往前湊了一步，低聲道：「有消息了。」

柳金刀蹙著眉道：「什麼消息？」

那人道：「府衙裡的消息。」

柳金刀呆了呆，道：「是不是很重要？」

那人急形於色道：「重要得不得了。」

柳金刀臉上雖然沒有疤，居然也像林強似的摸著左頰思忖了半晌，突然道：「你等著，不要走。」

說著，撲到炕前，將那小木匣用一塊藍布包好，往肩上一繫，夾起那柄「秋水長天」便衝出門外，拖著郝老大那個兄弟就往巷外走，邊走邊道：「你有沒有聽說過小豔紅這個人？」

那人道：「聽說過，她是群芳閣裡的名妓。」

柳金刀道：「群芳閣在哪裡？」

那人道：「在城西，過了玉皇廟就到。」

柳金刀道：「從這裡去有沒有近道？」

那人道：「好像有。」

柳金刀道：「趕快帶我到群芳閣，抄近道，還得快，遲了就來不及了。」

群芳閣的門前一片寂靜，所有圍觀的人都站得很遠，連四鄰的門窗都已緊閉，好像生怕禍事蔓延到自己身上。

寂靜的門前只有兩個衣著考究的人躺在血泊中，那兩人手都握著劍柄，劍鋒卻只拔出了一半，由此可見必是死在一名高手的利刃之下。

柳金刀就在這時自人群中竄出，繞過那兩具屍體，飛快的衝進了群芳閣的大門，一進門就拔出了鋼刀，尖聲大吼道：「該死的林強，你給我滾出來！」

埋伏在門裡的林強嚇了一大跳，躲在他身後的閣正保立刻湊上來，道：「這女人是誰？來找你幹什麼？」

林強低聲道：「別出聲，聽下去！」

只見柳金刀看也不看兩人一眼，搖晃著鋼刀直往樓上跑，邊跑邊數落道：「我在家裡洗衣服燒飯看孩子，晚上還要替你洗腳捶背，你卻跑到這裡來跟狐狸精鬼混，你……你怎麼對得起我……」
她愈數落愈傷心，一到樓上就哭了起來，哭得悲悲切切，任何人聽了都會心酸。
閻正保忍不住道：「林強，你怎麼可以對人家這個樣子……」
林強截口道：「少廢話，聽下去！」
只聽柳金刀哭聲突然而止，嘶聲喊道：「姓林的，如果你是個男人，你就給我出來，否則我就死在這裡，讓你一輩子活得不得安寧！」
閻正保大吃一驚，道：「快，我們快出去！」
林強一把將他拽住，道：「你放心，這女人只會殺人，不會自殺。」
閻正保道：「真的？」
林強道：「不信你就繼續聽下去。」
柳金刀喊了半晌，不見回音，果然語氣一變，冷冷喝道：「你不出來，我就一間一間的找，等我找到你，先宰了那狐狸精，再好好跟你算帳！」
話剛說完，「砰」的一聲，第一間房門已被她踹開，緊接著第二間第三間也接連被她踹開來。
房裡的人好像全被她的鋼刀給嚇住了，居然沒有一個人吭聲。
直等踹到第五間，柳金刀倒先喊了出來，道：「你這個狐狸精，原來躲在這裡，林強呢？你趕快把他交出來！」

只聽一個女人的聲音顫聲道：「你弄錯了，我不是林強的相好……」

閻正保聽得霍然變色道：「不好，是小豔紅。」說著，就往樓上跑。

林強急忙從後面趕上去，硬把他拖住，道：「笨蛋，你怎麼到現在還不明白，那女人是去救小豔紅的。」

閻正保楞楞道：「你沒有騙我吧？」

林強搖著頭道：「你別出聲，咱們上去看看，必要時也好替她打個接應。」

說話間，柳金刀又已喊道：「你否認也沒用，我認得你，你不把林強交出來，我就殺了你……」

話沒說完，房裡忽然響起了一陣爆笑。

兩人探首一看，只見柳金刀的刀已砍在門楣上，這時正在使勁的往外拔，連臉孔都急紅了。

閻正保忙道：「那女人危險，咱們索性趁這機會衝進去算了。」

林強道：「等一等，你聽房裡是不是三個人？」

閻正保想了想，道：「不錯，你一個，我兩個，怎麼樣？」

林強道：「用不著，三個人她還能應付，問題是還有兩個人呢？你不是說一共七個人麼？」

閻正保道：「一定藏在其他房裡，你守在這裡，我去堵住窗戶，讓他們一個都跑不了。」說完，就想往裡走。
林強忙道：「慢著！給他們留條活路。」
閻正保一怔，道：「為什麼？」
林強嘆了口氣，道：「閻三少，你怎麼越來越糊塗了，這種殺官造反的罪，你擔得起麼？」
說話間，柳金刀已將刀拔出，端著刀便闖進房中。
只聽房裡有個人詭笑著道：「這位大嫂你別急，先坐下來消消火，你要找人，等一下我們幫你找……」
話剛說到這裡，突然慘叫之聲接連而起，不多不少，剛好是三聲。
緊跟著小豔紅也尖叫著跑了出來，一見閻正保，就像見了親人似的，連人帶血同時撲進他的懷裡。
其他房裡果然有兩人倉皇奔出，一直撲向窗口，連衣服都沒有穿好就跳了下去。
這時柳金刀才衣不沾血的自房裡從容而出，「噹啷」一聲，鋼刀入鞘，看也不看林強一眼，走上來便把血人似的小豔紅拽開，打量著楞頭楞腦的閻正保道：「你是閻家的人？」
閻正保點頭道：「不錯。」
柳金刀又道：「你是林強的朋友？」

閻正保點頭道：「不錯。」

柳金刀先將手裡刀遞給他，然後又把肩上的布包解下來，毫不留戀的塞到他懷裡，道：「這是你家的『秋水長天』和四十萬兩銀子，請你回去告訴閻二先生，柳金刀已不再欠他的了。」

閻正保呆呆道：「四十萬兩銀子？柳金刀？」

柳金刀道：「這包裡是四十萬兩銀子，我就是柳金刀。」

閻正保點頭，呆呆地點頭。

林強忙道：「你還在這兒發什麼呆，趕快走吧，只要你把東西安全交到二先生手上，保證你們閻家今後個個都會對你另眼相看。」

閻正保什麼話沒說，連小豔紅都沒招呼一聲，回頭就跑。

柳金刀這才一步一步走到林強面前，道：「你說，你的相好的究竟是哪一個？」

林強瞪眼道：「你還敢問我！我正想問你方才在房裡使的什麼勁兒，怎麼會有三個大男人伸長脖子給你殺！」

兩人正在打情罵俏，突然樓梯一陣亂響，鐵拐盧修慌裡慌張地跑了上來，氣喘喘道：「柳金刀在哪裡？」

林強道：「如果不是你冒冒失失地跑上來，也許她正在我懷裡。」

盧修目光立刻落在柳金刀臉上，道：「那二十萬兩銀子的暗鏢呢？」

柳金刀道：「不是二十萬兩，是四十萬兩。」
盧修迫不及待道：「在哪裡？」
柳金刀道：「已經還給閻家了，連銀子帶刀通通還回去了。」
盧修跌足道：「你們怎可白白還給他！你們不知道這筆東西可以換他一刀麼？」
林強道：「我看八成是兩刀？」
盧修道：「為什麼是兩刀？」
林強道：「第一刀是葛燕南，第二刀就可能是你盧香主。」
盧修道：「為什麼會是我？」
林強道：「因為我不敢去跟他談條件。」
柳金刀忙道：「我也不敢。」
盧修長嘆一聲：「看樣子，這次只有靠我們自己了。」
林強道：「對，香主的腦筋，我林強的命。」
柳金刀趕緊道：「錯了，香主的腦筋，林強和柳金刀的命。」
盧修愕然地望著她，道：「你的意思是……」
柳金刀道：「盛夫人使刀，我也使刀，而且我跟她的容貌也有幾分相像，你瞧我充當她，是不是比什麼十五妹十六妹的更合適？」
盧修點頭不迭道：「嗯，的確合適，明天找個時間咱們好好研究研究。」

柳金刀道：「不是明天，是今天。」

盧修一怔道：「這話怎麼說？」

柳金刀道：「因為今天夜裡他們就要解人出城。」

盧修吃驚道：「你怎麼知道他們今夜就走？」

柳金刀道：「郝老大的兄弟送來消息，我想應該不會錯。」

林強急忙道：「他還有沒有說起其他的事？」

柳金刀道：「有，六輛車，四批人，四十二匹長程健馬。」

林強立刻摸著左頰，斜視著盧修道：「六輛車，四批人，三十七匹長程健馬，你看好不好應付？」

盧修也摸著臉孔想了想，突然喊了聲：「來人哪！」

樓梯口馬上露出了幾個花子頭，每個人都豎著耳朵在聽他吩咐。

盧修道：「通知所有的人，準備今天夜裡行動！」

第十五回　黃昏後

林強拉著柳金刀的手，匆匆穿過彎彎曲曲的巷道，直奔到另一條大街，才算鬆了一口氣。

街上行人熙熙攘攘，每個人經過柳金刀的身旁，都不免多看她一眼。

柳金刀卻恍如不覺，只顧東張西望，好像初到開封，第一次走在繁華的大街上一般。

林強忽然低聲道：「柳金刀，你有沒有發覺街上的人都在看你？」

柳金刀立刻掏出一條手帕，邊拭抹著臉上的汗珠，邊道：「看就叫他們看吧，人長得漂亮，有什麼法子？」說完，還輕輕嘆了口氣。

林強忍不住，「哧哧」一笑，道：「你錯了，人家看的不是你的臉，是你褲子上的那道裂縫。」

柳金刀急忙朝褲上瞄了一眼，道：「你胡說，我縫得很精細，又沒有打補丁，外人怎麼可能看得見！」

她說得雖然很自信，但還是轉了個邊，幾乎將半個身子整個貼在林強身上。

林強似乎感到很滿意，道：「這就對了，你再貼得緊一點，保證誰都看不見。」

柳金刀走了幾步，突然道：「林強，陪我回去換換衣裳好不好？」

林強道：「天都快黑了，還換什麼衣裳！」

柳金刀道：「經你一說，我總感覺渾身都不自在，而且那套漂亮衣裳不穿出來亮亮相，也實在可惜，你說是不是？」

林強道：「既然如此，你方才為什麼不穿出來呢？」

柳金刀道：「哪有工夫換！郝老大的兄弟急得不得了，我敢耽擱他送信的時間麼？」

林強抓住她的手，緊緊地握了握，道：「柳金刀，你今天那碼事兒做得很不錯，我很感動。」

柳金刀道：「哪碼事？」

林強道：「當然是還鏢的那件事。」

柳金刀道：「殺人的事呢？」

林強道：「也還可以，只是你罵我的那些話實在太毒了，還說什麼你在家裡洗衣服燒飯帶孩子，晚上還要替我洗腳捶背，你也不想想，我林強豈是那種不知愛惜自己老婆的人……」

說到這裡，語聲忽然一頓，斜著眼睛思量了片刻，又道：「不過晚上回到家裡，有個女人替我捶背洗腳倒也不錯。柳金刀，如果你嫁給我，你會不會真的那麼做？」

柳金刀道：「當然會，只要你不往群芳閣那種地方亂跑，你讓我做什麼都行。」

林強道：「那種地方也不過是逢場作戲，偶然去去有什麼關係？」

柳金刀猛地把頭一撇，道：「不行，一次也不行。」

林強收住腳步，直著眼睛，似乎正在考慮。

柳金刀也不聲不響地站在旁邊，過了一會兒，才道：「你想好了沒有？」

林強道：「我不是在想，我是在等。」

柳金刀訝然道：「等什麼？」

林強道：「等一個城裡眼睛最尖的人，你最好躲在我後面，否則你這條褲子是絕對瞞不過他的眼睛的。」

柳金刀急忙躲到他的身後，從他肩膀上往前望去。只見五名捕快匆匆忙忙地跑了過來，轉眼已停在兩人面前。

為首的是一名短小精悍的中年人，先在柳金刀露出來的半張臉孔上溜了一眼，才道：「林強，你從那邊過來，有沒有遇見什麼事？」

林強道：「有，聽說京裡來的幾位官爺到群芳閣去搶人，好像出了點小問題。」

那名捕頭冷哼一聲，道：「你說得可倒輕鬆！方才有人來報案，說是五條命已經完了，你還說那是小問題。」

說著，又朝林強手上的劍瞟了一眼。

林強忙道：「你不要看我的劍，那種事兒我幹不了，聽說動手的是個使刀的女俠，刀法好像厲害得很。」

那捕頭翻著眼睛道：「女俠？很厲害？」

林強道：「當然很厲害，京裡來的那些官爺又不是省油的燈，不厲害，能一下子幹掉五個麼？」

那捕頭忽然壓低聲音，道：「你看會不會是閻家的那位五小姐？」

林強搖頭道：「不會，閻五小姐是城裡的名人，而那位女俠卻是個生面孔。」

那捕頭道：「你有沒有看見那個……女俠？」

林強忙道：「沒有，我只在門外看到附近的百姓在踢街上的屍首，我看你們還是趕快過去吧，去晚了恐怕屍首都要被踢爛了。」

那捕頭目光又落在俏生生站在他身後的柳金刀臉上，道：「這位姑娘是誰？」

林強摸了摸鼻子，道：「可能是我老婆。」

那捕頭連連點頭道：「好，好，到時候別忘了請我喝喜酒。」說完，帶領著其他四人匆匆而去。

柳金刀立刻在林強身上擰了一下，道：「老婆就老婆，還加個可能幹什麼？」
林強道：「不加可能，他們一定會怪我不通知他們一聲，豈不又要嚕嗦半天！」
柳金刀在他耳後輕輕道：「等這次事了之後，你是不是真的要娶我？」
林強道：「當然是真的。」
柳金刀道：「你是不是真要擺酒請客？」
林強道：「當然得擺，否則咱們的本錢從哪裡來？」
柳金刀道：「什麼本錢？」
林強道：「開館子的本錢，我們不是說好你掌勺，我跑堂麼？」
柳金刀呆了呆，道：「你真要開館子？」
林強道：「是啊，不開館子咱們怎麼賺錢？不賺錢，怎麼買得起有大院子的房子？沒有大院子，將來你在哪裡陪孩子們數星星？在哪裡說故事給他們聽？」
柳金刀急道：「可是開館子很苦啊。」
林強道：「咱們還年輕，苦一點有什麼關係？」
柳金刀道：「而且賺錢也太慢了。」
林強道：「你說做什麼生意賺錢快？」
柳金刀沉吟了一下，道：「咱們乾脆找個大戶再幹一票怎麼樣？幹完了馬上就洗手。」

林強長嘆一聲，道：「我看你真是賊性難改，你這種老婆，不要也罷！」說完，邁開大步就往前走。

柳金刀急急追在後面道：「好了，好了，你說開館子就開館，擺攤子就擺攤子，總行了吧！」

林強這才將腳步慢下來，道：「你肚子餓了沒有？」

柳金刀摸著肚子道：「好像有一點。」

林強把她的手一挽，道：「走，我帶你去吃麵，城裡最好的牛肉麵。」

「牛肉王」的攤子只有六個座位，卻有七個人在吃面，而且還有三個人站在旁邊等，生意之興隆，由此可見。

王老闆負責下麵，王大娘又要切滷菜又要洗碗，王小弟專門外送，一家三口忙得不亦樂乎。

柳金刀彷彿被這種情景嚇呆了，張口結舌的指著那攤子半晌，才出聲道：「這家麵攤的生意，怎麼會好到這種地步？」

林強道：「這還沒有到上座的時候，再過半個時辰，保證牆邊蹲的都是人。」

柳金刀道：「看樣子，咱們也只好蹲在牆邊吃了。」

林強道：「我蹲在牆上，你坐在我肩膀上吃，怎麼樣？」

柳金刀即刻道：「那可不行，你們男人好面子，我可不能讓人說你把老婆頂在頭上。」

林強訝然地望著她，道：「看不出你這個女人還蠻懂事理。」

柳金刀粉臉一昂，道：「我懂的事兒可多了，你慢慢去體會吧。」

說話間，兩人已走到麵攤前。

王大娘首先發現了林強，揚起切滷味的菜刀指著他，緊緊張張的朝正下麵的王老闆叫道：「當家的，你看，你看是誰來了？」

王老闆下了一半的麵也不顧了，慌裡慌張的奔了出來，直著嗓子朝街上喊道：「小弟，小弟，趕快回來！」

已經走出十來丈遠的王小弟，聞聲急急走了回來，剛剛走了大半，一見林強站在那裡，放下手中的提盒撒腿就跑。

王老闆拎回提盒，這才拖著林強的手臂，邊往裡走邊道：「走，咱們到家裡去等。」

林強楞頭楞腦道：「去等什麼？」

王老闆道：「去等四維堂的人，他們來找你，剛剛才走。」

林強愕然道：「四維堂的人怎麼會跑到這裡來找我？」

王老闆道：「他們也知道你搬了家，一再問我你搬到哪裡。你也沒有留下地址，我怎麼會知道？我只有告訴他們去大相國寺一帶去找找看。誰知他們還沒走多久，你就來了，好像是約好的一樣。」
林強皺眉道：「是哪個來找我，大叔認不認識？」
王老闆想了想，道：「我看有一個倒很像以前常常到你家來的那個小女孩……」
林強脫口叫道：「荊十五妹！」
王老闆點頭道：「對，對，八成是她。」說著，已走進面攤後面的一戶人家，這裡也正是「牛肉王」起家的地方。
王老闆拖著林強進了門，才發覺身後還有個女人，忙道：「這位姑娘是誰？」
林強想了想，道：「八成是我老婆。」
王老闆哈哈大笑道：「好，好，好，事成的時候，不要忘了請我喝喜酒。」
林強忙道：「那當然，那當然。」
王老闆這才放開林強，朝後邊的柳金刀招手道：「來，進來坐，我還沒有請教姑娘貴姓？」
林強搶答道：「她姓柳，楊柳的柳……」說著，又對柳金刀道：「這位是王大叔，我們家的老鄰居。」
柳金刀急忙喊了聲：「王大叔！」還禮貌周全的福了福。
王老闆又是哈哈一笑道：「我跟林家是老街坊，又是兩代之交，受你一禮也不為過。」

柳金刀原本邁進門的腳又退出來，道：「老街坊？原來林家住在哪一間？」

王老闆回手朝巷外一指，道：「就是對面的那一間，又寬又大，不知林強為什麼會把它賣掉。」

柳金刀朝那棟房子看了幾眼，才走進來，剛剛在林強身旁坐定，便低聲埋怨道：「那麼好的房子，你賣掉它幹什麼？」

林強道：「不是賣，是賭，是我賭輸了，三百兩銀子折給郝老大的。」

柳金刀唉聲嘆氣道：「太可惜了！才三百兩銀子。」

這時王老闆已將提盒揭開，兩碗熱氣騰騰的牛肉麵往兩人面前一擺，道：「趁熱吃，嘗嘗我的麵比前幾年如何？」

林強吃得連連道好，柳金刀一直稱讚不已。

但王老闆卻愁眉苦臉道：「就是因為太好吃，才害苦了我。現在除了睡覺之外，便是做生意，連喝酒的時間都沒有，日子過得乏味透了……」

說著，取出一罈酒、三個碗，一邊斟酒一邊道：「所以我勸你們，什麼生意都可以做，千萬別賣吃的。生意不好餓死人，生意好起來累死人，結果所賺也有限。像我這種生意，一天三百碗牛肉麵，一家三口忙得要死，就算不吃不喝，存個十年也買不起對面那棟房子，你們說這種生意做得還有什麼意思？」兩人聽得全都傻住了。

王老闆酒碗一舉，道：「來，乾了！」

林強忙道：「你外邊的生意不做了？」

王老闆道：「管他什麼生意，先喝幾碗再說。」說完，脖子一仰，一飲而盡。

林強拿起酒碗，看著柳金刀那碗酒，又看著她的臉，道：「你能喝麼？」

柳金刀話也不說，把那碗酒「咕嘟咕嘟」的一口氣喝光，嘴巴一抹，才道：「林強的老婆，不會喝酒怎麼行！」

王老闆即刻道：「對，要做林強的老婆，就得會喝酒。」說著，又給她斟了一碗。

林強邊望著她邊喝，驚疑之下，險些把酒灌到鼻子裡去。

柳金刀又端起了酒碗，朝王老闆一揚，又已「咕嘟咕嘟」的喝了下去。

王老闆不甘落後，第二碗也倒進了肚子，邊忙著斟酒邊道：「今天我可碰到對手了，非喝個痛快不可。」

柳金刀滿不在乎道：「喝就喝，誰怕誰？」

林強卻有點擔心，第三碗下肚，立刻悄悄拽了她一下，道：「少喝點，別忘了今天夜裡咱們還有事……」

王老闆沒等他說完，便已嚷著道：「林強，你可不能掃我的興！咱們不把這罈酒喝光，誰也不能走！」

柳金刀馬上抓起了酒罈晃了晃，道：「你放心，這點酒醉不了人的。」說完，居然搶著替王老闆倒酒，看來好像真有點把握似的。

就在這時，王小弟已跑了進來，氣喘道：「爹，我已經把四維堂那三位姑娘給追回來了。」

王老闆道：「好，快請她們進來！」

王小弟道：「她們說有孝在身，不便進門，要請林大哥出去說話。」

王老闆皺眉道：「什麼孝？誰死了？」

林強忙道：「羅大小姐死了，她們一定是趕來向我報喪的，看樣子我們得出去了。」說著，拉起柳金刀就想走。

王老闆急忙喊道：「你出去可以，柳姑娘可得留下。你們都走了，誰陪我喝酒！」

林強擔心的望著柳金刀，道：「你還行麼？」

柳金刀揮手道：「你只管放心的走吧，不過可不能走遠，等一會兒別讓我找不到你。」說完，再也不理會他，舉起酒碗朝王老闆一晃，又喝了個點滴不剩。

林強只有一步一回首地走出房外，直到出了大門，還聽到王老闆大聲喊道：「來！我們為羅大小姐乾一碗，年紀輕輕的就死了，實在可惜……」

日墜初燈，王大娘在燈下邊切菜邊下麵，王小弟也開始清洗堆積如山的麵碗。

巷口街邊果然已蹲了許多人，每個人都端著一碗麵，有的還在直著嗓子催滷菜，看樣子王大娘縱有八隻手只怕也忙不過來。

林強擠出巷口，走到被自己輸出去的祖產前面，面對著三個素衣身影，心裡有說不出的沉重。

他沒等十五妹開口，便已擺手道：「你們不必說了，我已經知道了。」

十五妹微微楞了一下，才道：「四師哥，我是奉了大師姐的遺命，來給你送東西的。」

林強道：「什麼東西？」

十五妹一伸手，身後一名弟子已將一個細長的包裹雙手捧給她，她也雙手捧給了林強。

林強包裹一入手就是一怔，急忙打開來一瞧，即刻驚叫道：「這不是大師姐的佩劍麼？」

十五妹淒然道：「不錯。」

林強道：「大師姐一生用劍，這把劍理應充作陪葬之物才對，你們拿來給我幹什麼？」

十五妹道：「大師姐說，這把劍還有太多沒有完成的心願，不忍帶它下土。」

林強「當」的一聲，將劍拔了出來，疏星新月下，但覺精光閃閃、寒氣逼人，看上去真像帶著幾分怨氣，不禁仰天一嘆道：「好吧，它沒有完成的心願，我會儘量帶它完成！」

說著，反手把肩上的劍抽出，同時已將羅大小姐的劍換入鞘中，然後才緩緩地把自己那柄插進原來的劍匣，還給十五妹，道：「四維堂羅大小姐的棺木中怎可無劍，你們把這把劍拿回去陪她下葬吧！」

十五妹呆了呆，才將他的劍收下，隨手又從另外弟子手中取過一個白色的小布包，畢恭畢敬的送到他的面前。

林強接過來一瞧，裡邊包的只是一本紫色封皮的記事簿，簿子裡還夾著一隻紫綾子的小口袋，不由眉頭一皺，道：「這是什麼？」

十五妹道：「這是大師姐的隨筆，記載的好像都是她平日對本門劍法的劍意和心得，還有……還有這幾年她對失去的親人和朋友的一些思念，她叫你有空的時候翻一翻，或許對你尚未參透的劍招有些幫助。」

林強一面點著頭，一面看那只小綾袋道：「還有這個呢？」

十五妹道：「這是……這是……」

林強不等她說出，便將袋口鬆開來，只覺得觸手一片滑潤，竟是一撮烏黑的長髮，一看之下，忽然悲從中來，只覺得眼眶一熱，熱淚奪眶而出，手掌緊抓著那撮長髮，身子慢慢地蹲了下去，雖然忍了又忍，但仍忍不住失聲痛哭起來。

旁邊的十五妹和那兩名弟子也同時大放悲聲，靜靜的街邊頓成一片淒慘景象。

對街的食客個個停嘴住筷，王大娘揚起的刀也忘了剁下，每個人都伸長頸子呆望著那一男三女，不知究竟發生了什麼事情。

那棟價值三百兩銀子的宅第中，突然有人猛地將窗戶推開，大聲叫道：「什麼人在外邊哭哭啼啼的？是不是家裡死了人！」

林強登時跳了起來，道：「放你媽的屁！你老子在外邊哭，跟你有啥關係？」

窗裡的人楞了楞，好像跟另外一人道：「哇！這傢伙真橫，大概他還沒摸清楚這是誰的房子。」

林強大聲道：「是你爺爺的房子，我警告你們，下次開窗子最好手腳輕一點，還有家裡的傢俱也要小心一點用，萬一弄壞，我自會找你們郝老大去算帳！」

窗裡的人即刻道：「糟了，是林大哥。」

另外一人道：「哪個林大哥？」

先前那人小聲道：「打不死的林強，就是臉上有條疤的那個……」邊說著邊已將窗子關起來，手腳果然很輕，輕得連一聲響都沒有。

林強忙把布包捲了捲，往懷裡一塞，將手臂搭在十五妹的肩膀上，邊往前走邊道：「十五妹，你去回掌門人，叫他趕快把四維堂的大門關起來……」

十五妹吃驚道：「把大門關起來做什麼？」

林強道：「讓他帶領著所有的人到城外去……哦，那些有錢人家的子弟千萬別帶，他們都是翡翠西瓜，雖然值錢，卻中看不中吃，而且又脆又重，萬一摔碎了，咱們賠不起。」
十五妹梨花帶雨的望著他，道：「你別忘了，大師姐還沒有安葬，現在怎麼離得開？」
林強道：「大師姐最擔心的是盛大俠夫婦的命，而不是隆重的喪禮，如果救不出人來，她在九泉之下也不會瞑目的。」
十五妹道：「可是救人得在城裡幹，帶人跑到城外去管什麼用？」
林強道：「城裡的一切都已由丐幫的盧香主安排妥當，你們再插手反而會壞事，還莫不如到城外等著接人的好。」
十五妹道：「到城外去接人？」
林強道：「不錯，咱們千辛萬苦的把人救出來，總不能往城外一扔就算了，總得有人負責把他們護送到安全的地方。你說是不是？」
十五妹道：「護送他們，不是有日月會的人麼？」
林強道：「日月會到現在為止，也不過趕來五十幾人，就算救人時毫無損傷，實力也有限得很，怎可與城外的大批兵馬抗衡！」
十五妹想了想，道：「那我呢？」
林強道：「你當然也得跟掌門人一塊走。」
十五妹急道：「可是鐵拐盧修不是說過要我扮盛夫人麼？」

林強道：「換人了，你身材比盛夫人矮，而且她使刀，你使劍，扮起來也不像。」

十五妹半信半疑道：「你不會騙我吧？」

林強道：「不會的，我幾時騙過你？」

十五妹不講話，只橫著眼瞟著他。

林強趕緊咳了咳，道：「小時候我或許常常騙著你玩兒，可是現在我們都長大了，而且這次的救人行動是武林中的大事，非同兒戲，我怎麼會在這種時候跟你開玩笑！」

十五妹輕輕嘆了口氣，道：「既然這樣，我可要走了！」

林強道：「你走吧！」

十五妹不聲不響的又站了一會兒，道：「我……我可真的要走了！」

林強揮手道：「你快走吧，回去告訴掌門人，叫他趕快動身，最好馬上就走。」

十五妹蹙眉道：「馬上就走？」

林強道：「不錯，據說今夜就可能動手，你們不馬上動身，只怕就來不及了。」

十五妹一臉無奈道：「好吧，我現在就走。」走出幾步，驀然回首道：「四師哥，這次事完之後，你會來看我們吧？」

林強道：「當然會。」

十五妹往前走了幾步，忽然又轉回頭道：「四師哥，大師姐的喪禮，你會來參加吧？」

林強揮手點頭，不斷地點頭。

直等到十五妹和那兩名弟子走出很遠，他才嘆了口氣，道：「我當然得去，只要我能活過今夜。」

這時暮色更深，街頭更靜，靜靜的街頭，忽然傳來柳金刀的聲音。

林強轉身一瞧，不禁大吃一驚。

只見柳金刀搖搖晃晃、醉態可掬的走了過來，邊走邊喊著林強的名字，一副生怕被他甩掉的模樣。

林強連連頓足道：「叫你少喝你偏不聽，今天喝得這麼醉，你這不是成心誤事麼！」

柳金刀突然醉態一收，道：「誰說我喝醉了？」

林強愕然道：「你……你方才……」

柳金刀吃吃笑道：「我是故意嚇唬你的，我從小幾乎是被酒泡大的，一向拿酒當白開水喝，這點酒打底都嫌少，怎麼可能喝醉！」

林強好像還不太相信，伸出四個手指在她眼前晃了晃，道：「這是幾個？」

柳金刀不假思索道：「六十八個饅頭十七個人分，你說每個人可以分幾個？」

林強算了半晌，才鬆了口氣，道：「王老闆呢？」

柳金刀道：「趴在桌子上不動了。」

林強道：「你總共灌了他幾碗？」

柳金刀道：「八碗。」

林強道：「這麼說，你也喝了八碗？」

柳金刀笑嘻嘻道：「九碗，我把你沒喝的那碗也喝掉了。」

林強嘆了口氣，道：「這種老婆怎麼養！只替你賺買酒錢也要把我累死了。」

柳金刀身子幾乎整個貼在他背上了，道：「林強，看樣子咱們飯館也開不成了，乾脆開個酒館怎麼樣？」

林強嚇了一跳，道：「那怎麼行！酒館還沒開張，酒就被你喝光了。」

柳金刀扭著身子道：「你胡說什麼！我又不是酒鬼，怎麼會胡亂喝酒？我要喝酒，可以堂堂正正坐在櫃檯裡喝，你等著在外邊收錢就行了。」

林強回過頭來，道：「收誰的錢？」

柳金刀道：「誰不服氣就收誰的錢。」

林強楞了一下，道：「你是說你跟人家賭酒？」

柳金刀點頭道：「不錯，我做賭頭，生意一定不會差，你信不信？」

林強想了想，道：「好主意，等這次事了，咱們就這麼幹。」

柳金刀道：「現在呢？咱們去幹什麼？」

林強道：「回家，我累得很，咱們總得先休息一下，把精神養足，下半夜好辦事。」

柳金刀忽然又往前湊了湊，甜膩膩道：「林強，你真的很累？」

林強道：「當然是真的。」

柳金刀道：「回去我替你捶背好不好？還有洗腳。」

林強二話不說，邁開大步就往前走。

柳金刀歡天喜地的跟在後邊，邊走邊唱道：「柳金刀，柳金刀，你的老公回來了，快快替我把房門兒開，快快替我把洗腳水燒……」

第十六回　黎明前

子夜過後，開封大牢堅固的大門終於緩緩啟開，兩輛囚車在三十餘名官差的押解下，悄然直往正北而去。

盧修坐在車轅上，動也不動。

車篷裡的林強忍不住探首出來，輕輕道：「你能確定這批人不是？」

盧修搖頭道：「這是幌子，你沒看到這批人裡既沒有槍，也沒有馬，而且我敢打賭，真正押解人犯的隊伍，絕對沒有膽子出北門。」

押解囚車的行列逐漸遠去，大牢的大門也沒有關閉，四周變得一片寂靜。

只有睡在車裡的柳金刀不時發出輕微的鼾聲，睡得深沉，只怕把她扔下車去她都不會醒。

誰知柳金刀卻在這時開口了，而且口齒還十分清晰道：「押解人犯的隊伍，為什麼沒有膽子出北門？」

盧修驚訝的朝車篷裡望了一眼，才道：「因為萬劍幫、大風堂、錦衣樓的總舵都設在城北。」

林強立刻接道：「還有青龍堂、五桂堂和三和會的分舵也都在北門附近。」

柳金刀道：「還有閻二先生，對不對？」

盧修沒有回答，連坐在她身邊的林強都沒有吭聲。

柳金刀緊跟著又道：「城裡的二幫三會十二堂口，有幾家參與了這次的行動？」

盧修道：「十四家。」

柳金刀吃驚道：「有這麼多家？」

盧修傲然道：「如果沒有他們支持，我有什麼資格與神槍葛燕南較長短！」

林強也緊接道：「如果沒有這些人撐腰，像我這麼聰明的人，會蹚這場混水麼！」

柳金刀馬上身子往上挪了挪，將頭枕在林強腿上，好像對林強充滿了信心，只要跟著他走，任何事都不會有問題。

就在這時，忽然有個小叫花趕到車旁，低音道：「啟稟香主，孫長貴問您要不要把這批人吃掉，他正在等您回話。」

盧修道：「告訴他別急，等摸出他們會合的地點再動手不遲。」

那小叫花恭喏一聲，即刻飛奔而去。

柳金刀忙道：「孫長貴是誰？」

林強道：「青龍會的二當家的，那傢伙詭詐得很，我就上過他的當。」

柳金刀悄悄指了指盧修的背影，聲音小得幾不可聞道：「比他如何？」

盧修沒等林強開口，便已嘆了口氣，道：「江湖上爾虞我詐，在所難免，但我對朋友卻是赤誠相交，絕不動用心計。林強，你說是不是？」

林強趕忙道：「對，對，盧香主這個人最夠朋友了。」

柳金刀道：「那將來我們的酒館開張之後，要不要請他去捧場？」

林強道：「當然得請……只可惜手上沒有酒，否則現在倒可以跟他賭一賭。」

柳金刀道：「他有錢？」

林強道：「他沒有錢，只有銀票。他身上的銀票，至少能買下五個小豔紅。」

柳金刀「咕」的一聲，咽了口口水。

盧修忽然道：「你們不必再動我那批銀票的腦筋，老實說，我早就還回去了。」

林強尖叫道：「還回去了？」

盧修道：「不錯，除了你們那張，其他都已原封不動的還給他們，連第二張都沒有動。」

林強信疑參半的指著街邊一排篷車道：「可是這些車子，還有裁縫、鐵匠……」

盧修截口道：「他們都不要錢，而且連材料都自己貼，我有什麼辦法！」

林強道：「還有……還有各堂口的人呢？」

盧修道：「也是通通免費，而且還都怪我通知得太晚，差點把口水都吐在我的臉上。」

林強想了想，又道：「你不要忘了善後問題，那也是一筆很大的開銷。」

盧修道：「錦衣樓和大風堂兩家全包了，他們說這件事發生在開封，如果花日月會的銀子救人，不論成敗，將來都會讓江湖中人恥笑。」

林強不再說話，只輕輕地嘆了口氣。

柳金刀趕不及似的問道：「他們為什麼都不要錢？」

林強摸著她的頭髮，道：「這種事一時也說不清楚，等你將來在開封住久了，自會明白的。」

盧修也點著頭道：「對，等你在開封住久了，自然會體會到開封武林同道的這股味道。」

說話間，一陣馬蹄聲響已劃破了靜夜，只見十二匹健馬當先衝出，緊跟著是兩輛囚車、四十幾名官差和人數上百的弓箭手。

兩輛囚車上都覆蓋著一層黑布，根本就看不見裡面押解的什麼人，或是有沒有人。最重要的是，那十二名騎士中有一人持著一桿槍，雪亮的槍尖正在淡月下發著閃閃的晶光。

盧修望著直往南行的長長的行列，依然動也不動，直等到那批人去遠，而且大牢的門也關了起來，才冷笑一聲，道：「這老狐狸的花樣可不少！」

林強瞟著他，道：「你說的是哪個老狐狸？」

盧修道：「當然是神槍葛燕南。」

林強道：「就是方才持槍的那個？」

盧修搖首道：「不是他，那個人沒有天下第一槍的氣勢。」

林強道：「可是大牢的門已經關了。」

盧修道：「關了可以再開。」

林強又道：「而且這批人是朝南走的。」

盧修道：「方向並不重要，城裡城外都可以轉彎。」

林強似乎有點著急道：「還有，一共四輛囚車，這已經是最後兩輛了。」

盧修想了想，忽然叫道：「不好！來人哪！」

一群小叫花同時伸出頭來，同時翻著眼睛緊盯著他的臉。

盧修朝其中兩人一指，道：「你們趕快去告訴孫二當家的，叫他多準備兩副馬鞍！」

那兩名小叫花不待他說完，便向西城的方向奔去。

林強微微怔了一下，道：「你已經確定他們會出西門？」

盧修道：「要不要跟我賭一賭？」
林強搖頭道：「你叫他們多準備兩副馬鞍做什麼？」
盧修道：「如果押解重犯，不用囚車，你想把他放在什麼地方最安全？」
林強不假思索道：「馬鞍上，把人犯綁在馬鞍上。」
盧修道：「不是綁，是銬，唯有把手腳銬在馬鞍上才最保險。」
林強恍然道：「所以救人非連馬鞍一起救不可。」
盧修道：「不錯，所以我要多準備兩副馬鞍，好讓你們騎在馬上有鞍子坐。」
柳金刀忽然道：「沒有鞍子的馬我也能騎。」
盧修失笑道：「柳金刀，你要搞清楚，葛燕南不是瞎子，在夜裡，他或許看不清你們的臉孔，但馬上有沒有鞍子，他總該瞧得出來，你說是不是？」
柳金刀眼睛一閉，給他個不理不睬。
林強卻在一旁連連點頭道：「香主言之有理，香主言之有理。」
盧修即刻手指朝車外一勾，又有幾名小叫花探首出來，豎著耳朵在等他吩咐。
柳金刀輕哼一聲，道：「原來當香主這麼神氣，趕明兒我也弄個做做。」
盧修道：「如果姑娘喜歡這個位子，我隨時讓賢。」
柳金刀道：「丐幫的香主我可不做。」
盧修道：「丐幫有什麼不好？」

林強忙道：「是啊，丐幫一向是忠義之幫，也是武林第一大幫，深得同道愛戴，有什麼不好？我就認為比其他那些堂口的好多了。」

車外的那些小叫花聽得連連點頭。柳金刀卻嘴巴一撇，道：「那是以前，現在……早已今非昔比了。」

盧修道：「不錯，敝幫自從老幫主逝世，少幫主不肯接手，弄得人心惶惶，幫譽一落千丈；不過，我相信這種日子已不會太久。如今幾位長老已同去敦請少幫主出山。只要少幫主一點頭，幫中馬上就會穩定下來。」

林強突然皺起眉頭，道：「盧香主，有一件事我一直弄不明白。丐幫的幫主又非世襲，既然少幫主不肯接位，為什麼就不能另外推舉一位呢？」

柳金刀也緊接道：「是啊，像盧香主這麼能幹的人，如果出任幫主，我相信丐幫一定會比以前更加興旺。」

盧修急咳幾聲，道：「姑娘不要開玩笑，敝幫不僅四位長老健在，而且其他堂主香主也都是一時之選。縱然推舉幫主，怎麼也輪不到我盧修頭上。」

柳金刀道：「那就從四位長老中推選一位好了。」

盧修一嘆道：「四位長老個個心高氣傲，誰會服誰！」

柳金刀恍然道：「原來是這麼回事兒！」

盧修道：「不過，我確信不久的將來，敝幫一定重振昔日的雄風。」

柳金刀道：「好吧，到那個時候，你再把這個香主的位子讓給我吧！」

盧修道：「到那個時候，我也不會讓了。」說罷，昂首哈哈大笑。

這時，忽然又有一名腳程極快的小叫花飛奔而來，轉眼間已停在車前。

盧修忙道：「什麼事？」

那小叫花臉不紅、氣不喘道：「啟稟香主，他們會合的地點，果然在城西。」

盧修回首一笑道：「如何？」

林強大拇指一挑，道：「香主高見，果非常人所能及。」

盧修立刻朝那剛來的小叫花道：「回去叫他們下手輕一點，不多傷人命。還有……告訴孫二當家的，千萬別火，既然裝官差，就得像官差，受點氣也忍著點。」說完，手掌一揮，那小叫花剎那間便已消失在夜色中。

盧修這才對那些豎著耳朵候在車外的小叫花道：「許師傅的徒弟來了多少？」

其中一名小叫花即刻答道：「一共十三車，二十六個人。」

盧修又道：「領頭的是誰？」

那小叫花道：「快手小秦。」

盧修道：「去告訴小秦，手快眼也要快。盛大俠夫婦都混在那二十九騎中，叫他千萬得找出來，而且絕對不能出錯。」

那小叫花聽完撒腿就跑。

盧修又回過臉來道：「等這碼事兒過去之後，林強乾脆到我們丐幫來混混算了。」

沒等林強答話，柳金刀便先叫起來，道：「什麼！叫我做花子的老婆？那可不行，而且我們已講好要做生意，你千萬別替我們亂出主意。」

盧修搖著頭道：「林強不是做生意的料子，他是個天生的仁義大哥，不在堂口上求發展，實在太可惜了。」

柳金刀猛的坐起來，道：「那也可以，咱們索性自己幹個什麼堂、什麼會的好了。」

林強也居然猛一點頭道：「對，咱們索性開山立寨，我當幫主，你做壓寨夫人，倒也不壞。」

柳金刀忽然垂下頭，不再出聲。

林強推了她一把，道：「你認為怎麼樣？」

柳金刀道：「不要吵我，我正在想名字……喂，你看我們叫金刀會好不好？」

林強道：「我又不使刀，怎麼能叫金刀會？」

柳金刀道：「萬劍幫裡也照樣有人使刀，錦衣樓的人也並非穿金戴銀，丐幫也不是全靠討飯維生，我們叫金刀會有何不可？盧香主，你說是不是……」

盧修沒有答話，反而「噓」的一聲，示意兩人噤聲。

靜夜中，陡然又響起了一陣馬蹄聲，大牢的大門也不知何時重又啟開。二十九匹健馬緩緩走出，為首的果然是個持槍的人，一看即知是個使槍家，神情氣度均非先前那人所能及。

林強道：「這次不會錯了吧？」

盧修道：「就是他了。」

那二十九匹健馬行速緩慢，蹄聲輕微，不慌不忙地朝著正西方向走。

盧修也不慌不忙的凝視著那二十九騎的背影，直到那些騎影完全消失，才向車旁的一名小叫花道：「去問問小秦，認清楚沒有？」

那小叫花道：「屬下已去問過了。」

盧修忙道：「他怎麼說？」

那小叫花道：「他沒空說話，只點頭。」

盧修也點點頭，道：「好，你們先走吧，別弄錯約定的地方。」

那群小叫花齊喏一聲，像一陣東風似的直向西邊捲去。

盧修使勁的吐了一口氣，然後才拿起了鞭子，突然又轉回頭來道：「林強，你能不能告訴我，你現在心裡有什麼感覺？」

林強笑笑道：「老實說，我覺得你鐵拐盧修可比我想像中要可愛多了。」

盧修聽得哈哈一笑，馬鞭一抖，喊了聲：「走！」但見二十六輛篷車兵分兩路，分向南北兩個方向馳去。

× × ×

神槍葛燕南陡然馬韁一勒，二十九匹健馬同時停了下來。

身後的中州一劍賀天保急忙湊上來，道：「大人有何吩咐？」

葛燕南道：「你聽，那是什麼聲音？」

賀天保傾耳細聽一陣，道：「好像是馬蹄聲。」

葛燕南灰白的眉毛一鎖，道：「已經快四更了，怎麼會有這許多馬匹在街上跑？」

賀天保道：「依卑職估計，往南邊去的那些人也該轉回頭了。」

葛燕南又道：「除了馬蹄聲之外，好像還有車輪的聲音，你有沒有聽出來？」

賀天保道：「有，那一定是那兩輛囚車的輪聲。」

葛燕南似乎很不高興道：「我明明囑咐過他們走得慢一點，這麼急著趕回來幹什麼？」

賀天保低聲道：「大人說的是，雷鳴遠這個人的性子的確急了一點。」

葛燕南冷哼一聲，道：「這種人難當大任，回去降他一級。」

賀天保忙道：「是是是，卑職回去就辦。」

葛燕南韁繩一抖，坐騎又開始往前走。

其他二十八騎也緩緩地隨行在後，除了輕微的蹄聲之外，再也沒有別的聲響。

過了一會兒，葛燕南邊走邊喚了聲：「天保！」

賀天保忙又湊上去，道：「卑職在。」

葛燕南道：「閻家的事你調查得怎麼樣？」

賀天保道：「回大人的話，閻二這個人刀法或許還過得去，膽子卻不大。這幾天他已嚴命家屬、鏢師不得外出，自己也足不出戶，顯然是在刻意回避這件事。依卑職看，他是絕對沒有膽量插手的。」

葛燕南微微點頭道：「好，好，只要他不插手就好辦，憑那些幫幫會會的，諒他們也玩不出什麼花樣。」

他緩緩道來，語調深沉，說到最後，還將槍桿扭動了一下，槍纓一聚一散，勁道十足，充分顯示出武林大家的氣勢。

賀天保連連稱是，馬匹也隨著碎步的縮了回來，似乎人馬全都被他的氣勢給鎮住了。

剛剛走了幾步，葛燕南又陡地勒韁回首道：「這又是什麼聲音？」

靜夜中，只聽有人厲聲喊道：「林強……你給我出來！你怎麼可以如此待……像這種事情你怎麼可以不知會我一聲……」

賀天保立刻道：「回大人，這是市井之徒叫罵之聲，在開封這地方，根本不足為怪。」

葛燕南輕嘆一聲，道：「天保，這是你的家鄉，有句話我實在不願意講。」

賀天保急忙道：「大人但說無妨。」

葛燕南道：「我不喜歡這個地方，也不喜歡這裡的民風。我認為這個地方應該派個強有力的人員來治理。」

賀天保連道：「是是是，大人高見，卑職也有同感。卑職認為至少也應該派個跟城外合得來的官員來整頓這個地方才對。」

葛燕南微微點頭道：「回去咱們得向上面反映一下才行……」

說著，又已策馬前行，其他人馬也靜靜的隨行在後。

夜風中仍不時傳來斷斷續續的喊叫聲：「林強……你這個王八蛋……你給我出來……」

坐在車裡的林強皺著眉頭，挖著耳朵道：「他媽的！耳朵癢死了，這是誰在罵我……」

柳金刀道：「我在罵你。」

林強訝然地望著她，道：「你為什麼要罵我？」

柳金刀道：「誰叫你不同意我起的名字呢！」

林強一怔，道：「你起的什麼名字？」

柳金刀道：「金刀會呀，怎麼一轉眼你就忘了？」

林強忙道：「好，你說叫金刀會就叫金刀會。以後我乾脆棄劍學刀，每天跟著你耍大刀算了。」

柳金刀這才開心的笑了起來。

這時篷車已緩緩停在路邊，車外人聲嘈雜，嘻笑之聲不絕於耳。

林強撩起車簾一瞧，只見路邊正有一群人在換裝，把躲在地上官差的服裝扒下來套在自己身上。

一名剛剛才把衣服換好的人，一看車上有女人，即刻湊上來，裝模作樣道：「你們是幹什麼的？」

林強一眼就認出是青龍會的錢坤，忍不住「哧哧」一笑道：「小錢，你的扣子還沒扣好……」

錢坤三角眼一瞪，喝道：「嚕嗦！我問你們是幹什麼的？天還沒亮，你們就往外跑，一定沒好事。」

林強也只有裝成驚惶失措的樣子道：「官爺明鑑，小的是安善良民，因為老婆要生產，非得趕著去找接生婆不可。」

旁邊又有個人語調更神氣道：「錢坤，車裡是什麼人，你有沒有查清楚？」

錢坤道：「車裡是個臉上有疤的人，說是趕著替他老婆去找收生婆。」

那人沉吟著道：「臉上有疤的人？去找收生婆？你有沒有摸摸他老婆的肚子？」

錢坤道：「我不敢，我怕她懷裡那把金刀咬了我的手……」

他話還沒說完，便已忍不住笑了起來。

旁邊那些人也都笑得東倒西歪，前仰後合，有個人更是笑得差點栽倒在地上。

盧修也跟著笑了一陣，忽然大聲道：「二當家的，這裡的事兒就交給你了！」

方才講話很神氣那人，正是青龍會的二當家孫長貴，聞言即刻道：「沒問題。」

盧修道：「還有，千萬不要帶錯了地方。」

孫長貴道：「這種事我最在行，你放心的走吧……」

盧修鞭子一揚，篷車又已向前駛去，接連穿過兩條窄街，忽然車身一轉，飛快的衝入了一座大院。

院中早已停滿了篷車，車中還有幾個小裁縫正在趕製衣裳。

林強一跳出車篷，即刻有個小姑娘迎了上來。

那小姑娘手上端著一個簸箕，一身村姑打扮，笑嘻嘻地望著他道：「林大叔，你還認得出我嗎？」

林強仔細瞧了她一眼，道：「咦，你不是關玲麼！」

那小姑娘連忙點頭。

身旁的柳金刀吃驚道：「她就是滿天飛花關姑娘？」

林強道：「不錯，你別看她人小，本事可大得不得了。」說著，又一指柳金刀，道：「關姑娘，我給你介紹，這位就是你姑丈的好朋友柳金刀。」

柳金刀不待他說完，便在大腿上狠狠地擰了一下。林強怪叫一聲，趕忙指著關玲手中的簸箕，道：「你這是幹什麼？」

關玲道：「我正在餵雞，你瞧像不像？」

林強點頭道：「像，像極了。」

說話間，幾名小裁縫已跑過來，將剛剛做好的衣裳七手八腳地套在兩人身上。

柳金刀衣裳才一上身，便叫起來，道：「哇，這衣裳怎麼這麼醜？」

林強忙道：「你就將就點吧。」

這時張鐵匠也捧著一盒東西走上來，道：「手銬腳鐐已來不及打造了，我臨時用鐵片做了兩副，你們帶著。」

柳金刀又驚叫道：「什麼！還要上銬？」

張鐵匠連忙陪笑道：「姑娘放心，這副銬一掙就開，而且一點都不重。」

柳金刀嘟著嘴道：「怎麼這麼倒楣，不做賊了還要被人家上銬！」

林強忽然湊到她身邊，低聲道：「你別不高興，只要你想到一件事，包你一定會開心得笑起來。」

柳金刀道：「什麼事？」

林強道：「我敢斷定葛燕南那老傢伙現在正在眼跳，你信不信？」

柳金刀愕然道：「你怎麼知道？」

林強悄聲道：「你想想看，有這麼多人在背後打他的主意，他的眼睛還會不跳麼？」

柳金刀想了想，果然吃吃的笑了起來。

× × ×

葛燕南陡然勒韁住馬，揉著眼睛道：「天保，我怎麼感覺有點不太對勁？」

賀天保惶然四顧道：「有什麼地方不對？」

葛燕南道：「我也說不上來……咱們的人呢？怎麼還沒來？」

賀天保抬手一指，道：「來了。」

蒼茫的曙色中，只見第一批出發的三十幾人已迎面匆匆趕來，緊跟著馬蹄聲又響起，第二批的人馬也已適時趕到。

葛燕南這才鬆了口氣，道：「問問他們該走哪條路？」

賀天保即刻招手道：「王頭兒，你過來一下！」

孫長貴馬上低著頭走上來，他不僅舉動裝得極像官差，說起話來也官味十足道：

「賀大人吩咐！」
賀天保看也不看他一眼，道：「你瞧咱走哪條路最安全？」
孫長貴回手一指，道：「前面那條路又寬又好走，穿出去就是出城的大路。」
賀天保道：「我記得好像還有兩條路可以走。」
孫長貴忙道：「不錯，可是第二條路最近不太平靜，裡邊盡是賭場暗娼，又經常有流氓打架滋事，最好還是不要走的好。」
賀天保道：「第三條呢？」
孫長貴道：「第三條比較彎曲一點，路面倒還平坦，而且可以直達城根。」
賀天保立刻回首道：「大人，您看咱們是不是應該走第一條？」
葛燕南搖首道：「不，第二條！」
賀天保趕快「喳」了一聲，兩隻手指朝孫長貴一比，道：「前頭帶路！」
孫長貴大搖大擺的帶領著大隊人馬走進了一條筆直的橫街，邊走邊摸鼻了，直走到橫街的深處，突然大喊一聲，道：「亮傢伙！」
只聽「嗆」的一聲巨響，三十幾口鋼刀同時出鞘，聲勢極其驚人。
葛燕南端槍勒馬道：「怎麼回事兒？」
賀天保遲遲疑疑道：「可能前面有情況……」
話沒說完，陡然一片沙土自天而降，同時前頭那三十幾官差一起變了樣，竟然如狼似虎的反撲過來。

賀天保邊揮動著鋼刀邊道：「大人，要不要退？」

葛燕南喝道：「不能退！守住人犯，把後面的弓箭手調過來！」

賀天保即刻疾聲大呼道：「弓箭手上來，弓箭手上來……」

呼喊聲中，又是一陣沙土自兩旁的民房上潑撒而下，登時弄得人仰馬翻，一團慌亂。

只聽賀天保在亂戰中大聲嘶吼道：「弓箭手，射、射、射！」

在一陣亂箭狂射下，混亂的街頭很快便平靜下來，除了橫在路邊的幾具屍體，走在前頭的那些假官差早已逃得一個不剩。

馬上的人雖然毫無損傷，卻個個灰頭土臉，只有正以槍尖頂著盛大俠心窩的葛燕南髮不沾塵，衣色依舊。

直待他確定人已全跑光，才將長槍移開，寒著臉孔道：「前面那些人是怎麼回事兒？」

賀天保先將鋼刀收起，才低聲答道：「依卑職之見，那三十幾個人恐怕早被叛賊給替換過了。」

葛燕南駭然道：「什麼？你說原來那些人已全被人家給吃掉了！」

賀天保重複道：「只怕正是如此。」

葛燕南橫眼喝道：「你不是認得那個王頭兒麼？方才怎會沒有看出來！」

賀天保惶恐道：「卑職不察，請大人降罪。」

葛燕南沉嘆一聲，道：「算了，算了，擺一半弓箭手走在前面，碰到不順眼的就給我射！」

賀天保忙又「喳」了一聲，即刻調撥人手，片刻間大隊人馬已在五千餘名弓箭手的前導之下緩緩前進。

這時天色漸明，東方已現紫霞。

葛燕南騎在馬上，邊走邊回顧，走出不遠，忽然大喝一聲：「停！」

大隊人馬登時擠在街心，個個左顧右盼，都不知又發生了什麼重大變故。

葛燕南朝後一指，道：「天保，那個女人犯裡邊穿的究竟是什麼衣服？」

此言一出，所有的人全都咧開了嘴巴，似乎誰也沒想到在這種時刻，他竟提出這麼個有趣的問題。

賀天保急咳幾聲，道：「這……這個卑職不知道。」

葛燕南大聲道：「我是說出門的時候，我記得她裡邊穿的，好像不是紅色的衣服，你們有沒有注意到？」

賀天保想了想，陡然大喝道：「快！看看犯人的鐐銬有沒有鬆開……」

喝聲未了，只聽得馬嘶人吼，盛夫人竟將鐐銬整個砸在前面的一匹馬臀上。

那匹馬飛也似地衝了出去，盛夫人的身形也自鞍上躍起，身在空中，罩在外邊的青衫已然褪下，等到青衫落地，那條血紅色的身影早就越過屋脊，消失在曙色中。

賀天保指著屋脊，疾呼厲吼道：「追，追，追！千萬別叫她跑掉！」

命令一下，有的上房，有的繞路，有的更是直闖，民宅弄得雞飛狗跳，人嚷驢叫，情況比先前更加混亂。

銬在另一匹馬上的盛大俠也趁亂滾下馬來，自鞍上拔出暗藏的長劍，飛快的從騎縫中朝後奔去，而且所經之處，馬上的人紛紛落鞍墜馬，原來每匹健馬的肚帶均已被他的劍鋒削斷。

慌亂之中，葛燕南猛地大吼一聲，棄馬掄槍，竟然踩著驚慌的馬背，脫弦箭一般的追了下去，幾個起落就已趕到盛大俠背後，凌空便是一槍刺下。

盛大俠似乎早有防備，身體一個前撲，就地蜷身出劍，不僅避過一槍之危，而且劍鋒直取葛燕南雙足，招式詭異無比。

葛燕南急忙縮足翻身，待他站穩腳步再想回槍時，盛大俠竟然撲到街邊一道柴門前，正在提劍顫腿地望著他，一副有恃無恐的模樣。

賀天保又已大喝道：「弓箭伺候！」

擠在一旁的弓箭手齊喏一聲，卻沒有一個人上箭，每個人都在忙著換弦，原來每張弓的弓弦也都已被人割斷。

葛燕南面色鐵青的凝視了盛大俠一陣，道：「姓盛的，老實說，我還是真的有點服了你……」

盛大俠連忙搖頭擺手道：「慢著，慢著，有件事我必須得說清楚，我不姓盛，我姓林，單名一個強字，你們要押解上京的那位盛大俠早就走了。」

葛燕南呆了呆，道：「什麼！你說那個姓盛的已經走了？」

林強道：「不錯，如今早已安全出城了。」

賀天保立刻湊近葛燕南身旁，道：「大人不要聽他胡吹，卑職昨晚便已交代他們加強戒備，眼下四城未開，就算他們把那姓盛的換走，也絕對離不了開封的。」

葛燕南點點頭，道：「傳令下去，叫他們馬上捉人，如果他們做不到，調城外的人來幹！」

賀天保急忙退下，趕緊傳令調派人手。

葛燕南又已凝視著林強，道：「你說你叫什麼？」

林強道：「雙木林，武功高強的強，道上的朋友都叫我打不死的林強。其實我告訴你這些也沒用，你們從京裡來的和尚，怎麼會知道開封還有我這麼一尊大菩薩！」

葛燕南聽得哈哈大笑道：「好，好，打不死的林強，想不到開封還有你這號人物！我現在總算知道什麼是後生可畏了……」

說到這裡，臉色陡然一寒，道：「你是俯首就擒呢，還是等我派人過去捉你？」

林強連連擺手道：「你千萬不要派人過來，實不相瞞，這裡就是我們為你布下的天羅地網，我們實在不想多殺無辜，你要捉我，你自己來好了。」說完，身形一閃，又縮進了柴門。

葛燕南追到門前，又退了回來，手掌往前一揮，賀天保立刻率領著幾個人先衝了進去。

接連衝過兩層房舍，裡外竟然空無一人，直趕到最後一層院落，才發現有個村姑打扮的小姑娘端著簸箕正在餵雞。

那村姑一瞧這許多人，驚慌之下，簸箕朝上一扔，轉身就往外跑。

賀天保正想追趕，已被尾隨而至的葛燕南喝住，只見他長槍一陣疾掃，簸箕中翻出的稻穀全部落在地上，賀天保這時才看清那些稻穀竟然全是暗器。

葛燕南長槍一收，狀極不屑地瞄著關玲，道：「你就是那個叫什麼滿天飛花的是不是？」

關玲老老實實的點頭。

葛燕南道：「你還有什麼法寶，趕快使出來吧！否則就沒有機會了。」

關玲囁嚅著道：「我的暗器全用光了，還只剩下兩枚火石榴！」

葛燕南愕然道：「什麼是火石榴？」

關玲道：「就是可以把人炸得血肉橫飛的那種東西……」

她話還沒說完，林強已從門外探進半個身子，喊道：「快走吧！人家是天下第一槍葛大人，江湖經驗老到得很，不那麼好騙的。」

關玲扭著身子道：「我是說真的，不信我先打一枚給你看著。」說著，果然一個東西直向葛燕南打了過去。

葛燕南身形一閃，已避到一輛空車後面，其他的人也全部撲倒在地上。

只聽「叭」的一聲，白裡透黃的東西整個濺了一地，原來只是一枚雞蛋。

葛燕南大怒道：「臭丫頭！我看你還有什麼花樣？」邊說著，邊已追了出去。

剛剛追出柴門，又是兩枚圓圓的東西迎面打來，葛燕南曾想用槍撥開，忽然發覺來勢不對，急忙閃身翻了出去。

那兩枚圓圓的東西前面那枚較慢，後面的走勢較快，剛好在門前撞在一起。

只聽得「砰」的一響，但見紫煙瀰漫，碎片橫飛，把隨後追出的賀天保等人當場炸倒在地，齊聲慘叫不已。

等到紫煙漸散，葛燕南極目四望，早已不見林強和關玲兩人的蹤影。

正在失望之際，遠處忽又傳來了一陣叫罵之聲：「林強……我知道你一定在附近，還不快滾出來……否則我跟你沒完……」

林強一聽那喊聲，登時神色大變道：「我的天哪，他怎麼跑來了！」

關玲望著疾奔而來的一條身形，道：「要不要我也賞他一枚？」

林強急道：「千萬不可，他是我的好友閻正保。」

關玲道：「那我就賞他個雞蛋當早點吧！」說著，一枚雞蛋已打了出去。

閻正保畢竟是閻家子弟，身手果然不凡，邊跑著已將雞蛋抄在手裡，而且磕破蛋殼就往嘴裡吸。等到一隻蛋吸完，已經奔到兩人面前。

林強一把將他拖到牆邊，道：「你他媽的跑來幹什麼？你想害死我是不是？」

閻正保瞟了一旁的關玲一眼，才氣喘喘道：「你這是什麼話！咱們是好朋友，像這種有意義的事情，你怎麼可以甩掉我？咱們正該聯合大幹一場才對！」

林強嘆了口氣，道：「閻三少爺，你不要開玩笑好不好！這種事你能沾身麼？你想害你們閻家滅門麼？」

閻正保呆了呆，道：「起碼你也該告訴我一聲，我不能明幹，至少也可以偷偷幫你。」

林強道：「你真幫我？」

閻正保道：「當然是真的。」

林強立刻朝關玲一指，道：「她是日月會裡的滿天飛花關玲，你有沒有聽說過？」

閻正保道：「關玲大名鼎鼎，我又不是聾子，怎麼會沒聽說過？」

林強道：「她現在暗器已用光，而且也落了單，你幫我把她送到日月會的人手裡好不好？」

閻正保馬上點頭道：「沒問題，等事了之後，我到哪兒去找你？」

林強道：「我就在附近，我已跟柳金刀約好在這條街上見面，一定不會走遠的。」

閻正保道了聲：「好！」拉著關玲就想走。

關玲忙道：「我們都走了，你怎麼辦？」

林強道：「你放心，我在這兒土生土長，大街小巷家家戶戶都熟得很，我一個人反而容易跑路。」

關玲遲疑了一下，才從懷裡取出一枚火石榴，道：「這已是我身上的最後一顆了，就留給你吧。」

林強道：「留給我，你拿什麼防身？」

關玲笑道：「有閻三叔這種高手在旁，我還用得著這些東西麼？」

閻正保雖然沒說什麼，但臉上的表情卻是一副理所當然的樣子。

林強只好把那枚火石榴接過來，同時把從盧修手中取來的那張銀票塞在關玲手裡，道：「這張東西請你交給陳老爺子，就說對方不肯收，他就明白了。」

關玲將銀票小心的揣在懷裡，依依不捨道：「林大叔，以後我們還能見面吧？」

林強道：「當然能，只要你來開封，隨時都可以見到我。」

關玲不再多聽，轉身撒腿就跑，閻正保也緊緊跟了下去。

林強這才鬆了口氣，看著陪伴羅大小姐一生的那把劍，道：「劍呐，劍呐，今天就有你的了。」
只聽不遠處有人冷冷道：「你還是趕快跟它珍重道別吧。」
林強一聽聲，立即就知道是葛燕南，不禁大吃一驚，但仍強作鎮定道：「我又不想把它扔掉，為什麼要跟它道別？」
葛燕南緩緩從這窄巷閃身出來，道：「你馬上就要死了，死人還能護住劍麼？」
林強道：「那不一定，我這個人命硬得很，不是那麼容易就被人殺死的！」
葛燕南二話不說，挺槍便撲了上來。
林強情急拚命，居然有守有攻，直到十招過後才漸露敗相，節節後退。剛剛退到一條街，正想撒腿跑路，猛覺得大腿一陣劇痛，葛燕南的槍尖已刺進他的腿中。
他很想忍痛趁機還那老傢伙一劍，只可惜他連劍都已揮不出去了。
就在這時，陡聞一聲嬌喝，一柄亮晶晶的劍鋒已刺中葛燕南的小腿，但卻不是自己的劍，竟然是一向極為仇視他的程大娘。
葛燕南小腿中劍，威風依然不減，只聽「砰」的一聲，竟用另一隻腳將程大娘整個踢了出去，而且勁道十足，銳不可當。
程大娘悶哼一聲，直飛出兩丈開外，才結結實實的摔在街心。
葛燕南也收槍，接連幾個後翻，又已隱入方才現身的那條窄巷中。
林強飛快地將小褂的袖子拽下，使勁兒的把傷口繫緊，然後忍痛的爬到程大娘身旁，低聲喊道：「大娘，你的傷勢如何，還能不能動？」

程大娘猛地噴出了一口鮮血，才喘吁吁道：「想不到他一條腿還能練成了無影腳……」

林強截口道：「不管他什麼腳，我們先找個地方避避再說。」

程大娘搖首道：「我傷得不輕，躲也沒用了，咱們索性在這兒跟他決一死戰算了。」

林強忙道：「大娘，你先別講喪氣話，城裡名醫有的是，就算被他踢斷幾條肋骨也死不了人的。」

程大娘忽然輕嘆一聲，道：「林強，我過去實在看錯了你，你很了不起……我記得你曾問過我為什麼一直很敵視你，對不對？」

林強點頭。

程大娘道：「正蘭是個好孩子，你千萬不要辜負她。」

林強怔了一下，才道：「大娘放心，我一定會把她當成自己的親妹妹看待，我可以向你發誓！」

程大娘搖頭慘笑道：「親妹妹？難、難、難……」

她話沒說完，已有個窈窕身影疾奔而至，竟然躍過兩人頭頂，但見刀光一閃，有個人吭也沒吭一聲便已身首異處，顯然是想趁兩人不察自後面偷襲，而被正在迎面趕來的閻正蘭給發現。

林強忍不住朝那人頭多看了兩眼，不知他是不是那個砸劉半仙卦攤的人。

閻正蘭急忙趕過來，驚叫道：「大娘，你受傷了？」

程大娘沒說什麼，只嘆了口氣。

閻正蘭目光又轉到林強大腿上，吃驚道：「你……你也受傷了？」

林強道：「我這點傷死不了人，大娘的傷不趕快治就糟了，你趕快去找人來幫忙！」

閻正蘭四下望了望，道：「我看還是我背大娘回去吧。」

這時一道柴門忽然啟開，有個小叫花東張西望的走出來，道：「你背不如我背，就是不知大娘嫌不嫌我髒？」

林強大喜，眼睛瞟著柴門裡，道：「髒是不要緊，只是大娘的傷勢不能背，只能抬！」

那小叫花道：「那好辦。」抬手朝裡一招，不但又走出幾名小叫花，而且連門板都抬了出來。

幾個人小心翼翼地將程大娘扶上門板，抬起來就走。

閻正蘭好像有點不放心的瞧著林強，道：「你……你沒關係吧，林大哥？」

林強哈哈一笑，道：「你沒看出我愈來愈安全了麼？」

閻正蘭這才一步一回首的緊隨著那群小叫花而去。

林強又將繫在腿上的衣袖緊了緊，才道：「葛大人，您的傷口包紮好了吧？」

葛燕南一拐一拐杵著槍走了出來，道：「林強，我真奇怪，方才你為什麼不跟他們一起逃走？」

林強笑笑道：「您葛大人還沒有歸天，我怎麼能走？」

葛燕南居然嘆了口氣，道：「老實告訴你，我方才實在無意殺你，可是現在我的想法又不同了，我發覺你這個人太可怕了，今日不把你除掉，將來必成朝廷之大患。」

林強一副滿不在乎的樣子，道：「那你就來殺吧，如果你老人家行動不便，不妨說一聲，我過去也行。」

葛燕南冷笑一聲，道：「你的腿又能比我方便多少？」說著，便已端起槍，但還沒有往前挪動幾步，忽然又停了下來。

林強的臉色也忽然變了，忙將劍交左手，飛快的把關玲留下的那顆火石榴抓在手裡。

只聽身後有人大喊道：「林強，林強，你在哪裡？」邊喊著，邊還有打鬥的聲音，而且聽起來對手還不止一兩個。

林強一聽就認出是柳金刀的聲音，但又不敢轉身，只能一點一點的朝後退。

葛燕南緊盯著他手中那顆火石榴，道：「林強，那顆東西還是省點用吧，你一出手，就再也沒有護身符了。」

柳金刀的喊聲愈來愈近，林強匆匆回首一看，只見她正與三人邊打邊退，邊退邊喊，情況十分危急。

林強急忙大喊道：「我就在你前面，快點往前跑，儘量把他們甩掉！」

柳金刀果然不再出聲，同時打鬥的聲音也停止下來。

等到林強感覺柳金刀的腳步聲音已到近前，猛然回手將那顆火石榴拋了出去。

只聽一聲巨響，而且還混雜幾聲慘叫。

就在柳金刀撲到林強背後時，葛燕南的槍尖也已刺到，林強別無選擇，只有掄劍迎了上去，但葛燕南那桿槍的目標並不是他，而是剛剛跑來的柳金刀。

林強此時回劍不及，猛將身子一斜，竟以左手去撈葛燕南的槍桿。

葛燕南趕緊收槍，雖然沒能將柳金刀一舉刺死，鋒利的槍尖卻已在林強胸前抹了一下。

林強大叫一聲，人朝後仰，正好撞在柳金刀身上，兩人一時站腳不穩，同時摔倒在地。

葛燕南也接連往後跳了幾步，才穩住了腳。

柳金刀從背後緊緊地摟著林強，悲聲道：「你為什麼替我挨那槍！」

林強提了口氣，道：「我是想讓你看看我這身血肉值不值四十萬兩銀子。」

柳金刀拼命點頭道：「值，值，值！」邊說著，眼淚已成串的滴在林強的脖子上。

林強忙道：「你先別哭，快替我把懷裡另一顆火石榴取出來。」

柳金刀嗚咽道：「什麼火石榴？」

林強道：「就是我方才替你解圍的那種東西，樣子像雞蛋似的，不過是鐵做的。」

柳金刀急忙將手探進他的懷裡，道：「你快教我怎麼使用。」

林強道：「很簡單，你使勁兒照他的腳砸就行了，千萬別叫他接住。」

葛燕南聽得哈哈一笑，道：「林強，你別開玩笑了，方才我分明聽她說留給你一顆，怎麼可能又生出一顆來？」

林強冷哼一聲，道：「葛大人，你真是愈老愈糊塗了，火石榴一向都是成雙成對，怎麼可能又會落單？她既然全部留給我，當然是兩顆了。其實我也當沒叫你一定相信，你何不上來一賭？」

葛燕南長槍在頭頂上一轉，道：「我正有此意。」

柳金刀沒等他行動，立刻打林強懷裡掏出個東西，作勢欲拋，一副隨時都可能出手的樣子。

葛燕南連忙往後跳了幾步，冷森森道：「沒關係，我可以等。以你胸前的傷勢而論，不出半個時辰，血就會流光了，我何必跟你賭！」

林強和柳金刀居然都沒有說話，因為兩人已發現葛燕南身後又出現了一條人影。那人身法極快，舉止飄逸，一看即知是個絕頂高手，就算兩人沒見過閻二先生，也不難猜出是他，因為他手中所握的，正是那柄「秋水長天」。

但柳金刀仍然裝出一副很擔心的模樣，道：「你的傷勢究竟怎麼樣？真如他所說的那麼嚴重麼？」

林強道：「你不必擔心，我只是想把髒血往外流一流，好血一滴都不會損失掉。」說著，立刻從懷裡取出一包傷藥，整個撒在了傷口上。

葛燕南滿臉狐疑道：「奇怪！你方才取火石榴為什麼要人幫忙，傷藥卻可以自己掏？」

林強道：「因為那顆東西太重，我扔不動，你明白了吧？」

葛燕南點點了頭道：「我現在忽然又想賭了。」

林強道：「那好，咱們現在就開始吧。」

柳金刀忙道：「等一下，我還有句話要跟他老人家說，說完了再賭也不遲。」

葛燕南道：「什麼話，你說？」

柳金刀道：「如果你到閻王爺那裡，那可千萬不能說死在我們手上，我們可不願意背這口黑鍋。」

葛燕南笑笑道：「那我應該怎麼說呢？」

柳金刀道：「冤有頭，債有主，你當然得說是死在閻二先生的手上！」

葛燕南聽得不禁一楞，而就在這時，頓覺腦後生風。他不暇細想，急忙轉身出槍，速度奇快無比。

但他一轉身，閻二先生也隨著他轉了一圈，同時「秋水長天」輕輕地向他腰間一抹，就直向林強和柳金刀走來，連頭都沒有回一下。

直等到葛燕南的身子摔倒在地上，他才甩刀入鞘，凝視著柳金刀，道：「柳金刀，你偷了我的鏢，傷了我的人，但你既然把鏢主動還回來，咱們就算恩怨兩清，你瞧如何？」

柳金刀沒有吭聲，林強卻拼命替她點頭。

閻二先生又道：「但現在我又救了你的命，你又欠下我的了，你說是不是？」

柳金刀依然沒吭聲，林強只得又替她點頭。

閻二先生道：「有道是受人滴水之恩，要湧泉相報，我如今救了你的命，你多少也該替我辦點事才行。」

林強忙道：「二先生想讓她辦什麼事，只管吩咐。」

閻二先生仍然看也不看林強一眼，道：「我這個人做事一向不喜歡半途而廢，搭救盛氏夫婦這件事我既然插了手，就希望能做得有始有終。他們現在雖已出城，還是不太保險，起碼也得把他們送過江，我實在抽不開身，你就替我跑一趟吧！只要你把他們送過江，你今後就一點也不欠我了，你認為怎麼樣？」

柳金刀這才開口道：「就這一件事？」

閻二先生道：「對，就這一件事。」

柳金刀道：「好吧，我答應你，等我把林強安置好之後，馬上動身。」

閻二先生道：「太慢了，而且林強有的是朋友，根本就無需你插手。」

林強急忙道：「而且我的傷也不重，你只管去吧。」

柳金刀點點頭，充滿無奈的站了起來。

閻二先生突然道：「這次護送他們有多少人我不管，代表我的卻只有你一個。你既然代表我，就不能沒有一件稱手的兵刃，我這柄『秋水長天』就暫時借給你吧！」說著，已將那柄武林名刀扔了過去。

柳金刀接在手裡，道：「你不怕我把你這柄刀拐跑？」

閻二先生哈哈一笑，道：「連四十萬兩銀子都看不上眼的人，怎麼會瞧上我這把刀！」說著，朝街頭掃了一眼，轉身揚長而去。

這時天色已明，林強那群朋友的身影依稀可見。

柳金刀嘆了口氣，道：「我走了，你要自己保重了！」

林強只揮了揮手，沒有講話。

柳金刀走出幾步，又跑回來道：「林強，請你老實告訴我，你的傷勢真的不要緊嗎？」

林強又揮手道：「你放心的走吧，我不會死，最近也不可能搬家，一年半載的不會討老婆，夠了吧？」

柳金刀這才含著眼淚，帶著微笑，朝街尾飛奔而去，轉瞬間便已消失在橫街的盡頭。

尾聲

開封街頭又已平靜下來，大相國寺一帶繁華如舊。林強的傷勢很快的便已穩住，不到七天，就開始裡裡外外的走動起來。

程大娘卻沒有林強那般幸運，直到林強滿街亂跑的時候，她依然躺在床上，連移動都很困難。

閻二先生仍舊很少進出，但他的兩個兒子和眾多鏢師卻都已不見，所以盧修認為閻二先生派柳金刀護送盛大俠夫婦過江只不過是個計策，他真正的目的是叫柳金刀扛著「秋水長天」在前面跑，他的兒子和鏢師們在後追，那四十萬兩的暗鏢，也就在神不知鬼不覺中送到了江南。

至於秦喜功，仍然穩坐開封總捕寶座，似乎任何事情都不足以影響他的地位。

但楊大人卻不同了，在這件事發生不久之後就被調走了，是自清以來任期最短的一任開封知府，一共才只做了九個月零三天。

請續看于東樓《短刀行》（上）豪門

于東樓武俠經典珍藏版

俠者（全）

作者：于東樓
發行人：陳曉林
出版所：風雲時代出版股份有限公司
地址：10576台北市民生東路五段178號7樓之3
電話：(02) 2756-0949
傳真：(02) 2765-3799
執行主編：朱墨菲
美術設計：許惠芳
業務總監：張瑋鳳
出版日期：2024年11月珍藏版一刷
版權授權：于東樓
ISBN：978-626-7510-09-4
風雲書網：http://www.eastbooks.com.tw
官方部落格：http://eastbooks.pixnet.net/blog
Facebook：http://www.facebook.com/h7560949
E-mail：h7560949@ms15.hinet.net
劃撥帳號：12043291
戶名：風雲時代出版股份有限公司

風雲發行所：33373桃園市龜山區公西村2鄰復興街304巷96號
電話：(03) 318-1378　　傳真：(03) 318-1378
法律顧問：永然法律事務所 李永然律師
　　　　　北辰著作權事務所 蕭雄淋律師

行政院新聞局局版台業字第3595號 營利事業統一編號22759935

定價：340元

國家圖書館出版品預行編目資料

俠者／于東樓 著. -- 初版 -- 臺北市：風雲時代出版股份有限公司，2024.11- 冊；公分（于東樓武俠經典珍藏版）
ISBN：978-626-7510-09-4（平裝）

863.57　　113011889